검사의 좌

검사의 죄

초판 1쇄 발행 | 2023년 1월 20일

지은이 윤재성
발행인 한명선

편집 김수경 **마케팅** 김예진
관리 박미실 **디자인** 모리스

주소 서울시 종로구 평창길 329(우편번호 03003)
문의전화 02-394-1037(편집) 02-394-1047(마케팅)
팩스 02-394-1029
전자우편 saeum2go@hanmail.net
블로그 blog.naver.com/saeumpub
페이스북 facebook.com/saeumbooks
인스타그램 instagram.com/saeumbooks

발행처 (주)새움출판사
출판등록 1998년 8월 28일(제10-1633호)

ⓒ 윤재성, 2023
ISBN 979-11-92684-37-6 03810

윤재성 장편소설

검사의 죄

새움

차
례

모든 국민은 법 앞에 평등하다

1987년 7월 4일 수요일

희국보육원 뒷산

머리 위에 벌집이 있었다.

오래된 금강송 아래, 벌집은 거꾸로 매달린 머리통처럼 보였다. 귀를 기울이자 작게 윙윙대는 소리도 들렸다. 날개 달린 일꾼들이 왕국 주변을 순찰하는 중이었다.

순조는 러닝셔츠로 땀을 훔쳤다. 연일 폭염이 초목을 태우고 있었다. 날이 뜨거워지자 원장은 보육사들을 불러모았고, 아이들은 뒷산의 마귀풀 밭으로 내몰렸다. 제 몸만 한 물통을 메고 산길을 오르는 행렬을 대나무들이 지켜보았다.

'더위 잘못 먹으면 죽는댔는데.'

마귀풀은 이름처럼 마귀의 손아귀 모양으로 잎사귀가 피었다.

수확 철이 되면 꽃봉오리에서 풍기는 향 때문에 머리가 어지럽고 속이 메스꺼웠다. 순조는 물을 주는 척하면서 발밑의 돌을 거머쥐었다. 왼팔엔 까만 용, 오른팔엔 누런 호랑이가 있는 보육사는 보이지 않았다.

"토끼다! 토끼 잡아라!"

아이들이 달려오기 전, 순조는 돌을 던졌다. 잔뜩 달궈진 자갈이 벌집 한복판으로 날아갔다. 그날 보육원생 일곱이 성난 벌에 쏘여 앓아누웠다. 마귀풀밭 노동은 잠정 유보됐다.

그가 갇힌 희국보육원은 작은 왕국이었다. 열두 명의 아이들은 농노이자 가축이었다. 보육원은 검의산 중턱에 있었고 뒤로는 끝없는 대나무숲이 빽빽하게 펼쳐졌다. 멧돼지도 가둘 만큼 굵은 철조망이 부지를 에워싸고 있었는데, 그 앞을 얼씬거리다간 쇠못 박힌 야구배트로 흠씬 얻어맞기 일쑤였다. 옆방을 썼던 종수는 부러진 정강이뼈가 잘못 붙어 서울에 갈 때까지도 다리를 절었다.

원장은 틈날 때마다 그들에게 말했다.

"서울에 가면 어른들 말 잘 듣고 착하게 굴어야 한다. 거기서 엄마랑 아빠가 기다리고 있을 거야."

순조는 믿지 않았다. 아버지의 가르침에 의하면 모르는 사람이 주는 밥엔 쥐약이 든 법이었다. 보육원으로 오는 봉고차 번호판에는 서울이 아닌 인천이 적혀 있었다. '서울행'에 뽑힌 아이들만 밥을 더 주는 것도 의심스러웠다.

지난번 행운의 주인공은 영이였다. 싸리비처럼 깡말랐던 계집애였는데, 보리밥이나마 잘 먹어 뽀얘진 얼굴로 방실방실 웃어 보였다. 봉고는 흙먼지를 일으키며 출발했고 모두가 손을 흔들었다. 안녕, 안녕, 엄마도 있고 고기도 준다는 서울에서 다시 만나자.

서울이 천국 비슷한 데라는 건 확실했다. 작년 여름 김씨네 쌍둥이가 쓰러진 적이 있었다. 마귀풀 꽃을 몰래 따서 가루를 쿵쿵대던 아이들이었다. 오빠 쪽은 게거품을 물었고 동생 쪽은 얼굴이 시체처럼 푸르죽죽하게 변했다. 원장은 자기 차에 둘을 태워 나가더니 이튿날 혼자서 돌아왔다. 쌍둥이는 언제 오느냐고 묻자 보육사가 대신 대꾸했다.

"거, 서울 갔다. 거기서 약 먹고 나을 거야."

탈출을 시도한 아이들도 있었다. 1년에 몇 명씩은 뒷산을 통해 마을로 내려갔고, 곧 순찰차에 잡혀 끌려왔다. 그날 밤엔 가혹한 매타작이 모두를 기다렸다.

'도망치는 거론 안 돼.'

순조는 터져서 진물이 나는 엉덩이에 쑥을 붙이며 생각했다. 세상은 거대한 감옥이었다. 폭력에서 달아난들 또 다른 폭력이 기다렸고… 살아남기 위해서는 결국 칼을 들 수밖에 없었다.

"야."

옆 침대에 누운 재우가 그를 불렀다. 2인 1실이 규칙인 희국보육원에서는 취침시간이 되면 당직 보육사가 순찰을 돌며 인원을 확인하고 문을 잠갔다.

"사자랑 코끼리랑 싸우면 누가 이길까?"

"몰라. 둘 중 하난 죽겠지."

심드렁하게 대꾸하며, 순조는 시트 밑으로 손을 넣었다. 매트리스 틈새에 드러누운 쇠꼬챙이가 만져졌다.

이곳에 끌려온 지도 벌써 1년이 지났다. 감시를 피하느라 시간이 걸리기는 했지만, 필요한 도구 대부분은 수중에 넣었다. 훔친 성냥은 뒤뜰 화단에 묻어두었고, 3층 창고 열쇠는 오른쪽 양말 안에 들어 있었다. 탈출은 모든 준비가 끝났을 때 실행될 것이다.

서울행 봉고가 왔다 가던 날, 원장과 보육사들은 밤새도록 마귀풀을 말아 피우며 떡이 되도록 마셔댔다.

'곧 기회가 올 거야. 저 철문만 나가면⋯⋯.'

희국보육원은 대가를 치를 것이다. 돌아눕자 창살을 넘어온 그림자가 얼굴에 드리워졌다.

그날 밤은 부엉이 우는 소리가 부쩍 길었다.

*

1987년 10월 9일,

원주경찰서 사건 1과 취조실.

"야."

순조는 눈을 떴다. 깜빡 잠이 들었던 모양이었다. 맞은편에 앉은 형사가 책상을 쳤다.

"새끼가 조네. 살 만하지?"

썩 살 만하지는 않았다. 머리가 아팠고, 불길이 스친 피부는 곳곳이 화끈거렸다. 목은 텁텁해서 기침을 하니 침에 검댕이 섞여 나왔다.

여기 온 지 대략 스무 시간쯤 지난 것 같았다. 경찰서에 도착하자마자 취조실로 끌려와 철제 의자에 앉혀졌다. 곧 형사들이 들어와 '다 알고 있으니 솔직히 얘기하라'는 말을 반복했다. 다 알면 묻지도 않을 텐데, 왜 허세를 부리는지 모를 일이었다.

회유가 통하지 않자 형사들도 작전을 바꿨다. 형사반장이라는 남자는 순조의 머리를 쥐어박더니, 자백할 때까지 물 한 모금 못 먹을 줄 알라며 휙 나가버렸다. 덕분에 지금은 의식도 가물가물했다.

형사가 둘둘 만 신문으로 뺨을 찔렀다.

"힘들면 얘기를 하라니까. 뻗대지 말고."

순조는 눈동자만 굴려 신문을 훑었다. 조간 1면에 적힌 헤드라인이 눈에 들어왔다. '행곡동 보육 시설, 의문의 화재로 전소… 15명 사망… 생존자는 단 하나뿐.'

"다시 묻는다. 네가 질렀지, 응?"

엄밀히 말하면 불만 지른 것은 아니었다. 어젯밤, 열세 명이 불타 죽었고 두 명이 찔려 죽었다. 무거운 눈꺼풀을 감자 취조실이 사라지고 희국보육원의 2인실이 나타났다.

침상에는 베개로 얼굴이 덮인 재우가 누워 있었다. 룸메이트가 몸부림치느라 흘린 피로 누런 담요가 온통 시뻘겠다. '그러게 말을 들었어야지.' 같이 나가자는 그의 제안에 재우는 무섭다며 도리질을 쳤다. 비협조적인 동료는 적이나 다름없었다. 담요를 뒤집어씌우고 올라타, 쇠꼬챙이를 일곱 번째로 찔렀을 때쯤 버르적거림이 멎었다. 순조는 튄 피를 대충 닦고 손잡이에 열쇠를 꽂았다.

잠금이 풀리며 찰칵 소리가 났다.

2층 마스터키를 얻은 것은 행운이었다. 이틀 전, 보육사들의 빨랫감을 꺼내는 도중 바구니 바닥에 반짝거리는 것이 보였다. 순조는 재빨리 집어 속옷 안에 그것을 숨겨두었다. 그날 밤 보육원이 발칵 뒤집혔지만, 열쇠 도둑이 나올 리 만무했다. 원장은 걸리면 팔이 분질러질 줄 알라는 협박으로 상황을 마무리지었다.

쫄지 마라. 깡 센 놈이 이기는 거야.

아버지의 환청이 귓속에서 웅웅거렸다. 순조는 3층 창고로 가서 보일러용 기름통을 끌고 내려왔다. 2층 복도에서 1층 복도로, 다시 지하실로. 입에 쇠꼬챙이를 문 채로 몇 번을 왕복하자니 등이 홍건했다. 오래된 나무 바닥이 뿌리는 족족 기름을 빨아들여, 곧 온 건물에 싸구려 등유 냄새가 진동했다.

달빛만 괴괴한 복도에 서자 심장박동이 빨라졌다. 아이들이 자고 있을 철문 안쪽은 고요했다. 순조는 수년간 그들이 사육되었던 축사를 휘둘러본 뒤 성냥을 그었다.

날아가는 성냥 궤적을 따라 어둠이 달아나며 사방이 환해졌다. 불이 닿은 곳에서 피어난 연꽃은 식충식물처럼 덩굴을 뻗었다. 사방으로 화염이 달려나가고 검은 뱀 같은 연기가 뒤를 따랐다.

순조는 한 층씩 올라가면서 성냥개비에 불을 붙여 던졌다. 이미 1층은 불바다가 되어 있었다. 아이들은 물론, 보육사와 원장도 유독가스에 중독되거나 불타 죽어갈 것이었다.

"도와줘."

등 너머로 미약한 목소리가 들렸다. 쇠꼬챙이를 쥐고 돌아서니 반쯤 열린 숙직실 문에서 원장이 기어 나오는 중이었다. 상황을 헤아린 눈에 경악이 번졌다.

"너, 다른 애들은……."

순조는 달려가 원장의 목에 꼬챙이를 쑤셔 박았다. 뾰족하게 갈아둔 쇠꼬챙이는 어린아이 완력으로도 근육 깊숙이 파고들었다. 원장이 헛바람을 삼키며 팔을 긁어댔지만, 몇 번을 연거푸 찌르자 뜨거운 피가 솟구쳐나와 얼굴을 적셨다. 얼마 지나지 않아 꿈틀대던 육체에서 힘이 빠져나갔다.

정문으로 나와 그는 러닝셔츠를 벗어 불 속으로 던졌다. 긁어모은 흙을 뺨에 문지를 때 서까래 꺾이는 소리가 났다.

희국보육원은 무너졌다.

순조는 화마에 잡아먹힌 목조 건물을 보았다. 기둥이 성냥개비처럼 쓰러지고, 쓰러진 곳에서 다시 불길이 치솟았다. 보육원을 뒤덮은 연기는 짐승이 흘리는 피처럼 진하고 메스꺼웠다.

다시 손이 떨리기 시작했지만 산길로 소방차들이 올라올 즈음엔 조금씩 진정되었다. 튄 피를 감추려 얼굴에 바른 진흙이 굳어가고 있었다.

"야, 일어나라고."

탁한 목소리가 그를 취조실로 불러왔다. 형사는 철제 책상을 탕탕 치며 엄포를 놓았다.

"계속 이러면 소년원 갔다가 유턴해서 교도소 가는 거야. 삼촌 나이 될 때까지 썩을래?"

순조는 수염이 삐죽삐죽한 턱주가리를 가만히 노려보았다. 돌연 분노가 솟았다. 아버지가 쥐약 탄 소주병을 입술에 짓누를 때, '희국어린이집' 봉고에 실려 산 중턱 축사로 끌려갈 때, 정당하지 못한 것들에게 정당한 권리를 빼앗기며 터지던 폭발이었다.

"개새끼."

"뭐?"

형사의 입이 사납게 일그러졌다. 순조는 누런 앞니에 대고 말했다.

"당신 본 적 있어."

"아니, 이 새끼가 말이면 다인 줄⋯⋯."

"도망친 애들 다시 잡아올 때 순찰차 옆자리에 타고 있었잖아. 원장 놈이랑 아는 사이지?"

눈앞에 불꽃이 튀었다. 붕 뜨는 기분이 들더니, 바닥으로 날아간 몸이 요란하게 처박혔다. 소매를 걷어붙인 형사는 벌게진 얼굴로 다가왔다.

"그래, 오늘 너 죽고 나 죽자."

오살할, 육시랄, 씹을 하다 불알 터질 놈⋯⋯. 순조는 웅크린 채 아는 욕들을 전부 주워섬겼다. 불 속에 던져버린 쇠꼬챙이가 아른거렸다. 이럴 줄 알았으면 숨겨서라도 가져오는 건데, 보육원도 아니고 경찰서에서 맞아 죽긴 너무 억울했다.

배를 후비는 구둣발은 날아오지 않았다. 대신 문이 쾅 열리며 성난 고함이 들리더니 주위가 고요해졌다. 순조는 슬그머니 눈을 떴다. 형사는 사라지고 처음 보는 남자가 서 있었다.

"괜찮냐?"

친절한 목소리라 더 의심스러웠다. 원장은 모든 보육원생을 '내 자식들'이라고 불렀다.

"내가 안 질렀어요."

남자는 아무 반응이 없었다. 순조는 터진 입술을 빨면서 뭐라고 말해야 할지 궁리했다.

"이름이 권순조, 맞지?"

대답하지 않자 남자는 몸을 굽혔다. 또 때리려나 싶어 움츠렸지만 주먹은 날아들지 않았다.

"마장춘은 사기꾼에 포주였다."

보육사들이 대화할 때 들었던 원장의 이름이었다. 남자는 더러운 것을 씹듯 중얼거렸다.

"마가네 집안이 대대로 지역 유지에 큰형은 3선까지 지낸 의원이라, 건드리기가 힘들었어. 그 빽으로 대마초 밭을 만들고 아이들을 잡아다 강제노역을 시켰지. 장기가 여물면 인천으로 보내 업자한테 팔았어. 수사관을 보내도 매번 꼬리를 잘라서 덮칠 수가 없었다. 그 양반, 살아서 감옥 갈 팔자는 아니었던 모양이야."

무슨 말인지는 몰라도 저쪽 편 같진 않았다. 체구도 왜소했고, 후줄근한 양복에선 좀약 냄새가 났다. 원장한테 사기라도 당한 사람인가?

"널 어떻게 할까 고민했다. 방화, 재물 손괴, 범죄 은닉…… 그것만 해도 소년원 직행인데, 검시를 가보고 더 놀랐거든. 마장춘은 네가 죽였지?"

"무슨 말인지 모르겠어요."

남자는 너털웃음을 터뜨렸다.

"그래. 속일 자신이 없으면 모른다고 해야지."

순조는 내심 당혹스러웠다. 거짓말이 들통나고도 맞지 않은 것은 처음이었다.

검사의 죄

"넌 어딜 가도 사고 칠 놈이야. 이상한 짓 말고, 나가서는 공부 열심히 해라."

"내보내줘야 나가죠."

순조가 대꾸하자 남자는 딴소리를 했다.

"네 머리론 검사도 할 거다."

"검사는 경찰한테 안 잡혀가요?"

"그럴 리가. 나쁜 짓 하면 대통령이라도 잡혀가지."

그럼 별로 득 될 것도 없다고 생각하고 있을 때, 남자의 눈빛이 엄격해졌다.

"너는 그 애들 몫까지 열심히 살아야 한다. 너 하나 살자고 친구들 열둘을 죽였어."

걔들은 내 친구가 아니에요. 말이 목구멍까지 새어나왔지만, 이내 손이 떨리기 시작했다. 원장 패거리는 죗값을 치렀다. 하지만 재우는? 용이와 태규, 또 그 밖의 아이들은?

아직 본능이 삼키지 못한 양심 한구석이 속삭였다.

'넌 그냥 그 꼬맹이들이 싫었던 거야. 아빠가 너한테 그랬던 것처럼.'

억센 손아귀가 뺨을 감싸쥐었다. 남자는 단단한 나무껍질 같은 목소리로 말했다.

"살아야 하는 이유를 찾아. 짐승이 아닌 사람으로 살고 싶거든 그래야 해."

평생 자아 없이 사육돼온 가축에겐 다소 벅찬 당부였다. 잠시 순조의 손바닥을 들여다보던 남자는 머리카락을 헝클어뜨렸다.

"흉기는 꼭 멀리 갖다 버려라."

그것이 끝이었다. 남자는 우유도 많이 먹고, 하고 덧붙이더니 일어나서 취조실을 나갔다. 열린 문 틈 사이로 형사들이 경례하는 모습이 보였다. 계급이 높아 보이지도 않는데, 한참 작은 사람한테 쩔쩔매는 꼴이 퍽 우스웠다. 잠시 후 얼굴이 벌겋게 된 형사가 들어와 선짓국에 밥 한 공기를 가져다주었다.

순조는 엉금엉금 기어서 의자로 올라갔다. 국물 밑에 검붉은 선지들이 잠겨 있었다. 숟가락을 들고 한 입 뜨자 이 빠진 자리가 아렸다. 다 식은 국에서 비린내가 올라왔지만 그는 부지런히 씹어 삼켰다.

스으… 스스스. 허전한 잇몸에서, 산바람 같기도 하고 날갯짓 같기도 한 소리가 들려왔다.

찌르는 놈, 찔리는 놈

순조는 고개를 들었다.

'사기고소'와 '무료변호' 스티커가 붙은 거울 안에서, 입술만 새빨간 남자가 마주 보고 있었다. 눈가에 다크서클이 파리 떼처럼 들러붙은 몰골이었다. 비에 젖은 양복은 셔츠 안까지 축축했다.

물을 틀어 뺨을 적시자 안색은 더 창백해졌다. 오랜 불면은 사시사철 핏발 선 흰자위와 신경성 위염을 가져다주었다. 법률가에게 필요한 재능들도 여전했다. 형사법을 달달 외우는 기억력과 탁월한 상황인지 능력, 수사에 대한 열정은 지검 내에서도 선두를 달렸다.

'덕분에 서초동 땅도 다시 밟아 보고.'

여주지방검찰청에서 서울중앙지검으로 올라온 지 2주가 흘렀다. 동네 건달이 삼합회에 스카웃되고, 하청업체 말단이 대기업 전략기획실로 발령받은 만큼이나 파격적 인사였다.

대검찰청과 중앙지검은 아무나 들어갈 수 있는 곳이 아니었다. 인기 부서는 고사하고 형사부 말석이라도 입성하려면 조건이 필요했다. S대 법대에 뛰어난 인사고과, 추가로 법조인 일가친척. 이전 지청에서 큰 건 하나를 터뜨린 전적이 자격을 충족시킨 것 같았다.

올해 초, 아동학대로 신고가 들어온 복지재단 하나를 작살내다가 수상한 자금집행내역을 발견했다. 뒤를 캐보니 '미스터 도'라는 토지브로커가 엮여 있었는데, 2년 전 서울과 부산을 넘나들며 수천억 원 상당의 사기를 친 수배범이었다.

순조는 힘 좋은 수사관들을 추려 놈의 본거지를 덮쳤다. 습격부터 검거까지, 일사천리로 진행된 지 닷새 만에 서울에서 장관 표창이 내려왔다. 발령 전 지청장은 그를 특별히 불렀다. 순조는 지청장이 내준 우롱차를 한 모금 마셨다.

'이 공을 제가 받아도 되는지 모르겠습니다. 운 좋게 수사가 얼어걸렸을 뿐인데요. 지청장님 지휘가 아니었으면⋯⋯.'

'무슨 소리, 공사가 명백해야 조직이 바로 서는 법이야. 자네 같은 검사가 빛을 봐야지.'

지청장이 흐뭇하게 나무랐다. 그도 그럴 것이, 그의 별명은 '지청 홈즈'였다. 같은 방 수사관들은 사기꾼이 앉기만 하면 자백을 받아낸다는 권 검사의 무용담을 지청에 퍼뜨리고 다녔다.

'그러니까 가서 열심히 해. 혹시 그, 좋은 자리에서 우리 지청 얘기가 나오면 요령껏⋯ 알지?'

검사의 죄

물줄기가 약해지기 시작했다. 그는 오늘치 약들을 꺼내 수돗물과 삼켰다. 알프라졸람, 프로작, 아빌리파이, 인데놀. 진정제와 각성제를 함께 복용하는 만성질환적 습관이 잠시나마 심신의 안정을 안겨주었다.

오늘은 환영회를 겸한 첫 회식이었다. 형사 3부 신입들을 위해 지검 근처 정육식당이 섭외됐다. 큰 사건을 처리한 것도 아니고 재배당된 깡치 사건 몇 개를 쳐냈을 뿐인데, 검사장께서 회식에 친히 참석하신다는 소문이 돌았다. 윤 부장은 오전 업무회의에서 소문을 사실로 확인시켜 주었다.

핸드폰에 '차미도'라는 이름이 떴다. 옆방 동료는 문자도 법조인답게 명료했다.

―어디야, 부장한테 칼 맞고 싶어?

밖의 빗줄기가 거세졌다. 순조는 입가 근육을 잡아당겨 웃는 모양을 지어보였다. 그러고는 양 뺨을 두 손으로 후려쳤다. 불그스름해진 얼굴로 나올 때, 머리 위 형광등이 깜빡거렸다.

그는 가파른 계단을 두 칸씩 뛰어 내려갔다. 건물 화장실은 바로 고깃집과 이어져 있었다.

"사장님, 삼겹살 하나 줘요!"

"참이슬 빨간 것도요. 거기 말고 여기!"

식당 안은 빗소리와 불판에서 지글대며 고기 익는 소리, 사람들의 말소리로 시끌벅적했다. 카운터 뒤쪽에서 주인장이 두툼한 생고기를 썰고 있었다. 순조는 식칼이 번득이는 진열장을 지나쳤다. 분야만 좀 달랐지, 검사들도 칼솜씨가 필요했다.

'망나니는 소임을 다하면 목이 잘렸다던데.'

안쪽은 자리마다 만석이었다. 순조는 둘러보다가 쟁반을 들고 내려오던 직원과 부딪쳤다. 그 바람에 들고 있던 김치찌개 국물이 셔츠 앞섶에 왈칵 쏟아졌다.

"어머, 괜찮으세요? 이걸 어째……."

종업원은 어쩔 줄 몰라 하며 물수건을 꺼냈다. 순조는 그녀가 양복을 만지기 전에 몸을 뺐다.

"괜찮습니다. 아마 좋게들 보실 거예요."

마침 익숙한 양복 부대를 발견한 차였다. 마루에 올라가자 누군가가 주인공 오네, 하며 분위기를 띄웠다. 3학년, 4학년, 5학년 평검사에 부부장 순으로 앉은 테이블 상석에는 반삭발한 대머리와 양복이 꽉 끼는 근육이 인상적인 중년 남성 둘이 앉아 있었다. 장호걸 검사장과 윤택중 형사 3부 부장이었다.

"죄송합니다. 택시가 안 잡혀서 늦었습니다."

"권순조, 검사장님 기다리시는데 좀 일찍 일찍……."

검사장이 손을 내저어 부장의 말을 막았다.

"됐어. 뛰어온 것 같은데."

이미 술이 몇 순배 돈 모양새였다. 불판에 올라간 생고기 위로 핏물이 고이고 있었다. 눈치껏 껴서 앉는데 옆자리의 미도가 투덜

댔다.

"왔으면 연장 잡아. 팔 빠지는 줄 알았네."

순조는 동기가 준 집게부터 받아들었다. 넥타이를 끄른 검사장이 말했다.

"건배사랄 건 없고, 다 모였으니 짧게 하지."

차기 검찰총장 1순위, 중앙지검의 수장은 박박 깎은 정수리마저 위엄이 넘쳤다. 옆에서는 윤 부장이 엄숙한 얼굴로 소주병을 받쳐 들었다.

"또 형사부 왔다고 표정들 썩는 거 알아. 일 많고 힘든 것도 알고. 그렇다고 다 인기 부서로 도망가면 일선 동료들만 죽어나는 거야."

이어 검사장은 검사들만이 지킬 수 있는 자유민주주의의 사법수호에 대해 연설했다. 미도의 무릎이 허벅지를 쿡쿡 찔러 곁눈질하자 입술만 달싹이는 것이 보였다. '꼰-대-머-리.'

"……검사는 시민이 아냐. 거악과 맞서려고 조직에 투신한 칼잡이야. 검찰이 나한테 줄 혜택이 아니라 내가 할 수 있는 헌신을 생각해. 사법정의를 위해서라면 내 한 몸 불사르겠다는 각오로, 알아듣겠나?"

예, 모두가 입을 모아 대답했다. 다행히 검사장은 한 명씩 지목해 한자 풀이를 시키지 않았다. 대신 순조 쪽에다 턱짓했다.

"기대주가 한마디 해."

시선들이 일제히 쏠렸다. 순조는 겸손한 신입답게 대답했다.

"조직에서 바로 서는 법을 배워가고 있습니다. 선배님들의 가르침으로 분골쇄신하겠습니다."

오면서 김칫국물까지 뒤집어쓴 보람이 있었다. 검사장은 흡족하다는 듯 그의 가슴을 가리켰다.

"봐, 점심에 뭘 먹었는지도 딱 보이잖아. 저렇게 속이 훤해야 투명한 검사지."

접대용 폭소가 퍼져나갔다. 박수 속에서 검사장이 건배를 외쳤고 저마다 잔들을 비웠다. 순조는 가슴께의 묵직한 질감을 느꼈다. 국물이 튄 셔츠 위, 양복 안주머니에는 접이식 나이프가 감춰져 있었다.

세상 도처엔 위협들이 무성했다. 언제 묻지 마 폭행을 당하거나 원한범죄의 표적이 될지 몰랐기에 호신용품은 필수였다. 방검복과 진검을 해외에서 사들여 집에 두고, 달마다 시간을 내 특수부대 출신 디렉터에게 칼 쓰는 기술도 배웠다. '싸움 잘하는 검사'는 영화 속에나 나오는 허구였으나, 찔리는 놈보단 찌르는 놈이 돼야 살 수 있었다. '사람 사는 곳은 어디든 마찬가지야.'

검사장은 금방 자리를 떴다. 검사들이 일어서 배웅하는 와중, 윤 부장은 급히 우산을 챙겨 따라 나갔다. 다시 앉은 미도가 슬쩍 물었다.

"우리 권 검사, 검사장님 총장 되실 때 같이 대검 가겠어?"

순조는 타기 시작한 목살을 뒤집었다.

"나 때문인가. 회식 때문에 오신 건데, 뭐."

그녀는 자기 앞접시에 토하는 시늉을 했다.

"이모, 여기 판 좀 갈아주세요!"

미도와 그는 연수원 동기였다. 순조가 차석과 수석을 오르내리는 동안 미도도 순위권을 지켰다. 법률적 공방에 능숙하고, 모의재판에서 상대를 몰아붙이는 솜씨가 딱 검사스러운 재목이었다. 과연 그녀는 판사가 아닌 검사 임용을 택했다. 정작 본인 입으로 들은 이유는 지극히 현실적이었다.

'여자 검사가 여자 판사보다 결혼을 잘 한대.'

그 뒤 순조는 군법무관으로, 미도는 남부지검으로 발령을 받으며 연락이 끊어졌다. 다시 만난 것은 2주 전 중앙지검 4층 복도에 서였다. 그는 서류 쌓인 수레를 끌고 오는 단발머리를 단박에 알아보았다. 하얗던 얼굴이 뱃사람처럼 그을려 있었다.

왜 이렇게 탔냐고 묻자 지인으로부터 태닝 이용권을 받았다는 대답이 돌아왔다. 미도는 업무회의에서 보자며 바삐 걸어가다 뒤를 돌아보았다.

'요즘 태닝들 많이 하던데, 생각 있으면 싸게 살래?'

살을 태운 동기는 기어이 사고를 쳤다. 다들 취해 나온 고깃집 앞에서였다. 2차로 가는 가라오케나 룸살롱에 여검사를 데려가는 경우도 있었지만, 보통 여자 직원들은 눈치껏 빠지곤 했다.

미도는 부장이 내민 택시비에 대고 또박또박 말했다.

"저도 여자랑 놀 수 있습니다."

윤 부장은 정중한 말투 때문에 화를 낼 적기를 놓친 듯 보였다. 그다음 확인사살은 더 야무졌다.

"요즘은 말만 하면 남자들도 불러준다던데요."

남자 검사들은 저마다 휴대폰을 꺼내 딴청을 피우기 시작했다. 이마를 짚은 부부장이 물었다.

"야, 네 동기 왜 저러냐?"

순조는 어깨를 으쓱했다. 차 검사의 주둥아리는 원만하게 가다 가도 한 번씩 사고를 치곤 했다. 연수원 때도 그랬다. 시험 성적은 퍽 우수했으나 모의재판에서 무리한 공격으로 감점을 받았다. 주로 성차별적 발언이나 검사 측에 유리한 판결이 나올 때였다.

미도의 사연은 방을 같이 쓰던 마당발 동기가 설명해주었다. 모 중견기업 사장 집 딸이었는데, 기획수사의 표적이 되면서 집안이 빚더미에 앉은 모양이었다. 근 20년 전만 해도 검사와 브로커가 짜고 공장을 털어먹는 일은 비일비재했다.

"온 지 얼마나 됐다고 정신을 못 차리네. 동기는 검사장님한테 눈도장 찍는 판에."

룸에서 양폭이 한 순배 돈 참이었다. 순조는 세 기수 위의 선배 에게 공손히 대답했다.

"차 검사가 술이 과했나 본데요. 내일 알아듣게끔 잘 얘기하겠 습니다."

검사의 죄

"그냥 난리나 안 쳤으면 좋겠다. 저런 애들이 꼭 페이스북에 일기나 싸지르곤 옷을 벗네, 마네, 검찰 부조리가 어쨌네, 주접을 떤다고. 우리가 여기서 여자랑 노는 것도 아니고……."

선배는 취한 혀를 연신 끌끌 찼다. 도우미 세 명이 나오긴 했으나 옷을 벗지도 않았고 만지지도 않았으니 '노는' 것도 아니라 여기는 듯했다.

이제 룸에서 수사계획을 의논하고 브로커들이 들어와서 떡판을 벌이는 건 옛날 얘기였다. 전관 변호사나 스폰서가 형사부 말단들한테 붙을 리도 없었다. 그런데도 미도는 태닝한 얼굴이 빨개지도록 버티다가 부부장에게 끌려 택시로 이송됐다.

순조는 깔린 술들을 계산해보았다. 양주 여섯 병에 아가씨 세 명. 대충 잡아도 기백이 넘는 돈이었으나 윤 부장은 시원하게 카드를 긁었다.

"부장님은 어떻게 보십니까?"

"아예 반부패부로 이관됐잖아. 대검에 갔으니 엎어 치나 모로 치나 결판이 날 거야."

부장과 부부장은 법조계 동향을 얘기하느라 바빴다. 듣자 하니 최근 터진 행정안전부 차관 딸의 장학재단 의혹 같았다. 그가 모신 검사 중 가장 검사 같지 않은 외모가 저 근육질의 사내였다.

실제로 경찰시험을 본 형사 출신이었는데, 앞턱에 난 칼자국은 04년도 조폭 소탕 당시 생긴 흉터라고 했다. 순조네 방의 양 계장은 '우리 3부장님' 전설을 지검 신입에게 전했다. 사시에 떡 붙은 브레인이다. 장인은 모 기업의 사장님이다. 지금 옷 벗고 나가도 죽을 때까지 변호사 안 해도 될 거다……

다만 됨됨이는 썩 화끈하지 못했다. 발령 첫날, 신고하러 부장실에 가자 뜬금없이 검사윤리강령을 꺼냈다. '적법절차'니 '절차적 안전'이니 하는 설교를 30분쯤 듣고 있자니 짐작이 갔다. 뼛속까지 조직에 순응한 법조인, 삐딱한 부하를 범죄자보다 싫어하는 중견.

"그렇게 마시다 몸 버려요. 안주도 드세요."

아가씨가 적포도를 찍은 포크를 쥐여주었다. 저쪽에서는 슬슬 손이 도우미 허리로 들어가고 있는 참이었다. 순조는 과육을 씹어 삼키고 말했다.

"잠시 화장실 좀 다녀오겠습니다."

*

"노래가 끝내주죠? 이런 날에 딱입니다."

라디오를 켠 택시기사가 말했다. 순조는 아, 예, 하며 대답을 흐렸다.

The radio reminds me of my home far away…….

빗줄기가 야만스레 쏟아지는 밤이었다. 룸살롱을 나온 검사들은 차례로 콜택시를 불렀다. 양주를 세 병이나 비운 부장은 비틀대지도 않고 차에 타더니, '내일 늦지 않게들 나와'라며 택시 문을 닫았다.

"나 젊었을 때는 고고장을 가면 이런 노래가 나왔거든요. 명동에 하나, 신촌에 또 하나가 있었는데……."

기사는 말이 많았다. 순조는 안전벨트를 점검하고 사고에 대비해 몸을 눕혔다.

고향 원주는 열아홉 살 겨울에 떠났다. 자치단체 두어 곳을 전전하다 들어간 보육원 원장은 사람이 좋았다. 법대에 합격했을 때는 자기 일처럼 축하해주었고, 서울살이에 보태라며 사비까지 털어 건넸다. 덕분에 학기 내내 기숙사에 머물 수 있었다.

가축과 노예를 넘나들며 길러진 생존본능은 초인적인 기억력으로 발휘됐다. 본 것을 잊지 않으니 사법고시 패스는 수월했다. 대신 온갖 신경성 질환도 따라왔다. 스무 살 초반부터 정신과를 들락거렸고, 지금은 진정제와 각성제 몇 종을 습관처럼 먹었다. 환상, 환청, 메슥거림, 오한, 발열을 동반한 공황장애가 병명이었다.

'원장이 알면 좋아하겠어. 나까지 약쟁이가 됐으니.'

연수원 입소 전, 과거의 지역신문을 찾아본 적이 있었다. 당시 원주지청은 경찰들을 지휘해 희국보육원과 연결된 장기밀매업체 및 대마초 공급책을 쳤다. 원장의 친척 몇몇이 끌려 들어갔고 인천에 지부를 두고 있던 밀매업자 일당이 검거되었다.

사건 규모를 감안해보면 비교적 조용히 '덮인' 편이었다. 아마 지역 유지였던 관계자들과 모종의 타협이 있었을 거라고, 순조는 생각했다.

유일한 생존자.

그의 존재는 외부에 공개되지 않았다. '생존자는 6세 소년뿐', '현재 부상으로 치료 중' 따위의 기사가 나온 게 전부였다. 매스컴에 노출되는 순간 혐의가 몰릴 테니, 그 검사가 핵심 증언을 포기하면서까지 막아준 것 같았다. 죽지 않았다면 현직에 있을 터였으나… 찾을 생각은 없었다.

"검사는 위험한 직업이야."

택시를 기다리면서 부장이 말했다. 평검사들이 둘러서자 돈 주고도 못 살 충고가 잇따랐다.

"그러니까 정신들 똑바로 차려. 앗, 하다가 여태 한 고생 날리지 말고."

순조는 진지하게 끄덕였다. 검사 출신 변호사가 피습을 당하거나 젊은 검사가 과로로 사망하는 경우는 이따금씩 있었다. 범죄자 출신 평검사에겐 과로보다 현상수배가 더 위험했다. 과거가 밝혀지면 검사 명예실추 등의 죄목을 들어 파직될 가능성이 높았다. 그것은 간신히 끌어올린 신분이 집행자가 아닌 수형자로, 칼 쓰는 놈에서 칼 맞는 놈으로 추락함을 의미했다.

옳지, 역시 내 아들이다.

그는 목소리가 들려온 쪽을 돌아봤다. 누런 러닝셔츠가 푹 젖은 아버지가 옆자리에 앉아 있었다.

그 선배한테 조심하라고 전하려무나. 다시 앞에 나타났다간 은인이고 뭐고 찔러 죽일 것 아니냐.

품속의 나이프는 정신적인 호신 용도도 겸했다. 순조는 망설임 없이 칼을 뽑아 내리찍었다. 칼날이 뒷좌석 시트를 뚫고 들어가자 환영은 사라졌다.

"손님, 괜찮으세요?"

택시기사가 룸미러를 힐끔대며 물었다. 시트에 토한 건 아닌가, 심히 걱정하는 목소리였다.

"예, 모기가 있는 것 같아서요."

"여름이잖습니까. 하긴, 잊을 만하면 앵앵대니 귀찮아서 창문을 못 열겠어요. 내버려두자니 물고, 또 세우고 잡자니 안 보이고. 마음 같아서는 아주 방충망 속에서 살고 싶다니까요."

3백 미터 앞, 목적지 부근입니다. 내비가 끝없이 이어지는 수다를 잘랐다. 평소 자주 가던 24시 마트의 불빛이 보이고 있었다.

순조는 옆자리에 던져둔 장우산을 집어들었다.

"여기서 내려주십시오."

*

기상은 더욱 나빠졌다. 비는 이제 앞이 보이지 않을 정도로 쏟아졌다. 순조는 마트에서 산 식료품 봉지를 들고 오르막길을 올랐다. 거무튀튀한 물살이 얕은 내가 되어 쏠려 내려오고 있었다.

집은 동네 언덕 꼭대기였다. 발령이 나자마자 급히 구한 반전세 원룸이었으나 혼자 살기에는 괜찮았다. 2년에 한 번씩, 검사는 주인 바뀐 사냥개처럼 팔도를 떠돌아다녔다.

순조는 손목시계로 시선을 내렸다. 이대로 올라가 씻고 누우면 다섯 시간쯤 잘 수 있었다. 불면증에 시달리는 전직 방화범에게는 충분한 수면 시간이었다.

쏟아지는 빗줄기 사이, 골목 앞 가로등이 어선의 집어등처럼 빛났다. 비가 왔으니 이번 주는 사건이 늘 것이다. 오늘 오전에만 쌍방폭행범 네 명의 대질신문이 예정되어 있었다. 그다음은 고소장 수십 통을 넣은 악성 민원인을 상대해야 했다.

오후 14시, 16시, 18시 30분… 시간대별 일정을 점검할 때였다.

젖은 쇠 냄새가 났다.

그는 마신 숨이 넘어가기 전에 알아차렸다. 철이 아닌 피의 냄새였다. 산 자 안에서 펄떡거리던 생것의 체취였다.

앞인가, 아니면 골목 안? 시야에는 비와 어둠만 그득했다. 귀를 기울여도 거대한 물살이 흘러오는 듯한 빗소리 말고는 들리지 않았다. 천지를 울리고 눈과 귀를 막는 굉음이 일었다. 순조는 비닐봉지를 던져버리고 장우산을 접었다. 다른 손으로는 안주머니에

검사의 죄

서 나이프를 꺼내 펼쳤다.

하늘이 쪼개지면서 일순간 세상이 환해졌다. 번갯불의 잔상이 가시자 물비린내 섞인 피 냄새가 훅 끼쳤다. 한 발, 또 한 발, 빗물이 눈과 귀와 등골로 줄줄 흘러들었다.

그때 희미한 신음이 들렸다. 그가 사는 빌라와 다음 빌라 사이의 골목이었다. 순조는 우산대를 겨누며 안쪽을 들여다봤다. 담 앞에는 회색 정장이 다리를 뻗고 나동그라져 있었다.

피해자는 안색이 하얗게 질린 남자였다. 눈은 반쯤 감겨 있었고, 가슴과 배에 깊은 절상들이 있었다. 우산을 놓고 상처 부위를 압박했지만 출혈이 너무 심했다. 흠뻑 젖은 셔츠 위로 새빨간 핏물이 뭉클뭉클 솟아올랐다. 사정없이 뺨을 때리자 올라갔던 흰자위가 내려오며 초점이 잡혔다.

"범인을 봤습니까?"

대답은 없고 번개가 내리쳤다. 남자는 뭔가를 말하려 했으나 입에서는 핏물만 튀었다. 순조는 턱을 잡아 벌리고 범죄의 흔적을 확인했다. 남자의 혀는 뿌리부터 잘려나가 있었다.

"고개만 까딱이세요. 아는 사람입니까?"

재차 심문했을 때, 순조는 상대가 자신을 안다는 것을 깨달았다. 실핏줄이 터진 눈과 충혈된 눈이 맞닿았다. 남자는 끄덕이는 대신 그의 앞섶을 그러쥐었다. 피 묻은 손가락이 옆으로 한 번, 아래로 한 번 움직이며 성호를 그었다.

그것으로 끝이었다. 눈동자가 풀어지더니 힘 빠진 손이 미끄러져 떨어졌다. 정장 바지 아래로 불그스름한 웅덩이가 번져나갔다.

그는 사망시각을 확인한 뒤 시체의 품을 뒤졌다. 예상과 달리 휴대폰도 지갑도 그대로 남아 있었다. 의외의 물건은 안주머니에서 발견됐다. 대나무숲이 우는 환청을 들으며, 순조는 익숙한 직원증을 빼냈다. 묽은 핏물이 검찰 마크를 타고 사진으로 흘러내렸다. 죽은 남자는 같은 일터에서 일하던 동료였다.

*

번개가 내리쳤다.

미도는 눈을 떴고, 거실 불이 켜져 있다는 사실을 깨달았다. 소주와 생마늘, 돼지 기름기 섞인 역한 냄새가 위장 바닥에서 올라왔다. 그녀를 깨운 사람은 천둥소리가 아니라 집주인이었다. 동아가 난처한 표정으로 머리맡에 서 있었다.

"무슨 일이야?"

동아는 가지런한 눈썹 끝을 긁적였다.

"어… 주희가, 그러니까 손님이 갑자기 집에 온대서. 오늘은 같이 못 잘 것 같은데……."

다시 한번 천둥이 쳤다. 비가 이렇게 오는데 어딜 가라고? 네가 나가. 모텔이든 호텔이든 가면 될 거 아냐. 연발식 기관총은 혀를 통과하지 못했다. 어쨌든 이곳은 동아네 집이었다.

미도는 주섬주섬 일어나 스타킹에 발을 끼웠다. 동아는 그사이로봇청소기를 켜고 칫솔을 찬장 안에 감췄다. 화장실 문을 열어놔서 뭘 하는지 훤히 보였다.

'지랄도 병이다.'

병으로 따지면 호스트바 선수 집에서 반 더부살이를 하는 검사가 더 중증이긴 했다. 만나게 된 경위도 우스웠다. 발령 바로 전주, 청담동 며느리가 된 B와 판검사를 포기하고 로펌에 들어간 L과 L의 레즈비언 친구 P가 모여 진탕 퍼마셨다.

3차쯤 됐을까. 그날의 물주였던 B가 호스트바에 가자고 제안했다. 미도는 반대했지만 만취한 L이 그런 데는 단속도 안 나온다며 밀어붙여, 결국 네 명이 B의 단골이라는 호스트바로 갔다.

룸에 앉자마자 선수들이 들어오고 초이스가 시작되었다. 술도 뿌리고, 러브샷도 타고, 한참 놀다 보니 필름이 끊겼다. 정신이 들었을 때는 편의점 앞에 처음 보는 남자애와 앉아 있었다.

미도는 머리를 감싸 쥐고 물었다.

"내가 너 찍었니?"

"아뇨. 윤서 누나랑 바꿨어요. 마음에 안 드신다고."

들고 있던 헛개수를 따려 했지만, 손이 헛돌았다. 짜증이 나려는 와중 선수가 물었다.

"근데 누나 진짜 검사예요?"

만취한 년 하나가 또 친구 직업을 떠벌린 것 같았다. 미도는 일단 잡아떼고 봤다.

"뭔 소리야. 애들이 뻥친 거야."

"누나가 직접 말했는데요. 이거 봐요. 내가 안 믿으니까 한국법조인대관도 켜서 확인시켜 줬는데."

휴대폰까지 들이대니 만사가 귀찮아졌다. 미도는 될 대로 되란 심정이 되어 헛개수 캔을 내밀었다.

"검사님 아프니까 이거나 따줘."

선수는 따라는 음료는 안 따고 안색이 침울해졌다.

"와, 그럼 어떻게 되는 거야. 나 아직 마담 형한테 못 받은 돈 있는데. 우리 가게 망하면 나도 같이 잡혀가나?"

멍청한 소릴 조잘대는 게, 취기 탓인지 이상하게 예뻐 보였다. 미도는 갈색 뒤통수를 붙잡아 끌어당겼다. 키스는 헛개수보다 효력이 좋았다.

그 뒤로도 동아와는 종종 만났다. 동아는 번호를 찍어주면서, 자기가 출근 안 할 때면 언제든지 와서 놀다 가라고 했다. 뻔한 멘트겠거니 싶었지만, 다음날 메시지가 왔다. 동아는 논현동 쪽 신축 오피스텔에 혼자 살고 있었다. 일이 끝나서 찾아가면 배달을 시켜 놓고 섹스하고 먹고 또 섹스를 했다.

한창 간짜장을 먹다가, 미도는 왜 연락했냐고 물었다. 동아는 후룩대던 면을 끊고 대꾸했다.

검사의 죄

"멋있어서. 나 검사가 이상형이야."

그런 말은 당연히 믿지 않았다. 필요에 의한 비즈니스 파트너라면 모를까. 여검사와 호스트바 선수는 결혼정보업체 바닥부터 꼭 대기까지의 간극이 있었다.

자기 얼굴이 선수를 꼬실 만큼 출중하지 않다는 건 미도도 잘 알았다. 일반인 남성들, 특히 사업을 하는 남자들은 그녀를 든든한 히든카드로 여겼다. 나머지는 둘 중 하나였다. 검사 마누라가 '빽'이 될까 기대하는 놈, 저보다 잘난 여자가 불편한 놈.

선이 아닌 소개팅이 언제였더라? 너무 오래전이라 기억이 잘 나지 않았다. 미도는 부엌을 보면서 그대로 스타킹을 끌어올렸다. 술을 먹고 퉁퉁 부은 다리가 의족처럼 뻣뻣했다.

"아, 뜨거!"

기름이 튀었는지, 불 앞에 있던 동아가 손가락을 빨았다. 자긴 배달음식만 먹으면서 집으로 부르는 여자들한테는 늘 저렇게 열심이었다. 왜 그리 극성이냐 묻자 동아는 진지한 표정으로 설명했다. '공사를 치려면 마음을 얻어야지. 건축학개론 안 봤어?'

월세 120짜리 오피스텔에 살며 외제 차까지 굴리는 걸 보면 꽤 실적 높은 선수였다. 똑같이 호구를 잡으려는 모 검사보다 성과도 훨씬 좋았다. 미도는 현관 앞에서 목소리를 높였다.

"나, 간다."

"어, 우산 있지? 연락해!"

동아의 집을 나와 심야버스 시간표를 보니 40분이나 기다려야 했다. 결국 그녀는 비를 뚫고 택시를 잡아탔다. 아까 부장이 준 돈을 남겨둬서 다행이었다.

택시는 이리 흔들리고 저리 치이면서 풍랑에 휩쓸렸다. 미도는 눈을 감고 속을 진정시키려 애썼다. 민형사적 실수는 곧 지갑의 출혈과 직결됐다. 토하면 3만 원, 시트를 갈면 5만 원…… 여차하면 틀어막으려고 준비하는데 잘 그을린 손등이 보였다.

'이놈의 선탠, 피부를 뒤집든지 해야지.'

태닝에는 기구한 사연이 있었다. 이전 지청에서 마담뚜에게 선자리를 주선 받을 때였다. 원하는 결혼 상대를 말하자 마담뚜는 펄쩍 뛰었다.

'아니, 서울에 집 한 채 가져오라는 사법 아가씨가 어디 있어요. 요즘은 사법 총각도 그렇게 대놓고 말하면 안 돼. 어머님들이 밝힌다고 싫어한다니까? 여자 쪽 얼굴이 저기 뭐야, 소녀시대 정도면 몰라……'

우여곡절 끝에 소개를 받은 인간이 천안에서 사업을 한다는 땅부자 아들놈이었다. 집안 괜찮고, 외모 평범하고, 협상도 빨랐다. 미도 쪽에서 내건 조건은 30평대 아파트와 생활비, 저쪽에서 내건 조건은 피부 선탠이 다였다.

'선탠이요?' 미도가 되묻자 남자는 멋쩍게 웃으면서 카드를 내밀었다. '제 유일한 이상형이 구릿빛 피부라서요.' 미도는 군말 없이 카드를 받고 40회를 한 방에 결제했다.

다 된 줄 알았던 밥은 막판에 엎어졌다. 마담뚜에게 들은 바로는 모 여자 판사가 물어갔다고 했다. 남은 건 아몬드처럼 잘 그을린 피부, 대한민국 전 지점에서 사용 가능한 '샤인태닝' 이용권이다였다.

택시가 크게 흔들렸다.

"저 불한당 새끼……."

기사는 오토바이 꽁무니에 대고 욕을 했다. 그녀도 부장한테 욕을 했다. 2차로 간 룸에서는 다른 검사들 전원이 그녀 욕을 했을 것이다.

'신나게들 깠겠지. 막내가, 그것도 여자가 한 달도 안 돼 개겼다고.'

반면 그녀의 동기는 처세도 잘 하고 꼬리도 잘 쳤다. 평소엔 아부 도사인 놈이, 검사장이 오니까 쿨한 척 고기만 처먹는 데선 감탄이 다 나왔다.

"다 왔습니다."

미도는 부장이 준 돈으로 택시비를 냈다. 내려서 빌라로 들어가는 사이 온몸이 쫄딱 젖었다.

서울로 올라오며 그녀는 새집을 구했다. 이전에는 서울 근교에 아버지와 남동생 미준이 살 월셋집을 잡아 생활비를 보내줬었다. 관사로 들어가기는 동생이 한사코 싫다고 해서 합친 거였는데, 지검 가까운 곳에서 셋이 살 집은 8평짜리 반지하밖에 없었다.

문을 열자 요란한 경운기 소리가 들렸다. 가족들의 코골이 덕에 잘 때는 귀마개가 필수였다. 미도는 발뒤꿈치를 들고 어슴푸레한 형체들을 건너갔다. 세탁기 위에 젖은 옷을 널어놓고 나오는데 미준이 잠꼬대를 했다.

"아니, 이틀 치만 더 쳐달라고……."

동생이 벗어둔 청바지 뒷주머니에 담배가 있었다. 화장실 변기에 앉아 문을 닫고 한 모금 빨아들이자 골이 띵하니 당겼다. 사법고시를 칠 때도 그녀는 고시원에서 몰래 담배를 피웠다. 냄새가 덜 배게 창살 사이로 끝을 빼서 피우는 것이 당시 룰이었다.

형법서와 씨름하던 그때나, 형법상의 죄인들과 씨름하는 지금이나 신세는 비슷했다. 터널을 빠져나온 줄 알았는데 비좁은 하수관으로 들어온 기분이었다. 미준은 못 본 사이 말수가 더 적어졌다. 학생 때는 물건을 훔치고 성인이 되어서는 사람을 패서 누나를 경찰서에 들락거리게 하던 동생은, 이제 밤마다 셔츠를 빼입고 밤일을 나갔다. 출근 복장을 보면 어디 가라오케 웨이터로 취직한 것 같았다.

'건드리지 마.'

5년 만에 만난 미준은 대뜸 선포했다. 뒤에서는 아버지가 꽈배기를 입에 다 묻히면서 먹고 있었다. 그녀가 무슨 소리냐며 묻자 미준은 다시 말했다.

'아빠 챙길 사람이 없으니까 누나랑 같이 사는 거야. 그러니까

간섭하지 말라고, 내가 뭘 하든.'

제 누나의 생활비로 몇 년을 먹고살았으면서, 말하는 건 자수성 가한 검사님 뺨쳤다. 드러난 팔목에는 나이프와 거미줄 문신이 빼곡하게 그려져 있었다. 시선을 느꼈는지 미준은 오만상을 찡그리며 팔짱을 꼈다. 한 달을 살며 그녀가 동생과 나눈 말은 '쌀 떨어졌어', '아빠 병원비', '이번 달 공과금' 따위가 다였다.

갑자기 문이 열려, 미도는 다리를 오므렸다. 화장실 앞에는 무릎을 꿇은 아버지가 손잡이를 움켜쥐고 있었다. 아버지는 처량하게 말했다.

"배고프다. 미도야."

퇴행성 자폐증은 60대의 노인을 먹을 것에 집착하게 했다. 한 때 여러 하청 업체나 거래처들에서 집으로 보내왔던, 고급 요릿집에서 얻어먹었을 법한 팔도 음식의 이름들이 끝없이 나왔다. 군산 조기, 청도 곶감, 여수 갓김치, 서산 어리굴젓……

시어 터진 김치 조각만 있어도 아버지는 밥그릇을 뚝딱 비웠다. 밥통을 감춰놓지 않으면 있는 밥을 다 먹어치우고 소화불량에 걸리기 일쑤였다.

"미도야, 배고파 보인다. 잘 먹어야 살아."

미도는 담배부터 뒤로 숨기고 아버지를 달래기 시작했다.

"아침에 먹자. 그때 차려줄게."

"아침에?"

"응, 아침에."

늙고 지친 표정에 수긍하는 기색이 보였다. 아버지는 왔던 것처럼 무릎걸음으로 돌아갔다.

아버지의 회사는 검사 한 명에게 박살났다. 정확하게는 청탁 내사, 전형적인 먼지털이 수법이었다. 미도가 고등학생 때 아버지 사업체가 경쟁업체 중 하나와 정부사업유치 건으로 시비가 붙었다. 문제는 사장이란 작자가 유명 전관 변호사의 동생이라는 거였다.

상대 쪽에서는 후배 검사를 데려와서 사업을 털기 시작했다. 기존 거래처, 회계 장부, 퇴사한 직원의 계좌까지 추적하면서 공장 사람들을 참고인이랍시고 불러 사장이 큰 잘못을 한 것처럼 소문을 냈다.

반년 만에 사업이 작살났고 공장 세 개가 모조리 빚더미에 올랐다. 하필 거래처 중 정말로 탈세에 손을 댔던 업체가 있어 타격은 더 컸다. 퀭한 눈으로 지검과 은행, 공장을 돌며 지방의 친척들을 찾아다니던 아버지는 광주로 가는 기차에서 쓰러졌다. 중환자실에서 깨어난 다음에는 가족들도 제대로 알아보지 못했다. 신부전증과 퇴행성 자폐증. 어머니는 딱 1년을 버티고 친정으로 떠났다. 창창한 나이에 반병신 남편을 수발하며 살긴 싫었으리라.

물어물어 찾아간 검사실에서, 미도는 아버지를 영영 은퇴시킨 검사와 마주했다. 눈두덩에 피로가 묻은 검사는 그녀를 보고 인상을 찌푸렸다.

"넌 뭐야?"

"아빠한테 왜 그랬어요?"

검사의 얼굴에 지겨운 표정이 스쳤다. 실무관으로 보이는 검사실 직원이 얼른 달려왔다.

"얘, 나중에 부모님이랑 같이 와. 검사님이 얼마나 바쁘신 분인데……."

"없어요."

검사와 직원은 서로를 마주 보았다. 오는 내내 목구멍에 걸려있던 불덩이가 날뛰었다. '뭐 하나, 쟤들 얼굴에 칼빵 하나씩 안 놔주고.' 미도는 가져온 판결문을 바닥에 흩뿌렸다.

"아빤 쓰러졌고 엄마는 도망갔어요. 당신들이 그렇게 만들었잖아."

탄원은 씨알도 먹히지 않았다. 흩어진 서류들을 무심히 휘둘러보던 검사가 말했다.

"갈 때 치우고 가라."

그날 밤 진로가 결정되었다. 법대에 들어가 사시에 패스하는 것이 1차요, 검사가 되어 그녀 손으로 복수를 하는 것이 2차였다. 임용 후 수소문해보니 그 검사는 성추문에 휩싸여 옷을 벗고 대형로펌의 고문으로 취직해 있었다.

손끝이 뜨거워졌다. 미도는 다 탄 담배 끝을 세면대에 털어버렸

다. '들이박으려면 박을 수 있지. 업무상 배임, 직위 남용, 위력에 의한 불법수사였다고.'

안 된다는 것은 이미 검찰에서 6년, 법조계에서 10년을 구른 그녀가 가장 잘 알았다. 알량한 명패나마 보전하려면 복수는 꿈도 꿔선 안 됐다. 검사실에 얌전히 버티고 앉아, 저보다 약한 인간들을 법정에 세우는 것만이 평검사 나부랭이에게 허락된 권한이었다. 그녀의 조직에서는 나쁜 놈을 잡으려면 걸맞은 자리부터 올라가야 했다.

그래서 몇 년 동안 까라는 대로 까면서 살았다. 아버지의 상태가 갈수록 나빠지지만 않았다면 마지막 수를 쓰지도 않았을 것이다. 발령이 두 달 앞으로 다가왔을 때, 그녀는 외종숙에게 전화를 걸었다.

'누구십니까?' 묻는 목소리에 '저 미도예요' 답하자 침묵이 흘렀다. 어머니가 친정으로 간 뒤 외가와는 거의 절연을 한 상태였다.

'곧 발령인데 한 번만 도와주세요. 안 되면 옷 벗고 복대리라도 뛸게요.'

읍소한 결과는 서울중앙지검이라는 여섯 글자로 돌아왔다. 기존 고과론 때려죽여도 못 갈 터였으니, 외종숙이 손을 써줬으리란 건 확실했다. 은퇴한 부장판사가 외조카한테 던져준 마지막 선물이었다.

그런데 사고를 쳐버렸네. 미도는 쓸쓸하게 생각했다. 윤 부장은 잊지 않을 것이다. 지금까지 봐왔던 부장들은 구제불능의 꼰대에, 조직이 시키면 제 마누라도 기소할 검찰애국지사였다. 그런 인간이 부하들 앞에서 들이박힌 하극상을 잊는다? 인사고과에 '적격 심사 필요'라 적히는 쪽이 빠를 터였다.

그녀는 수돗물을 틀고 기도하기 시작했다. 내일 아침에 하극상이 덮일 정도로 큰 건이 터지기를. 총장 아들이 성추행을 했다, 법무부 장관 사위가 마약을 했다. 이런 뉴스가 어설픈 살인사건보다 더 좋았다. 대중들은 아이와 약자의 죽음에 열광했고, 검찰은 내부자의 일에만 예민했다.

'총장 피습이 딱인데. 아니면 검사가 검사를 때려죽이는 것도 괜찮고……'

세수를 하고 나오다 미도는 인상을 썼다. 요즘은 생리 때가 아니어도 배가 무겁고 폐가 불편했다. 오래 물속에 있다 나온 느낌이라고 말하자 동네 의원 의사는 '잦은 태닝으로 인한 불안 증세'라는 진단을 내렸다. 감압병의 후유증 중엔 영원히 원래대로 돌아갈 수 없는 것도 있었다.

가족들은 여전히 코를 고는 중이었다. 그녀는 동생과 아버지를 넘어가 귀마개를 꼈다. 그러고는 흙탕물에 잠긴 버드나무의 꿈을 꾸었다.

피살된 검사

"검사님, 안 졸리세요?"

카트를 밀고 들어온 양희영 계장이 물었다. 걷어붙인 팔뚝에서 전완근이 불끈거렸다.

"멀쩡합니다. 원체 잠이 적어서."

역도선수 출신 수사관의 얼굴에 걱정이 스쳤다.

"그러다 몸 상할라. 새벽부터 나와 계셨잖아요."

"대신 우유도 큰 걸로 하나 먹었습니다."

"또, 또, 빈속에 찬 거 넣으면 안 좋다니까요!"

순조는 괜찮다고 대답하고 책상 위 우유팩을 쓰레기통으로 던져넣었다. 보고 있던 다큐멘터리에선 들개들이 하이에나에게 쫓겨 달아나는 중이었다.

'녀석들은 대항할 수 없습니다. 리카온 무리는 이 오아시스의 최약체 포식자며, 때로는 초식동물에게도 습격당하는 황무지 청소

검사의 죄

부입니다.'

뒤처진 새끼가 하이에나 떼에 잡혔다. 이어 잔혹한 만찬이 펼쳐졌다. 양 계장은 서류 꾸러미를 책상으로 옮겨 놓더니 모니터를 흘끔거렸다.

"또 다큐멘터리예요? TV도 안 보시는 분이 동물은 어쩜 저리 좋아하시나 몰라."

"머리나 식히는 거죠. 실무관님은요?"

"곧 오신대요. 사람이 많아서 좀 늦는다던데요."

그의 방에서 일하는 다른 한 명, 염상아 실무관은 사건 자료를 복사하러 법원으로 나가 있었다. 오늘은 법조인들에게 긴 하루가 될 것이었다.

죽은 남자는 고등지방검찰청의 검사였다. 나이는 서른일곱, 이름은 김한주, 네 기수 위 선배라고 했다.

언론은 득달같이 시체를 팔아대기 시작했다. 잔혹한 1보가 포털마다 걸리고, 매스컴은 앞다투어 검사 피살 속보를 내보냈다. 해가 뜰 즈음에는 모든 신문과 뉴스에 '검사 피살, 흉수는 누구?' 따위의 헤드라인이 대문짝만하게 박혀 있었다. 현직 검사가 난자당한 사건은 요즘 시대에도 임팩트가 컸다.

4시간 전, 순조는 경찰서로 목격자 진술을 하러 갔었다. 보통 관할 지역에서 시체가 나오면 담당 검사가 검시를 가기 마련인데, 이 사건은 아예 제보자가 형사부 평검사였다. 형사들은 검사 시체를 발견한 검사에게 성의껏 정보를 공유했다.

가슴에 한 방, 복부에 세 방. 사인은 과다출혈과 장기 손상으로 인한 쇼크사, 흉기는 얇고 가느다란 송곳 종류, 특이점은 혀가 뿌리부터 잘려나갔다. 가족관계는 지방에 거주하는 노모 한 명…, 형제자매는 없고 혼인 기록이나 동거 중인 사람도 없다.

순조는 현장 주변 CCTV와 블랙박스를 확보하고, 증거 인멸의 위험이 있으니 피해자의 자택부터 조사하라고 지시했다. 2차 진술을 할 곳은 지검이었다.

자다가 봉변을 당한 윤 부장은 눈이 시뻘개져서 부장실을 서성이고 있었다. 현장이 중앙지검의 관할 지구기도 했고, 사망자의 특성상 사건이 배당되기도 전에 차장, 검사장, 검찰총장과 법무부 장관 라인으로 소식이 올라갈 터였다.

부장은 그를 보자마자 물었다.

"기자들은?"

"경찰서 앞에는 없었습니다."

"언론에 말은 안 샜고?"

"예. 담당 형사들한테만 신분을 밝히고 초동지휘를 맡았습니다."

"검사가 검사 시체 치웠다는 얘길 들으면 난리가 날 거야. 출입 기자 중에 친한 사람 없지?"

순조는 몇몇 얼굴을 떠올리며 고개를 끄덕였다. 부장은 영 미덥

잖다는 표정이었으나 더 말 않고 담배를 물었다. 어차피 정보는 관할서 쪽에서라도 흘러나가게 되어 있었다.

침묵 속으로 연기만 퍼졌다. 부장은 어디론가 문자를 보내고, 또 전화를 걸다 끊더니 권투글러브 같은 손으로 이마를 벅벅 문질렀다. 집안에 터진 폭탄을 어디부터 알릴지 고민하는 기색이 역력했다.

"브리핑해봐."

순조는 경찰서에서 했던 진술을 그대로 옮겼다.

"귀가 도중 집 앞에서 피해자를 발견했습니다. 빌라와 빌라 사이 골목이었고 범인은 보지 못했습니다. 목격자도 없고 다른 피해자도 없는데, 폭우 때문에 폐쇄회로 영상 확보가 어려울 것 같습니다."

아니나 다를까, 예상하던 질문이 나왔다.

"혹시 아는 사람이냐?"

"처음 보는 사이였습니다. 왜 거기 있었는지도 모르겠고요."

부장은 이번엔 목뒤를 문질렀다. 셔츠 깃이 안으로 말려 있었다.

"가봐. 입단속 철저히 하고."

군말 없이 물러나는데 부장실 전화벨이 울렸다.

"예, 차장님. 늦게 전화 드려 죄송합니다. 말씀드리기 난처한 문제가……."

순조는 문을 닫고 나와 그의 검사실로 갔다. 몇 시간 못 자고 다시 나올 바엔 사건 하나를 더 보는 게 나았다.

동이 트는 동안 세상은 시끄러워졌다.

햇볕에 벌집이 달아오르는 사이, 조직은 기민하게 움직였다. 김용천 총장은 보여주기식이나마 긴급조치를 발효시켜 이미지 관리에 나섰다. 지검 청사 앞에 청원경찰이 두 명 버티고 섰고, 출입구에서는 방호직 직원이 외부인의 소지품을 검사했다.

사내 메신저망과 문자함, 단체 메신저에도 불이 났다. 연락처를 아는 기자들이 마구 문자를 보내는 통에 휴대폰이 거푸 울어댔다. 이프로스*에는 온갖 추모와 분개의 글들이 올라왔다. 포털 뉴스에 달린 수백 개의 댓글도, SNS의 글들도 같은 의문을 품고 있었다. 어떤 미친놈이, 무엇 때문에 대한민국 검사를?

묻고 싶은 것은 이쪽도 마찬가지였다. 죽인 자가 아니라 죽은 이에게. 순조는 앞가슴을 내려다보았다. 흰 셔츠에 희미한 암갈색 흔적이 스며 있었다.

김한주는 그를 찾아왔다. 비 오는 밤, 그 새벽까지 거기 있었다는 건 이쪽을 기다렸다는 소리였다. 새파란 후배 입장에서는 날벼락이 따로 없었다. 그는 함께 근무했던 검사, 근접한 기수, 한 번이라도 스쳐 지나간 검찰청 직원들을 모두 기억했다. 그럼에도 김한주는 얼굴도 이름도 낯설었다. 검사들 말을 빌리면 '장인어른 통장

---

* 검찰 내부 종합정보통신망.

　　　　　　　　　　　　　　　　　　　　검사의 죄

까지 털어도' 접점이라곤 안 나올 인간이었다.

청탁을 하러 왔었나? 꼭 변호사가 아니라 검사들 사이에서도 가벼운 청탁들은 종종 오갔다. 다만 기수와 이름을 밝힌 다음, '아는 사람이 억울하게 휘말린 것 같다', '그쪽 방에 들어온 모 사건을 신경 써서 봐달라' 하는 정도가 암묵적인 룰이었다.

방문 목적은 궁금하지도 않았다. 부장은 입단속을 당부했으나, 떠들라 했어도 침묵했을 것이다. '똥은 주변에 뿌렸어야지. 생판 처음 보는 후배를 찾아올 게 아니라.'

죽기 전, 피해자가 그은 성호를 진술에서 빼버린 것도 귀찮은 일이 싫어서였다. 현장에서 확인한 휴대폰 내역은 지나치게 깨끗했다. 연락망은 둘 이상일 확률이 높았고, 범인이 대포폰을 가져갔을 터였으나… 이 이상 얽히고 싶지 않았다. 어차피 사건은 오늘 내로 다른 검사에게 배당될 것이었다.

곧 날이 완전히 밝고 복도가 시끌시끌해졌다. 이어 방 직원들이 출근해 '검사님, 뉴스 보셨어요?'로 포문을 여는 이야기를 시작했다. 그는 서류 더미를 책상 위에 올려버렸다.

"일이나 합시다."

*

오전 업무회의는 흉흉한 분위기에서 진행됐다. 평검사가 아니라 총장이 죽었다 해도 그날의 배당사건을 나누고 수사 진척 상황을 보고해야만 했다. 얼굴이 검게 변한 부장 대신 부부장이 회의를 마무리했다. '김한주 살해 사건은 오늘 내로 배당이 될 테니, 들뜨지 말고 할 일이나 잘들 하고 있어라.'

"권 검사, 나 좀 봐."

부장실에서 나오는데 미도가 그를 잡았다. 순조는 425호, 미도는 426호 검사실이었다.

"무슨 일 있었나 봐?"

"뭔 소리야?"

미도는 그의 가슴 쪽을 턱짓했다.

"어제 입었던 옷이랑 똑같잖아. 회식 끝나고 집에 안 갔어?"

순조는 대수롭잖게 받아넘겼다.

"일이 많아서 지검으로 왔어. 너도 같은 옷인데 뭘."

자기 셔츠를 내려다본 미도는 가지런한 눈썹을 찌푸렸다. 그러더니 들리지 않게 목소리를 낮췄다.

"경찰 기자들한테 소문이 돌던데. 그 검사 시체, 발견한 사람이 같은 검사라고."

수사력 좋은 동기는 이래서 귀찮았다. 순조는 알짱대는 낚싯줄을 딱 잘라 쳐냈다.

"글쎄, 난 잘 모르겠네."

검사실로 들어가자 이번에는 같은 방 직원들의 토론이 한창이었다. 염 실무관과 나란히 서서 텔레비전을 보던 양 계장이 물었다.

"검사님 생각은 어떠세요? 누가 그런 걸까요?"

순조는 자리로 가서 앉았다. 원한범 아니면 입 막고 싶은 놈이 했겠지. 남의 집까지 찾아온 민폐 덩어리가 사고를 한두 개 쳤을까.

"잘 모르겠습니다. 원한범 소행 같긴 해요."

염 실무관은 체구가 작은 법대 출신 여자였다. 그녀는 팔짱을 끼며 몸을 한껏 움츠리고는 말했다.

"왜, 작년에 방화 때문에 난리도 아니었잖아요. 알콜중독 노숙자가 범인으로 몰렸던. 이번에도 그런 유형 아닐까요?"

"우발적인 것처럼은 안 보이는데? 공판이나 기소로 원한을 산 사람이겠죠."

"아니에요. 계장님. 요즘 소시오패스들이 얼마나 많은데요. 옛날에 판사 석궁 사건 아시죠? 그런 데서 모티브를 얻어서 검사들만 습격하고 다니는……."

양 계장이 헛기침을 하며 말을 끊었다. 가장 심란할 사람이 있다는 걸 인지한 모양이었다.

순조는 개의치 않고 서류를 넘겼다. 눈은 오늘 아침 올라온 처벌불원서를 읽고 있었지만, 머릿속으로는 다른 기억들이 휙휙 스쳐 지나갔다.

4년 전, 지청과 가까운 대학병원에서 뇌 검사를 받은 적이 있었다. 1년에 한 번씩 무료 검진이 가능해서였지만 내심 어떤 진단이 나올까 기대되기도 했다. 대뇌반구 한쪽이 기능하지 않는다거나, 변연계에 모종의 이상이 생겼다거나. 철 들기 전부터 사람을 죽인 살인자의 뇌가 아닌가.

의사는 엑스레이 카드들을 정리하고 있었다. 순조가 의자에 엉덩이를 붙이자마자 무심한 어조로 말했다.

"정상입니다. 아주 건강해요."

"다른 이상은 없나요?"

의사는 화면에 뜬 엑스레이를 넘겼다. 허연 뇌의 단면이 검은 화면을 가득 채웠다.

"측두엽이 비대하긴 합니다. 기억력이 좋으시죠?"

그가 과잉기억증후군이라는 사실은 아무한테도 얘기하지 않았다. 그런 것도 같고, 하면서 얼버무리자 의사는 볼 것도 없다는 듯 결론지었다.

"아마 그러셨을 겁니다. 이쪽, 비피질 영역이랑 미상핵 쪽이 일반인보다 훨씬 크거든요. 검사님이시니 알게 모르게 도움이 됐을 수도 있겠네요."

"다른 부작용은 없습니까? 환각을 본다든가, 사회생활에 어려움이 있다거나……"

의사는 그가 농담을 하는 줄 알았던 모양이었다. 무테안경을 올리더니 한 마디 덧붙였다.

"제가 관상을 좀 보는데, 회사생활 잘하시겠어요."

틀린 말은 아니었다. 검사 선배들은 싹싹한데다 눈치 빠른 후배를 좋아했고, 그와 함께 근무한 수사관들은 대체로 빠르게 진급했다. 잘 뛰고 잘 무는 투견은 어느 개장수에게나 환영받는 법이었다.

'그럼 환각이랑 환청은? 중추신경 쪽 문제였나?'

뇌에는 아무 문제가 없는 것으로 밝혀졌지만, 여전히 반사회적 인격장애 여부가 궁금했다. 의사는 귀찮아하면서도 몇 가지를 더 말해주었다. 과잉기억증후군이나 사진 기억이 성격적 장애를 가져오지는 않는다. 지금 본인의 뇌도 측두엽이 발달했을 뿐 비정상 범주는 아니다.

막상 정상이라는 진단을 받아드니 기분이 묘했다. 하긴, 검사실로 끌려오는 예비 수감자들도 뇌 한쪽에 구멍이 나 있지는 않았을 것이다.

김한주는 어땠을까.

문득 궁금해졌으나 물어볼 곳이 없었다. S대 법학과 단톡방, 연수원 단톡방, 군법무관 단톡방 등 메신저에서 모두 나온 탓이었다. 특권의식과 파벌문화에 관심이 없으니 동기들과도 금방 서먹해졌다. 그나마 말이라도 섞는 사람은 옆방의 차미도 하나였다.

'지금쯤 좋아 죽겠지. 덕분에 하극상이 묻혔으니.'

그때 그날의 여섯 번째 손님이 들어왔다. 술집 뒷골목에서 벌어진 2대 1 폭행 사건의 용의자였는데, 둘이 치면 특수폭행이고 혼자 때리면 일반폭행이라 가해자들 쪽에서는 한사코 일대일이었다며 부인했다.

인적사항 아래 양 계장이 까만 펜으로 적어 준 메모가 눈에 띄었다. '폐쇄회로, 블랙박스 없음!'

순조는 남자가 앉기도 전에 선언했다.

"같은 특수폭행이라도 가담 정도에 따라 형의 차이가 있습니다. 보통 공범은 벌금만 내고 합의를 하고요."

"예?"

"만약 한 대라도 쳤는데 안 쳤다, 끝까지 발뺌하다가 걸리면 최악입니다. 당장 폐쇄회로 없다고 끝나는 거 아니에요. 경찰 탐문조사로 며칠, 몇 주 지나서 주차 차량 블랙박스가 나오는 경우도 많으니까."

엉거주춤하게 선 여드름투성이 남자의 얼굴에 서서히 피가 몰렸다.

"아니, 전 가해자가 아니라 참고인이거든요? 검사가 진술도 안 듣고 협박부터 합니까?"

"체격 비슷한 일반인끼리 싸웠는데 한쪽만 전치 4주가 나왔습니다."

"그건 그 사람이 존나 약해서······."

검사의 죄

"여기 사진 보이죠? 맞은 자국 보면 대충 압니다. 뭐라도 거들었 겠죠, 같이 때렸든 잡고만 있었든."

남자가 아랫입술을 잘근잘근 씹기 시작했다. 순조는 미리 뽑아 뒀던 판례 기록 몇 장을 책상 너머로 밀어보냈다.

"수사 과정에서의 태도도 양형에 참작됩니다. 기관을 기망하면 서 불량한 태도를 보일 시 벌금은 평균 3백만 원, 형량은 3개월쯤 더 붙습니다. 진술거부권이나 변호인의 참여를 원하신다면 마음 대로 하시고요."

기본권을 마지막에 던져주는 전개는 겁쟁이들에게 잘 먹혔다. 입술을 씰룩이던 남자가 한결 공손해진 태도로 물었다.

"…저, 잠시 전화 좀 써도 되나요?"

"편하실 대로."

침묵이 흘렀다. 양 계장과 염 실무관이 안 보는 척 흘끔대는 가 운데, 남자는 스마트폰으로 뭔가를 바삐 두들겼다. 뭘 검색 중일 지는 보지 않아도 뻔했다.

순조는 다음 민원인의 고발장을 읽으면서 느긋하게 기다렸다. 항복 선언까지는 5분이 채 걸리지 않았다.

"그, 실은 거짓말을 하려던 게 아니라……."

호시탐탐 기회를 엿보던 염 실무관이 진술서를 가져왔다. 당일 정 황을 자필로 적은 남자는 어깨를 축 늘어뜨리고 검사실을 나갔다.

양 계장이 혀를 내둘렀다.

"대단하시다니까. 애 키울 때 빼고 지검에서만 15년을 일했는데, 본 검사님 중 탑이세요. 옛날에 모셨던 강성파 부장님 느낌이랄까."

순조는 대수롭지 않게 대꾸했다.

"칼 들고 협박하면 더 잘했을 겁니다."

"에이, 무슨 그런 농담을 하세요? 닭 한 마리 못 잡으실 것 같은 분이."

"그러니까요. 검사님은 좀 잘 드셔야 해요. 덩치 큰 피고인들이랑 싸우실 땐 철렁철렁한다니까요."

양 계장이 웃음을 터뜨리자 염 실무관도 거들고 나섰다. 순조는 수사관의 두툼한 목을 힐끔 보았다. 검푸른 핏줄이 피부 밑에서 펄떡거리고 있었다.

'쇄골하동맥은 3초, 경동맥은 12초. 혈관 내 3센티까지만 들어가면 절명이지.'

일터가 바뀔 때마다 그는 수많은 돌발상황을 상정했다. 과거가 탄로날 경우, 가장 위협적인 가정은 근무 중인 지검으로 형사들이 들이닥치는 것이었다. 상주하는 청원 경찰들과 함께 덮치면 빼도 박도 못하고 포위되니까.

탈출 가능성을 높이려면 같은 방 동료를 활용해야 했다. 힘 좋은 수사관은 제거하고, 실무관은 인질로 잡고. 비상계단을 통해 4층 라운지로 내려가서……

"검사님?"

순조는 상념에서 깨어났다. 양 계장이 떨떠름한 표정으로 자기 목을 문지르고 있었다.

"제 목에 뭐 묻었어요?"

"아닙니다. 다음 일정은 언제죠?"

"30분 뒤예요. 왜 그, 정화시민연대 대표요. 조작증거 언론에 뿌리고 운영회비 타 먹는 인간."

죄를 짓고도 안 지은 척하는 자, 죄를 짓고 싶어 안달 난 자들로 검찰청은 늘 북적였다.

"제가 알아서 하겠습니다. 점심 메뉴만 정하세요."

"당연히 삼계탕이죠. 이제 초복인데."

염 실무관도 동의했다. 지검 뒤편에 백숙집이 새로 생겼다는 거였다. 같은 방 검사가 닭 말고 무슨 짐승을 잡았는지는 모르겠지. 순조는 실없이 생각하며 사건 내역 서류를 전산망에 업로드했다. 그리고 다음으로 들어온 시민단체 고발인을 조목조목 다그쳐 쫓아내버렸다.

*

오후 6시가 넘어서 전화가 왔다. 실무관은 먼저 퇴근했고 양 계장만 남아 씨름하던 중이었다.

"검사님, 부장님이 부르시는데요?"

순조는 일어나서 정장 단추를 잠갔다. 슬슬 호출할 때가 됐겠거니 싶던 차였다.

부장실에는 못 보던 손님이 있었다. 윤 부장보다도 키가 큰 남자였는데, 둘이 무슨 사이인지 공기가 껄끄러웠다. 남자는 싱글대며 손을 내밀었다.

"반가워요. 후배님."

포마드가 잘 어울리게 미끈한 얼굴이었다. 순조는 악수를 마주받으며 양복 옷깃에 붙은 변호사 배지를 확인했다. 윤 부장이 책상을 탁탁 두드렸다.

"일단 앉지."

세 명은 부장실 탁자에 둘러앉았다. 탁자 위에는 마카다미아 껍질들이 흩어져 있었다. 부장은 냉동 닭가슴살이니, 견과류니 하는 것들을 가져와 데우지도 않고 뜯어먹었다.

"여긴 권순조 검사. 여긴 문희철 변호사. 예전에 검사장님 밑에서 배웠던 친구야."

순조는 고개를 숙였다. 굳이 검사장을 언급해주는 저의가 투명하게 보였다.

"예, 그런데 무슨 일로⋯⋯."

"내가 잠깐 보자고 했어요. 검사장님도 뵐 겸, 장관 표창받은 후배님이 궁금해서 왔지."

"운이 좋았습니다."

"운은 무슨. 연수원 몇 기예요?"

문희철은 기수를 듣곤 가깝네, 가까워, 하면서 친근하게 어깨를 쳤다. 친한 척보다도 일개 변호사가 부장한테 부하를 데려오라고 명령한 것이 더 놀라웠다. 윤 부장은 불편한 기색으로 말했다.

"봤으면 슬슬 보내지. 안 그래도 바쁜 친군데."

문희철은 못 들은 척 견과류를 집었다. 껍질을 까기 시작하면서는 아예 수사 현황까지 물었다.

"이번 사건은 누가 맡습니까, 이 친구?"

"막내한테 어떻게 맡기나? 부부장이 할 거야."

부장이 대꾸했지만 영 카리스마가 없었다. 옷 벗고 나간 후배가 아니라 상사를 대하는 느낌이었다.

"욕심은 있을 것 같은데. 이런 사건, 수사하긴 좀 더러워도 잘만 끝내면 고속도로 타는 거잖아요. 전 국민 이목을 한 몸에 받을 이슈니까."

"검사 한 명 죽었다고 무슨……."

"왜 죽었는지가 나와봐야 알죠. 죽은 놈한테 무슨 사연이 있을 줄 아시고."

희철은 좌중을 둘러보더니 계속했다.

"다들 보고 있어요. 이놈이 뭐 하다 죽었나, 언론이고 대중이고 주목하는 중이란 말입니다. 그 친구 곱게 가긴 이미 글렀어요. 검찰이 안 하면 경찰이, 경찰이 안 하면 시민단체가 소액결제 내역까지 떼어올 테니까. 그러다 물어뜯을 게 있으면… 꽝!"

주먹이 탁자를 요란하게 내리쳤다. 윤 부장은 별 지랄을 다 한다는 표정으로 단언했다.

"어차피 잡히는 건 시간문제야."

견과류 껍데기가 부서졌다. 문희철은 기껏 깐 알맹이를 책상 저편으로 데구르르 굴려보냈다.

"저도 그랬으면 좋겠습니다. 그래야 우리 가족들, 쪽도 안 팔리고 목도 안 날아가죠."

허세가 줄줄 흐르는 제스처를 보니 S대 동문이 확실했다. 부장이 손을 내젓는 통에 순조는 일어섰다. 나가기 전 문희철은 명함한 장을 내밀었다. '법률사무소 수'라고 적힌 코팅 용지였다.

"여전히 많죠? 못된 인간들."

순조는 부장의 시선을 느끼면서 명함을 받아 넣었다.

"예, 뭐."

"열심히 해요. 적폐지만 정의는 지켜야지."

전 적폐가 현 적폐를 욕하는 꼴이었다. 문을 닫으며 본 부장의 얼굴은 볼만했다.

"혹시 문희철 변호사라고 압니까?"

검사실로 돌아와, 기대 없이 던진 말에 안다는 대답이 돌아왔다. 어떻게 아느냐고 묻자 양 계장이 말했다.

"그분이야 이 바닥 마당발이잖아요. 전에 몇 번 봤어요."

"지검에 자주 온다고요?"

"저 서부지검 있을 때도 종종 뵈었어요. 그때는 차장님을 만나러 왔다고 했었나? 변호사 사무소를 하는데, 거기 직원 말로는 매일 싸돌아다닌대요."

순조는 명함을 꺼냈다. 껄렁해 보이던 선배의 정체는 엉덩이 가벼운 변호사였다. '브로커인가?' 법원 근처엔 늘 브로커들이 있었다. 그들은 하이에나처럼 검찰청과 법원, 병원과 경찰서 근처를 쏘다니다가 사건이 터지면 당사자들을 물어와 변호사와 연결해주었다. 사무장, 전직 경찰, 법조계 직원들은 흔했지만, 검사 출신 변호사는 또 처음이었다.

부장이 쩔쩔매는 걸로 봐선 검사장의 심복쯤 되지 않을까 싶었다. 오늘은 보고를 겸해 후배의 싹수도 보러 왔을 것이고. 이등병 사망 뉴스가 터지면 장군님들 심사가 불편해지는 법이었다.

"검사님, 검사님!"

양 계장의 목소리가 커졌다. 그녀는 순조가 대답하기도 전에 텔레비전을 틀더니 음량을 키웠다. 지상파 뉴스에서는 특별 속보가 나오고 있었다. 피살 검사, 강압수사 제보… 폭력조직 유착 의혹?

'그 친구 곱게 가긴 글렀어.'

부장실에서 들었던 말이 예언처럼 떠올랐다. 사망한 검사가 수사과정에서 무력과 불법을 동원했다는 제보가 들어왔고, 모 폭력

조직과 거래한 내역까지 나왔다고 했다. 보도는 과거 조직폭력배와의 유착으로 인한 원한범의 소행에 무게가 실린다는 말로 끝났다.

이어 헤드라인이 바뀌었다. '검/경 총력 쏟아도 이틀째 감감무소식, 검사 살해 진범은 어디에…….'

심각하게 보고 있던 양 계장이 나지막이 한마디 덧붙였다.

"부장님 오늘 퇴근 못 하시겠네요."

*

버스에서 내리니 10시가 아슬아슬했다.

꼬박 이틀 만에 들어오는 집이었다. 가방을 내려놓자 고양이가 다가와 다리에 몸을 비볐다. 온몸이 새까맣고 눈 주위에만 하얀 털이 나 있는 고양이였다. 순조는 꽉 찬 사료 그릇을 확인하고 물통에 물을 부었다.

집에 오면 항상 하는 일들이 있었다. 그는 나이프를 쥐고 소파 밑부터 베란다까지 집을 싹 뒤졌다. 원래는 빈집털이범 색출 작업이었지만 오늘 같은 날은 더 신경 써 검문해야 했다. 아무도 없는 것을 확인하고 나서야 '평범한' 일상이 시작됐다.

빗길에 버려둔 식료품들 대신, 새로 사 온 고기가 프라이팬에 올랐다. 한쪽에서는 야채를 썰고, 얼려뒀던 잡곡밥을 해동시켰다. 전자레인지가 돌아가는 동안 그는 뜨거운 물로 샤워를 했다. 불면증 환자는 영양소도 균형 있게 섭취해야 했다.

이윽고 아스파라거스를 곁들인 등심이 식탁에 올랐다. 썰어 먹을 칼은 주방용으로 쓰는 헌팅 나이프였다. 순조는 간이 하나도 안 된 고깃덩어리를 씹으면서 텔레비전을 켰다.

뉴스룸에서는 오늘 하루 지겹게 봤던 보도가 반복되는 중이었다. 채널을 돌리자 종편 채널에서 대국민 추리 쇼가 흘러나왔다. 범죄학 교수와 부장판사 출신 변호사가 심각한 얼굴로 이야기하고 있었다.

"강 교수님께서는 이 사태를 어떻게 판단하십니까?"

"상세한 정황은 내사가 진행돼 봐야 알겠죠. 다만 수법이 잔혹하고 악랄한 것으로 볼 때, 개인적 원한에 의한 범행일 가능성이 큽니다."

"그렇습니다. 몇 년 전 대한변협* 염산 테러처럼 법조계를 겨냥한 공격일 수도 있고요."

아스파라거스는 너무 구웠는지 고무 덩어리를 씹는 것 같았다. 그는 반쯤 생고기인 스테이크를 잘랐다. 총장은 고민하고 있을 것이다. 논란이 일어난 김에 '부적격 검사'로 꼬리를 자를지, 조직 망신의 위험을 감수하고 죽은 자를 품을지. 어떤 결정이든 김한주는 곱게 가지 못할 운명이었다.

---

* 대한변호사협회.

다음 전문가로는 프로파일러가 나왔다. 순조는 휴대폰으로 유튜브를 켰다. 구독 중인 러시아 출신 특수부대원이 나이프 교습을 시작했다.

"범인은 일반인이 아닐 확률이 높습니다. 무기에 대한 해박한 지식을 보유했을 것이며, 자상의 모양으로 미루어볼 때 특수 제작한 흉기를 사용해……"

집 안은 무기고를 방불케 했다. 거실 끝에는 나이프 투척용 회전판이 걸려 있고, 벽걸이형 받침대엔 80센티미터짜리 진검이 놓여 있었다. 보안경호업체에서 구입해온 방검복 두 벌, 날을 세운 나이프 세트도 이삿짐에 꼭 챙겨다니는 물건들이었다.

'칼 든 상대와는 싸움을 피해야 합니다.' 호신술을 강습해주던 디렉터는 그렇게 얘기했다. '동맥이 잘려도 죽고 근육을 찔려도 죽습니다. 얼마 못 가서 따라잡히기 때문입니다.'

순조는 직업적인 견지에서 그 말에 동의했다. 남들을 천 번 찔러도 제가 한 번 찔리면 가는 것이 인간이요, 검사였다. 따라서 우수한 방어 체계가 필요했다. 방검복과 장 차관 인맥 같은 것들. 육체적으로는 칼을 맞지 않고, 직업적으로는 내사를 맞지 않을 안전장치들이.

—검사님, 퇴근은 하셨는지요?

—국제일보 조우종입니다. 별일 없으십니까?

늦은 시각에도 출입 기자들에게서 문자가 계속 들어왔다. 관할상 이쪽 부서로 배당될 테니 받아먹을 수사 정보가 있을까 찔러 보는 것이었다. 사법과 언론은 머리끼리, 또 바닥끼리 공생을 일삼았다.

순조는 고기를 한 덩이 더 잘랐다.

사건 당시 정황만으로도 피의자의 특징은 충분히 짚어낼 수 있었다. 175센티미터 전후, 오른손잡이, 실전에 능하고 훈련받은 인간. 사람이 칼에 찔려 저항하다 보면 손등이나 팔목에 방어흔이 남는다. 김한주가 입은 외상은 다섯 군데의 절상뿐이었다. 아무리 약골이라지만 성인 남성을 제압하고, 바람구멍만 숭숭 뚫은 솜씨는 상대가 프로임을 의미했다. 이미 첫 공격에서부터 전의를 상실했을 것이다.

살해 동기는 추측이 어려웠다. 원한범일 수도 있고 입막음이 목적일 수도 있었다. 돈과 형량이 얽히면 고작 몇 년으로도 사람이 죽고 다쳤다.

'위험한 세상이야. 잔인한 시대고.'

검사실 사건 기록지엔 죽음들이 쏟아졌다. 낙원상가에서 택배 기사가 찔려 죽었고, 아이가 등굣길 자동차에 치여서, 40대 배달부가 우울증을 앓던 환자에게 교살당해 죽었다. 분개한 아들은 3년 뒤 미혼모를 강간하고 아기를 하수구에 유기했다. 그 밖에도 수많은 자가 훔치고 죽이고 죄를 지었다. 정의는 무너졌거나… 태초부터 존재하지 않은 듯 보였다.

시간이 좀 남았던 터라 순조는 시뮬레이션을 해보기로 했다. 일어나서 피 묻은 칼을 겨누자 고양이가 다가와 턱을 괴고 엎드렸다.

가상의 괴한이 눈앞에 나타났다. 그는 가운 자락을 휘날리며 송곳을 피했다. 흉골 앞을 막고 한 방, 왼손을 내주면서 또 한 방. 연속으로 찌르지 못하게 상대한테 몸을 붙이고서……

문 두드리는 소리가 났다.

이 시간에 누구지? 생각한 순간, 이번에는 초인종이 집 안을 메아리치며 울렸다. 순조는 발소리를 죽여 현관으로 다가갔다. 현관문 외시경에 눈을 갖다 댔지만 보이는 것은 회색 벽뿐이었다. 초인종을 누른 그림자가 반대쪽 벽에 달라붙은 모습이 그려졌다. 그는 문을 확 열어젖히면서 쥔 칼을 겨눴다.

문 옆에는 사람 대신 웬 택배 박스 하나가 덩그러니 놓여 있었다. 순조는 박스를 가지고 들어와 식탁 위에 올리고 일회용 비닐장갑을 꼈다. 진짜 택배가 아니라는 걸 증명이라도 하듯, 박스에는 운송장이 붙어 있지 않았다. 칭칭 감긴 테이프를 자르는데 익숙한 냄새가 훅 끼쳤다.

선물의 정체는 신문지로 싼 수탉 머리였다. 벼슬과 부리가 잘려나간 머리는 마치 싸구려 할로윈 가면 같았다. 온통 닭 피로 범벅된 상자 한쪽에 카드가 보였다. 잡지에서 한 자씩 오려내 붙인, 싸구려 영화 속 협박편지 같은 글씨가 번들거렸다.

검사의 죄

희 국 보 육 원

김 한 주 수 사

순조는 상자 안을 내려다보았다. 적혀 있는 글씨가 마치 범행을 예고한 결투장처럼 보였다. 압운까지 맞춰가며 보낸 메시지의 뜻은 명확했다. 나는 너를 안다, 이 판으로 들어와라.

'진작 입막음을 끝냈어야 했는데.'

후회가 밀려왔으나 불가능한 일이었다. 당시 원장의 뒤를 봐주던 경찰들, 원주에 터를 잡은 유력자들, 마씨 일가까지 다 처리하기엔 너무 수가 많았다.

도망치거라, 아들아.

나타난 아버지가 속삭였다. 20여 년 만에 과거가 밝혀진 지금, 두뇌는 평소와 다름없이 냉정했다. 모아 둔 돈이 1억 원 남짓 있었다. 전세까지 빼서 지방으로 내려가면 몸 하나 건사하긴 어렵지 않을 것이다.

그러나⋯ 떠나는 순간 끝이었다. 다시는 알량한 권력으로나마 싸워보지 못할 것이다. 닭 모가지만 배달하는 치킨집이 얌전히 포기하리란 보장도 없었다. 경찰에 제보해 수배라도 때리면? 사건 시효가 발생하며 세상에 쫓기는 삶이 시작될 거였다. 죽은 선배의 옆에서 뉴스 1면을 장식하면서.

고양이가 작게 울었다. 순조는 칼날을 닦으며 거실로 걸어갔다.

날 부분을 잡고 던진 나이프가 빙글빙글 날아가 회전판에 꽂혔다.

김한주는 그를 찾아왔다가 죽었다. 정체 모를 소포의 발신인은 권순조가 이번 사건을 수사하길 원한다.

회수한 나이프에 검댕투성이 꼬마가 비쳤다. 살아남기 위해 보육원에 불을 질렀던 아이는 검사로 성장했다. 이제는 죄 없는 자들에게 죄를 지울 수도, 죄진 이들의 형을 벗겨줄 수도 있었다. 그러나 옛 죽음들은 여전히 그의 등에 매달려 검찰청 정문을 드나들었다.

'씻지 못한 죄는 사라지지 않지.' 나이프가 10점짜리 중앙과녁에 박혔다. 순조는 식탁으로 돌아가 약통의 알약들을 한 움큼 집어삼켰다. 물을 마시면서 누른 번호는 금방 연결되었다.

"조 기자님, 저 권순조입니다."

공모자

다음날 오전, 그는 출근하자마자 폭탄을 터뜨렸다. 아직 염 실무관은 나오기 전이었다.

"김한주 건, 우리도 합니다."

양 계장은 입을 벌렸다. 들고 있던 사건 뭉치에서 종이 한 장이 나풀나풀 떨어졌다.

"그걸 배당을 받으셨어요? 수사관들 말로는 어제부로 대검에 넘어갔다던데?"

"아뇨. 저희는 내사로 해야죠."

"저희 방 배당도 아닌데 왜 굳이?"

순조는 의미심장하게 창 쪽으로 턱짓을 했다.

"부장님 지시입니다. 조용히 알아보라고 하셔서요."

양 계장의 표정에 불안과 기대가 스쳤다. 잘 풀리면 좋지만 헛짚었다간 초가삼간을 태우는 도박이 내사였다. 순조는 쐐기를 박았다.

"실무관님한테는 비밀로. 아시죠?"

반강제로 같은 배에 태우는 작전은 성공했다. 양 계장은 아유, 당연하죠, 하면서 서류 더미를 캐비닛에 내려놓았다. 웬만한 남자 수사관보다 힘도 잘 쓰고 수사능력도 출중해, 다른 방 검사들한 테도 이른바 '대여 요청'이 올 때가 많았다.

잠시 후, 땀투성이가 된 염 실무관이 들어왔다. 순조는 양 계장이 이쪽을 향해 윙크하는 걸 모른 척했다. 그녀는 비공식 내사 팀의 첫 멤버였다.

오후부터 특별 수사가 시작되었다.

양 계장은 김한주 관련 자료들을 들어오는 대로 그의 책상에 가져다 날랐다. 근무지와 가족관계, 관련 인물들이 1차였고, 사건 기록과 엄청난 양의 기소 목록이 2차였다. 앞부분 몇 장을 훑자 두 가지 판단을 내릴 수 있었다.

하나, 김한주는 고집불통 터프가이다.

둘, 조직에 찍힌 부적격자다.

보내준 자료에 의하면 나름대로 굵직한 건들에 손을 댔었다. 펀드 자금수수와 구청장 불법정치자금 등 정, 재계 수사에 차출됐다가 갑자기 포항지청으로 발령을 받았다. 말이 좋아 발령이지 사실상 수사 과정에서의 마찰로 인한 유배였다.

이후에도 줄곧 문제가 불거졌다. 피의자를 윽박지르거나, 절차를 건너뛰거나, 영장 없이 수사관들부터 보내서 잡아왔다가 사유서를 쓴 경우도 수두룩했다. 초임부터 저 깡다구였으면 보통 미친놈은 아니었다.

'방식이 딱 옛날 특수부 스타일인데.' 구시대 검사님은 '사고' 치는 스케일도 남달랐다. 김한주는 범죄자와 타협하지 않았고 조직과도 타협하지 않았다. 양 계장은 참조하시라는 말과 함께, 웬 기사 스크랩을 메신저로 보냈다.

벌써 몇 년 전의 보도였다. 청주의 모 평검사가 상관을 뇌물수수 및 청탁 비리 혐의로 고발했다는 것이었다. 이름은 비공개였으나 지역과 시기를 볼 때 김한주와 일치했다.

—아는 사람은 다 안다던데요. 지청부터 서울까지 뒤집혀서, 그때 총장님이 고생깨나 했나 봐요.

검사들 사이에선 저명한 인사라고도 했다. 후배들에겐 저러면 앞길 막힌다는 실패자의 귀감으로, 선배들한테는 컨트롤 안 되는 꼴통으로.

사건 직후 이프로스에서 뜨겁던 추모 열기도 빠르게 식었다. 폭력조직 논란 때문도 있겠으나, 보수적인 검사들이 같은 편을 배척하는 이유는 명백했다. 죽은 놈이 조직을 팔아넘긴 내부고발자였던 탓이다.

—폭력조직과의 유착은요? 근거 있는 얘깁니까?

양 계장은 곧 알아보겠다며 답했다. 그는 김한주가 거쳐 간 검찰청 직원 목록만 훑어봐두었다. 같은 방을 썼던 수사관, 실무관, 시보…… 주변인 탐문을 나서기엔 아직 시기가 일렀다.

점심에는 3부 검사들이 다 같이 식사를 했다. 시국이 시국이다 보니 온통 김한주 얘기뿐이었다. 특본이 설치될 것이네, 대검으로 갔으니 아직 모르네, 말들이 많았으나 쉽게 못 잡을 것으로 의견이 모였다. 부장이 부부장에게 배당할 줄 알았던 사건은 어제 오후 대검찰청으로 넘어갔다. 부부장은 다행인지 불행인지 모르겠다고 했지만, 표정에서는 속 시원한 티가 났다.

"유명세보다 살고봐야지. 안 그래?"

부부장이 말했다. 순조는 부장한테는 안 들릴 정도의 목소리로 받아쳤다.

"잘 하셨을 거면서 그러십니까. 대신 부부장님 빠지면 저희들만 죽어났겠죠."

"자식이 엄살은. 너 괴물인 거 소문 다 났다."

"엄살이 아니라 사실인데요. 제가 부부장님 사건 기록 전부 다 받아서 배우고 있습니다."

부부장은 결국 히죽대고 말았다. 맞은편에서 미도가 토하는 시늉을 하더니 재빨리 표정을 바꿨다.

"그나저나 못 잡겠죠? 빨아먹을 뼈다귀도 없어서 원. 시간만 끌다 미제로 깔릴 각이잖아요."

다른 방의 선배 검사가 말했다. 닭가슴살을 설렁탕 국물에 넣고 으깨던 부장이 묵직하게 마무리했다.

"몰라. 죽은 사람 주머니가 털려봐야지."

경찰은 두 가지 방향으로 접근하고 있었다. 개인적 원한일 경우, 수사 사건의 입막음일 경우.

원한을 가질 사람은 모래알처럼 많았다. 기록에 의하면 김한주가 9년간 근무하며 기소한 사람의 수는 2천여 명, 실형을 산 사람은 천여 명에 달했다.

바깥에서는 검찰 불신론자들이 목소리를 높였다. '정경유착 수뢰 검사다', '검은돈을 먹다가 입막음을 당한 거다' 등의 음모론이 판치는 통에 총무부 직원들만 골머리를 앓는 실정이었다.

오후 8시. 순조는 모처럼 일찍 검사실을 나섰다. 첫 행선지로 경찰서부터 들러야 했다.

─조우종입니다. 리스트는 시간이 좀 걸릴 것 같습니다.

차에 탔을 때 정보원에게서 문자가 들어왔다. 어젯밤 만난 국제일보 사회부 기자였다. 근처 포장마차에서 약속을 잡아, 껍데기에 소주를 한잔하며 일 얘기를 했다. 김한주가 접촉한 기자나, 평소 친하던 검찰 출입 기자를 알아봐달라고 부탁하자 눈빛이 변했다.

"검사님이 사건을 맡으신 겁니까?"

"아뇨, 대검으로 이관됐습니다. 아침쯤이면 보도들이 다 뿌려질 겁니다."

조우종은 더 묻지 않고 소주를 비웠다. 내사라는 것쯤은 말 안

해도 알 만한 짬밥이었다. 바깥쪽 정보는 기자가, 안쪽 정보는 검사가 캐서 교환하면 서로에게 이득이 됐다. 순조는 일어설 때 따로 시킨 닭발 세트를 건네주었다. 가족들이랑 드시란 말에 조 기자는 연신 고맙다며 고개를 숙였다. 세월이 흘렀다지만 여전히 검사라는 족속은 밥값을 쓰는 법이 드물었다.

그는 문자를 보내면서 주차장을 빠져나왔다.

— 말이 새지 않게 조심하세요.

관할 서는 멀지 않은 곳에 있었다. 강력계로 가, 담당 형사를 불러달라고 하자 까만 가죽점퍼가 이를 쑤시며 다가왔다. 피습 당일 진술한 형사와는 다른 이였다.

"노동호올시다."

가죽점퍼는 이번 김한주 피습 사건의 수사팀장이라고 본인을 소개했다. 형사는 사투리가 애매하게 섞인 억양으로 물었다.

"중앙지검에서 나오셨다고요? 대검 쪽으로 이관된 줄 알았는데, 그짝 검사님도 벌써 왔다 가셨고……."

"이관은 됐는데 저희 쪽에서도 올릴 보고서가 있어서요. 좀 부탁드리겠습니다."

가느다란 눈이 위아래로 이쪽을 훑었다. 눈빛을 보니 뒤늦게 한 입 뜯으러 왔다고 생각하는 것 같았다.

"증거품부터 볼까요?"

형사는 군말 없이 그를 증거품 보관실로 안내했다. 비닐 팩에는 그날 수거했던 물건들이 들어 있었다. 손목시계와 검찰 직원증, 지갑과 손수건과 라이터. 휴대폰은 손실되었거나 지운 파일이 있을 것을 대비하여 포렌식으로 복원 중이라고 했다.

"별 것 없었수다. 통화 내역에 모르는 번호는 없고 메신저나 문자도 깨끗하던데요. 최근 주고받은 연락이라곤 보험회사랑 배달원이 전부고요."

"일부러 지운 게 아니라면 대포폰을 썼겠군요."

"어, 아마? 통신사를 조회해도 다른 개통 내역이 없었거든요. 몇 년째 번호도 안 바꿨었답니다."

노 팀장은 장갑 낀 손으로 증거품들을 꺼내서 보여주었다. 지갑 안에서는 젖었다가 말라 주름진 지폐들, 술집 명함, 한식 뷔페 식권이 나왔다. 순조는 휴대폰을 켜 하나하나 사진을 찍었다.

"폐쇄회로 영상도 보시겠습니까?"

"뭐가 좀 찍혔습니까?"

"찍히기는 했는데……"

말을 흐린 이유는 곧 알 수 있었다. 골목 옆 전신주에서 촬영한 영상으로 보였는데, 폭우 때문에 뭉클거리는 형체만 겨우 식별할 수 있었다. 노 팀장이 아이패드를 재생하자 시간과 영상이 함께 떴다. 03시 46분, 검은 형체가 골목으로 들어가자 다른 그림자가 따라 들어갔다. 03시 52분, 우산을 쓴 그림자 하나가 아래에서 올라왔다. 순조는 화면 속 자신이 장우산을 접고 골목으로 들어가는 것을 지켜보았다.

"이게 답니까?"

노 팀장은 영상 몇 개를 더 보여줬다. 사건 직후 확보한 블랙박스의 영상들이었다. 경찰이 추정한 용의자의 인상착의는 추리와 흡사했다. 비옷에 마스크, 175센티, 호리호리한 체격.

형사들 일부는 목격자를 탐문하고, 일부는 옛 기소자들의 알리바이를 파악하고 있다고 했다. 순조가 사건을 신고한 검사라는 것도 알고 있었다.

"피해자가 왜 거기 갔는지를 모르겠다니까요. 써 주신 진술서도 봤는데……, 아예 초면이셨다고요?"

"이름도 들어본 적 없습니다."

노 팀장은 씨알도 안 먹힌다는 눈빛이 됐다. 연고도 없는 검사가 집 앞까지 찾아와서 죽은 이상, 이미 김한주와 그의 관계를 캐보았을 것이다.

"가택 수색은 어떻게 됐습니까?"

"제가 직접 애들 데리고 갔었죠. 과수대도 불러서 싹 뒤집어엎었습니다."

형사는 드라마틱하게 트림을 했다. 냄새로 미루어 저녁 메뉴는 돌솥알밥이었다.

"그런데 그 인간, 죄송합니다. 그 검사님 사는 게 어찌나 황량했던지, 고양이 터럭 하나도 없더이다. 자기 고추털밖에 안 나오더라고요."

노 팀장은 자기 농담에 자기가 껄껄 웃었다. 검사나 형사나, 수사기관에서 밥 빌어먹는 인간들의 유머 감각은 하나같이 삭막했다. 순조는 가방을 챙겨 일어섰다.

"피해자를 처음 부검한 곳이 어딥니까?"

"성모병원요. 가보시려고요?"

"만나는 봐야죠. 아직 퇴근 전일 겁니다."

노 팀장은 팩스로 받으셔도 될 텐데… 하면서도 차까지 배웅을 나왔다.

"들어가십쇼. 필요한 게 있으면 연락 주시고요."

앞으론 전화나 하지 이렇게 불쑥 찾아오지 말란 소리였다. 순조는 경찰서를 빠져나오며 백미러를 봤다. 붉던 구름이 까맣게 흩어지고 있었다.

부검의는 막 퇴근하려던 차였다. 사무실 앞에서 붙잡히는 통에 기분은 썩 좋지 않아 보였지만, 시신을 발견한 검사임을 밝히자 표정이 조금 풀렸다.

"검사님이 직접 오실 줄은 몰랐습니다."

"자료도 같이 보고 싶어서요. 피습 때 사용된 무기가 두 개였습니까?"

부검의는 놀란 표정으로 고개를 끄덕였다.

"예, 맞습니다. 상처의 형태가 두 종류였어요."

이윽고 부검의가 사진 몇 장을 책상에 올렸다. 실제 시체의 자상 부위들을 찍은 사진이었다. 갈라져서 파랗게 굳은 피부와 잘려나간 혀뿌리가 플래시 불빛에 드러나 있었다.

"직접적인 사인은 흉골을 뚫고 심장을 찌른 자상입니다. 자입 방향은 거의 수직인데, 강한 힘으로 깊게 찔렀어요. 복부나 늑골 쪽도 손상이 있지만, 여기가 치명적이었습니다."

"무기 형태는요? 일반적인 송곳 종류입니까?"

"아뇨. 철물점 송곳은 폭이 더 얇죠. 흔적을 보면 가로 2센티, 길이는 10센티 정도 될 텐데… 폭이 끝으로 가면서 점점 좁아지는 형태예요."

이런 상처가 흔하냐고 묻자 부검의는 고개를 저었다. 식칼이나 회칼은 더 길게 찢어지고, 송곳은 너무 얇아 치명상을 입히기 어렵다.

순조는 혀 사진으로 시선을 옮겼다. 있어야 할 것이 도려져 나간 목구멍은 주인 잃은 동굴처럼 보였다. 부검의가 사진을 짚으며 설명했다.

"흥미로운 건 이쪽입니다. 혀뿌리 쪽, 절단면이 같은 상처 안에서도 들쭉날쭉하죠? 흉골을 찌른 흉기가 아니라 다른 칼로 고기 썰듯 잘라낸 겁니다."

부검의는 허공에 손놀림까지 곁들였다.

"종류를 알 수 있습니까?"

　　　　　　　　　　　　　　　　　　　검사의 죄

"이걸로만 특정하긴 어렵죠. 다만 여기, 확대된 단면을 보면 거친 곳과 예리한 곳이 있어요."

"그렇다는 얘기는……"

"군용 나이프 종류가 아닐까 합니다. 그런 칼 중에는 아래 날이 톱니처럼 돼 있는 것들이 있거든요."

그중 하나가 그의 안주머니에도 들어 있었다.

"무기를 잘 다루는 자의 솜씨겠군요."

"일반인은 아닐 겁니다."

벌써 10여 분이 흘러 있었다. 부검의는 보여줬던 사진들을 정리하기 시작했다. 순조는 잘린 혀가 봉투로 들어가는 것을 보면서 물었다.

"이 사람이랑 제가 싸우면 어떻게 될까요?"

"예?"

"둘 다 칼을 들었다고 할 때요. 맨손 대 맨손이나."

부검의는 너털웃음을 터뜨렸다. 책상머리 샌님이 농담을 던지는 것이라 여긴 모양이었다.

"아무리 기습이었다지만, 저항흔도 안 남았을 만큼 완력이 무지막지한 자예요. 맨몸으로 덤벼도 검사님이나 저 같은 사람은 뼈가 부러질 겁니다."

복도를 걸어갈 때 머리에서 피가 철철 흐르는 환자가 이송돼 왔다. 순조는 옆으로 비켜 휴대폰을 확인했다. 총장이 보낸 단체문자가 와 있었다.

고 김한주 빈소, ××대학병원 406호, 가능한 인원은 참석하여 조의 표명 바람.

병원을 나오니 한밤중이었다. 시동을 켜고 액셀을 밟자 어둠이 헤드라이트 불빛에 갈라졌다.

'뉴스입니다. 검사 피습 사건이 2일 차로 접어든 가운데, 아직 수사 진척은 없습니다. 경찰은 원한 관계를 조사해 용의자를 좁힌다는 방침으로……'

순조는 속력을 더 높였다.

몽타주는 나왔다. 일반 조폭이나 돈을 주고 고용한 외국인노동자는 아니다. 당일 김한주의 동선은 고등검찰청에서 서초역의 백반집, 거기서 다시 순조가 사는 동네의 편의점 순이었다. 경찰이 주변 폐쇄회로를 확인했으나 수상한 자는 보이지 않았다. 살인 청부를 받은 밀입국자라면 티가 났을 것이다.

그러므로 선택지도 좁혀진다. 신체 능력이 우수하고 실전에 능한 사람. 김한주에게 원한이 있는 사람. 입막음을 위해 고용된 해결사.

'이대로는 안 돼. 정보가 부족하다.'

그는 범인을 알지 못했고 닭을 보낸 이도 알지 못했다. 그날 밤, 초인종을 누른 치킨 배달부는 평범한 고등학생이었다. 집 앞 CCTV를 징검다리로 추적하자 범인은 근처 입시학원 수강생으로 밝혀졌다. 여드름투성이 남학생은 겁에 질려 떠듬거렸다.

"얼굴은 못 봤어요, 진짜예요! 그냥 그 집 앞에 놓고 문만 두드리고 오면 된대서, 거기다 20만 원도 현금으로 준다니까⋯⋯."

제안한 이는 허리가 구부정한 남자였다지만 다른 사람을 시켰을 가능성이 컸다. 그보다 왜 이런 짓을 꾸몄는지가 중요했다. 수사를 해야 하는데 본인은 할 수 없어서? 김한주가 죽기 직전 찾아왔던 검사라서?

근처 인물들의 얼굴이 한 명씩 스쳤다. 장 검사장, 이 차장, 윤 부장, 차미도, 문희철⋯⋯. 그 변호사는 김한주와 아무런 연결고리도 없었다. 조사해본 결과, 원주지청과 관련이 있지도 않았다. 양쪽 다 연관이 없다면 제3의 세력이라는 소리였다.

'귀찮은 직업이야. 평생 남의 싸움에나 끼고.'

김한주의 빈소는 사흘간 차려졌다가 발인을 한다고 했다. 저녁을 거른 터라 순조는 지하 식당부터 들러 육개장을 먹었다. 늦은 시간임에도 상객들 몇몇이 소주에 국밥을 뜨고 있었다. 검붉은 국물에서는 오래 끓인 죽음의 냄새가 났다.

올라간 분향소는 적막했다. 상객 한 명 없는 빈소엔 위패와 향로와 영정 사진뿐이었다. 기자들이 사진 찍을 것을 대비해 상조업체에서 주문했을 화환들이 아무렇게나 부려져 있었다.

순조는 위패 앞에 서서 망자를 내려다보았다. 안경 쓴 얼굴이 어딘가를 보며 웃고 있었다. 반도 못 타 향로에 쓰러진 향이 처량하고 궁상맞았다. 산 것은 다 흙으로 돌아간다지만, 평생을 싸우다 죽은 망나니의 명예는 어디에 있는가.

그때 뒤에서 인기척이 났다.

"어……."

막 빈소로 들어오던 남자가 멈칫 굳었다. 누가 있을 거라곤 생각지 못했던 것 같았다. 순조는 얼굴을 보자마자 알아차렸다. 김한주 파일에 있던 남자, 고검에서 죽기 전까지 함께 일한 수사관이었다.

"송 수사관님 아니십니까?"

남자는 당황한 표정으로 되물었다.

"맞는데, 누구신지……."

"저 김 선배 후배입니다. 같은 지청에서 일했던."

"아, 예. 송경백입니다."

어색한 악수가 오갔다. 순조는 쓰러진 향을 보면서 말했다.

"향이라도 한 대 피우시겠습니까?"

새 향을 피우고 절을 올린 뒤, 둘은 병원 발코니로 나갔다. 수사관은 양복 안주머니를 뒤져 담배를 꺼냈다. 이쪽에게도 한 대 권했지만 순조는 거절했다.

"요즘 30대 폐암 유병률이 높아져서요."

두 사람은 한동안 말없이 서 있었다. 어둠 속에서 빨갛게 열을 내던 담뱃불이 이내 꺼졌다. 위층인지, 아래층인지 모를 곳에서 곡소리가 들려왔다.

"검사님 후배라고 하셔서 놀랐습니다."

"검찰청 밖에서만 봤으니까요. 1년에 한두 번 보던 사이였습니다."

수사관은 그러셨구나… 하고 말을 흐렸다. 떡밥을 꿰었으니 슬슬 낚싯대를 던질 때였다.

"이렇게 상객이 없을 줄 몰랐습니다. 그래도 한솥밥 먹던 식구인데, 너무한 거 아닙니까?"

"다들 바쁘시니까요, 예."

예상대로 한 발 빼는 반응이 돌아왔다. 순조는 죽은 자에게 분통을 터뜨렸다.

"그 선배, 거기서도 그랬습니까? 부장들 말은 지지리도 안 듣고, 괜한 훈계나 하다가 민원인이랑 싸우고. 내가 그러지 말라고 몇 년을 말했는데……."

"아뇨, 저희는 공소유지 전담이라 시비가 붙을 일도 없었습니다."

"수사관님도 아시잖습니까. 선배는 적이 많았어요. 조직 안팎으로 벼르는 자들이 있었을 겁니다."

"글쎄… 잘 모르겠네요. 제가 김 검사님이랑 일한 게 오래되질 않아서……."

거짓말이었다. 김한주가 고등지방검찰청에 발령이 난 것은 10개월 전. 당시에도 수사관은 이자였다.

"앞으로가 더 문젭니다. 형사가 그쪽에도 다녀갔죠?"

"예. 당일 오전에 왔었습니다."

"지금 헛물켜는 거 보세요. 이대로 가면 저기 저, 승냥이 떼한테 신나게 뜯기다가 미제로 가는 거예요. 전 국민 앞에 비리 검사로 영정 사진이 걸려서요. 김 선배 어머님 기분이 어떻겠습니까."

이제 송경백은 땀을 흘리기 시작했다. 수사기관 종사자들은 남을 겁박하는 데만 프로였지, 자기가 심문당하는 것에는 익숙하지 않았다.

"사소해도 좋습니다. 기억나는 게 있으면 말씀해주세요."

침묵이 흘렀다. 한참 뒤의 증언은 영 뜬금없었다.

"대단한 건 아닙니다만… 갑자기 저를 불러 부탁하셨던 적이 있습니다. 근 20년 사이, 검사가 의문사한 사건을 알아봐 달라고요."

"그것뿐입니까?"

수사관은 눈을 피한 채 고개를 끄덕였다. 다시 물으려 했을 때 진동이 울렸다. 두 사람 다 휴대폰을 꺼냈으나 수사관의 것이었다. 송경백은 문자를 보고는 표정이 굳어지며 가봐야겠다고 했다.

"가끔 커피나 하러 오세요. 바로 앞집 아닙니까."

병원 입구에서 그는 인사를 건넸다. 수사관은 또 예, 예, 하더니 쫓기듯 사라졌다.

순조는 지하 2층으로 내려가 차에 탄 뒤 문을 잠갔다. 빈소에서 송경백과 만난 것은 행운이었다. 덕분에 집까지 찾아가는 수고를 덜었다. 코 닿는 거리라지만 고검에 들러 묻기에는 보는 눈이 너무 많았다.

'거짓말을 하고 있다. 왜?'

송경백은 명백하게 공모자의 징후를 보였다. 발을 까딱거리고, 호흡수가 늘어나고, 문 쪽으로 시선을 던졌다. 덕분에 내일 출근하자마자 할 일이 생겼다. 첫째로는 수상한 수사관을 조사해두는 것, 둘째로는 최근 검사들의 사망 기록을 모으는 것.

똑똑, 창문 두드리는 소리가 났다. 고개를 드니 아버지가 차 앞유리에 들러붙어 웃고 있었다.

아들아, 가까운 자를 조심하거라.

와이퍼를 작동시키자 환영이 흩어졌다. 이미 공판은 시작되었다. 자의든 타의든, 한번 법복을 걸쳤으면 싸움이 끝나야 법정에서 나올 수 있었다. 조직의 도구가 아니라 사건에 휘말린 이웃집 주민으로서.

가슴께가 부르르 떨렸다. 순조는 눈을 가늘게 뜬 채 액정의 빛을 내려다봤다. 윤 부장이었다.

번져가는 홍역

까만 개가 몸을 말아 웅크렸다. 치와와, 아니면 닥스훈트인가? 둘의 믹스견 같기도 했지만 얼핏 봐선 구별이 어려웠다. 윤 부장은 창문에 붙어 안을 들여다보았다. 가게 입구엔 강아지들을 넣은 유리장이 수배자 일람표처럼 진열돼 있었다.

"들어오셔서 보세요. 애들이 무서워해요."

빠끔 열린 문으로 직원이 말했다. 그는 잠시 고민하다가 뒤따라 들어갔다. 퇴근하며 애견샵 앞을 지나칠 때마다 들여다본 게 벌써 한 달째였다.

"애들도 키울 수 있나?"

"요즘은 초등학생만 돼도 다 키우죠. 아이가 몇 살인데요?"

윤 부장은 가게 안을 천천히 둘러봤다. 불빛이 지검 화장실처럼 밝아서 눈이 따가웠다. 안쪽에서는 조금 더 자란 강아지들이 사료를 먹는 중이었다.

"다 크면 주인을 지킬 만큼은 커지고? 사냥개처럼."

젊은 여직원은 표정이 좋지 않았다. 사지도 않을 아저씨가 귀찮게 군다고 생각한 것 같았다.

"애들은 소형견 아니면 중형견이에요. 셰퍼드나 보더콜리 같은 애들은 대형견 전문 축사에서 찾으셔야죠."

이곳 개들은 2, 30만 원 사이라고 했다. 그는 가격을 듣다 말고 샵을 나왔다. 사러 온 입장이지만 개장수와 협상하는 것 같아 찜찜하고 불쾌했다.

신임 검사들도 저렇게 사육되었다. 조직 안에서 못 견디는 애들은 낙오하고, 예쁜 애들은 뽑혀 가고.

'선영이가 들었으면 뭐라고 했겠는데. 또 검사병 걸려서 이상한 소릴 한다고.' 아내는 말 안 통하는 남편보다 개를 좋아했다. 아들이랑 미국에 갈 때도 키우던 푸들을 같이 데려갔다. 딸아이가 떼를 쓰자 '너는 네 아빠를 닮아서 땅콩이 관절염이나 걸리게 할 것'이라는 일침으로 무력화시켰다. 한참을 울던 딸애는 제 엄마가 떠나는 날에도 나와보지 않았다.

아파트 바로 앞에 24시간 헬스장이 있었다. 그는 시계를 한번 보고 지하로 내려갔다. 입시학원에 다니는 딸은 이미 들어왔을 시간이었다.

그날도 그는 자고 있지 않았다. 헬스장에서 술기운을 날리려고 러닝머신을 좀 뛰다가, 몸무게의 두 배가 넘는 원판들을 쇠막대기에 잔뜩 꿰어 들고 있었다. 전화를 받은 순간 2백 킬로그램 쇳덩이를 들어도 안 깨던 술이 확 날아갔다. 택시를 타고 지검으로 가는데 빗방울이 심란하게 차체를 때려댔다. 하필 죽은 놈은 지검 관할에, 발견한 놈은 부서 막내였다.

소식을 전하자 차장은 뒷목을 잡고 넘어갔다. 검사장은 대수롭잖게 사망자 신원을 물었다. 목격자가 부서 막내라는 말에 '외부로만 유출되지 않게 하라'고 명령했다. 까놓고 보니 제보자보다 사망자가 문제였다. 김한주 발殺 검찰 홍역은 급격히 조직에 퍼졌다.

오늘 아침, 시위대도 등장했다. 대검찰청 앞이라면 몰라도 중앙지검에서는 못 보던 광경이었다. 남자 두 명과 여자 한 명이 큼지막한 피켓을 들고 마스크를 쓴 채 본관으로 가는 언덕길에 서 있었다. 올라가던 중 얼굴을 알아본 지검 직원들이 인사를 했다. 그는 뒤쪽을 돌아보며 물었다.

"뭐예요?"

"시위죠 뭐. 요즘 많잖아요, 무슨 범국민적 참여행동? 대학생들이 취미생활로 하는 거."

'검찰은 진실을 공개하라!' '검사 살해의 진짜 이유를 밝혀라!' 유아용 그림물감으로 쓴 것 같은 글자가 빨갛게 빛났다. 하여간 젊은것들은 때와 장소를 못 가렸다. 진짜 운동권을 경험해본 적도 없는 애송이들. 제 선배들이 흘린 피와 땀에 편승했으면서 시대니 시스템이니 불만만 많은 고급 주둥아리들.

이번에 죽은 검사도 그랬다. 그는 '제주 꼴통'이란 이름을 들어본 적이 있었다. 5, 6년 전이었나, 동부지검에 근무할 적 술자리에서였다. 당시 3부장이 신기한 놈이 있다고 운을 뗐다. 건축업체 사장한테 청탁을 받았다고 상사를 찌르고, 같은 지청의 여검사 성추행 건을 내부망에 공론화했다는 것이었다. 그러면서 적격심사에서는 꾸역꾸역 살아남는 게 용하다고도 했다.

그는 다 듣고 한마디 보탰다. '꼭 문제인 애들이 문제야. 누구 하나 죽어나가야 정신을 차리지.' 그리고 그 하나는 죽었다. 문제는 죽은 놈 뱃속에 뭐가 들었을지 모른다는 거였다. 경검이 함께 진행하는 내사에서 이름 하나만 잘못 나오면 피바람이 불 것이다. 퇴임을 4개월 앞둔, 대법관으로 갈 확률이 높다는 김용천 검찰총장은 침통하게 입장을 표명했다.

'우리 2천 명 검사들이 한마음으로 수사에 나서고 있습니다. 반드시 실체적 진실을 규명해, 잘잘못이 있다면 투명하게 공개할 것이며……'

평소엔 쉽게 뽑히던 바벨이 무거웠다. 그는 숨을 내쉬며 원판 끼운 봉을 도로 내려놓았다. 세간의 관심을 증명하기라도 하듯, 온종일 전화통에 불이 났다. 모 일간지 편집팀장은 특히 집요하게 매달렸다.

"아니, 서초면 중앙지검 관할이잖아. 그걸 뺏어간다는 게 말이 돼?"

"대검으로 넘어갔어. 그쪽에 알아봐."

"그래도 부스러기 하난 있을 거 아냐. 그러지 말고 미다시 하나만 줘봐. 내 잘 만져서 걸어줄게."

더 말하기도 짜증이 나서 전화를 끊었다. 죽은 고래를 둘러싸고 상어들이 해안가로 몰려들고 있었다. 피 냄새는 상어뿐만 아닌 다른 것을 불러온다. 깊은 바닷속, 심해 밑에 잠긴 거대한 것…….

윤 부장은 이마의 땀을 훔쳤다. 칼 맞고 가는 의문사는 차라리 나았다. 세상에는 무서운 힘을 가진 자들이 있었다. 10년 전에 얻어먹은 국밥 한 그릇, 면세점에서 산 시계 하나조차 죄를 얹어 전 국민에게 까발릴 수 있는 자들이었다.

'털어서 먼지 하나 안 나올 사람이 있나?' 장호걸 검사장의 말이 떠올랐다. 부부장 시절, 그는 당시 차장이던 검사장과 같은 지검에서 1년 남짓 일했다. 한 인상 하는 이쪽이 보기에도 검사장의 캐릭터는 독특했다. 박박 깎은 반삭 머리는 대뜸 물었다.

'경찰 일이랑 검찰 일 중 뭐가 더 쉽나?'

그는 고심 끝에 대답했다.

'둘 다 어렵습니다. 저랑 타협하는 게요.'

검사장은 껄껄 웃더니 언제 라운딩이나 돌자고 했다. 일주일 뒤 곤지암 골프장에는 수석검사와 검사장의 친구라는 남자가 동행했다. 라운딩이 끝나자 사우나에 가서 아랫도리만 감싸고 이야기를 나눴다. 검사장은 형사 출신인 그의 보수적인 성정이 마음에 든 모양이었다. 그날 이후 밥을 산다는 브로커들, 얼굴 한 번 뵙자는 업체 사장들의 연락이 늘었다.

적잖은 액수의 돈을 받은 적도 있었다. 비싼 밥, 좋은 술을 얻어 먹기도 했다. 당시는 아직 그런 시대였다. 유부남 검사가 룸에 다니는 것이 자연스럽고, 떡값을 받으면 검사실 식구들을 챙겨주는.

후배의 관이 파헤쳐질 걸 생각하니 등골이 오싹해졌다. 만약 본인이 칼을 맞아 죽는다면? 이후 대대적인 전수조사라도 이뤄지면? 아내와 장인은 몰라도 아이들에게 그 꼴을 보이기란 죽기보다 싫었다.

샤워실로 가 옷을 벗자 남자들이 힐끔거렸다. 개인 라커룸에서 스포츠백을 들고나오는데 인포의 여자 트레이너가 말을 걸었다.

"회원님, 왜 이렇게 오랜만에 오셨어요."

윤 부장은 스포츠 탑을 입고 가슴과 배를 훤히 드러낸 아가씨를 빤히 보았다. 경찰 시보나 검찰 시보나 마음만 먹으면 쉽고 안전하게 성을 살 수 있었다.

"회원님?"

수업을 끝낸 남자 트레이너도 다가왔다. 그는 스포츠백을 덜렁거리면서 헬스장을 나섰다.

집에 들어서자 센서등이 켜졌다. 서초동 한복판의 35평짜리 아파트는 아내가 혼수로 해온 것 중 하나였다. 장인은 검사 사위를 얻었고, 그는 집과 차, 편히 쓸 수 있는 카드를 얻었다. 윤 부장은 닫힌 방문 앞에서 딸을 불렀다.

"희지야."

대답은 돌아오지 않았다. 딸은 말이 점점 줄어, 어쩌다 마주쳐도 고개를 푹 숙이고 지나갔다.

그는 거실을 한 바퀴 둘러봤다. 가족 절반이 사라진 집은 휑뎅 그렁하고 쓸쓸했다. 로봇청소기를 종종 돌렸지만 먼지는 계속 쌓였다. 냉장고를 열어보니 싹이 난 감자와 시큼한 냄새를 풍기는 두부가 나왔다. 요리라곤 라면이나 겨우 끓이는 아빠가 매일 늦게 들어오니 딸은 밖에서 먹거나 주로 배달을 시켜 먹었다. 밥통에는 누런 밥이 쭈글쭈글 말라가고 있었다.

아줌마를 써야 하나? 윤 부장은 1년 전부터 했던 생각을 하면서 지폐 몇 장을 식탁에 올려놓았다. 남을 들이기 싫어했던 아내가 떠난 지 오래였지만 새로운 사람을 구하지는 않았다. 그의 일상은 낯선 이와 이야기하는 것보다 서류를 결재하는 것에 더 익숙했다.

서재 안은 법전 냄새와 닭 냄새가 났다. 그는 방향제를 찾다가 탁자 위의 결혼사진을 쳤다. 사진이 든 액자는 벽을 향해 비뚜름히 돌아가버렸다.

아내는 나름대로 의리를 지켰다. 희지를 낳고 3년 동안은 문제를 일으키지 않았으니까. 아내의 외도를 안 날, 그는 오랜만에 '강

실장'에게 연락을 했다. 결혼하고도 몇 번 갔던 풀싸롱으로 가 배덕을 저질렀다. 선영이 개 같은 년, 나쁜 년. 아내 이름을 부르며 욕을 하자 아가씨는 프로답게 받아주었다. 더 세게, 오빠, 그년 존나 개불알만도 못한 년이야!

'비겁한 잣대 아니신가, 윤 서방? 자네가 저지른 부덕은 그것들만이 아닐 텐데.'

장인어른의 목소리가 들렸지만, 귀 안쪽으로 들어오지 못했다. 법조화란 불편한 일에 감고, 좋은 일에 눈뜨는 마음의 눈꺼풀을 키우는 과정이었다.

입에서 불쾌한 냄새가 올라왔다. 화장실로 가 칫솔에 치약을 짜는데 '우리 가족'이라고 적힌 머그컵이 보였다. 그와 딸의 칫솔, 치우지 않은 아내와 아들의 칫솔이 옹기종기 들어 있었다. 그는 혀를 닦다가 세면대에 대고 요란하게 헛구역질을 게웠다.

'와이프가 놀란다고 싫어했는데.' 뒤늦게 딸도 싫어했다는 게 생각났다. 입을 닦고 나올 때 벗어뒀던 양복에서 진동이 울렸다.

이 시간에 또? 윤 부장은 휴대폰을 폭탄처럼 멀찌감치 떨어뜨린 채 노려보았다. 검찰청 번호는 아니었으나 반갑잖은 이름인 것은 매한가지였다.

'강3수 길창진'

강3수란 강력 3계 수사팀장의 약자였다. 전화를 받자 듣기 싫은 소리부터 나왔다.

"내일 그쪽으로 사건 하나 송치될 거야. 좀 봐줘."

그는 결국 화를 버럭 내고 말았다.

"오밤중에 전화해서 뭔 소리야. 지금 시국 몰라서 그래?"

"알지. 근데 그냥 폭행치사라니까. 오죽하면 자네한테 연락했겠어."

목소리가 크게 나갔는데도 상대는 끈질겼다. 그는 딸의 방문을 흘끗 보고 서재로 들어갔다.

"안 돼. 말이 새."

"빡빡하게 그러지 말고. 이쪽이 곤란해지면 곤란해질 사람이 한둘인가."

윤 부장은 숨을 깊이 들이마셨다. 이것이 문제였다. 밥 한 끼, 술 한 잔, 작은 부탁 한 번이 빚이 되고 거래가 되어 거절할 수 없는 사이로 변했다. 붙잡았던 밧줄은 어느새 사지를 옭아매고 있었다.

"담당이 누군데?"

"담당 이름이 아마… 순조, 권순조랬어."

그는 전화를 끊고 생각에 잠겼다. 권순조, 요즘 그 이름이 자주 들렸다. 검사장한테 눈도장을 찍던 날 검사 시체를 물고 온 놈. 사건 배당이야 직접 했지만 또 권순조라는 게 마음에 걸렸다.

권순조는 어떤 부하인가? 묻는다면 '괴물'이라 답할 수 있었다. 검사 생활 20년간 그런 놈은 처음 보았다. 남들이 사건 하나 볼 때 두 개를 쳐내는데, 입만 열면 대법원 판례부터 지방법정 기록까지 줄줄 나왔다. 빠릿빠릿하니 말귀도 잘 들겠다. 수사는 다른 검사들의 배로 잘 하겠다. 예비 총장님 눈에 들었으니 앞날이 보장된 놈이라고 생각했다.

'잘못 본 건가?'

복덩이는 골칫덩이로 변할 전조를 보였다. 이름이 자주 나오면 원만한 검사가 되긴 글렀다는 뜻이었다. 문희철, 그 브로커가 관심을 두는 이유도 수상했다. '권 프로 좀 불러달라'고 건방을 떨던 변호사는 검사장이 즐겨 부리는 심복이었다.

윤 부장은 한기를 느꼈다. 손이 닿는 곳에서 손댈 수 없는 일들이 벌어지고 있었다. 더 많은 침묵과 방조와 은폐도 그를 기다렸다. 나서서 싸우는 일보다 두려운 것은 침묵하는 것이었다. 보아도 보지 못한 듯, 들어도 듣지 못한 듯······.

꽉 쥔 주먹에 거머리 같은 핏줄이 솟았다. 지켜야 할 것 앞에서, 그는 검사로도 인간으로도 무력했다.

*

"그 새끼, 아주 악질이에요."

순조는 파일을 보면서 이야기를 들었다. 손에는 다음 순서로 올 고소인의 서류가 들려 있었다.

"예, 그런데 어떤?"

남자는 맹한 검사한테 분통이 터진 것 같았다. 말이 안 통하네! 하면서, 입가에 붙어 있던 반창고를 테이프 떼듯 쫙 뜯었다.

"봐요, 여기 터진 거. 지금도 이가 흔들린다니까."

오늘의 네 번째 고소인은 자기를 '테오'라고 소개했다. 본명은 오귀태, 나이는 스물일곱, 트루문 클럽에서 일하는 MD라고 했다. '클럽에도 머천다이저가 있습니까?' 고소인이 오기 전, 그가 묻자 양계장은 물정 모르는 막내한테 설명해주듯 얘기했다. '삐끼요, 삐끼. 검사님 나이트도 안 다녀봤구나?'

"CCTV 보세요. 내 손님이랑 시비가 붙어서 말렸는데, 갑자기 날 데리고 나가서 때렸다고. 호텔 주차장 거 까보면 나올 거 아녜요."

순조는 다시 파일을 보는 척했다. 증거, 정황, 태도 모두가 진실을 말하고 있었다. 문제는 이 사건에 청탁이 끼어 있다는 거였다. 어젯밤 부장은 전화를 걸어, 277번을 원만히 마무리하라고 했다. 법조계에서 '원만하게'는 대충 뭉개서 덮으라는 뜻으로 쓰였다.

"경찰 쪽에서 확인했는데, 그날 03시 20분부터 40분까지 내부 오류로 영상이 없답니다. 거기서 자료를 안 주면 우리도 뭘 할 수가 없어요. 그냥 쌍방으로 합의하고 끝냅시다."

테오는 얼굴이 시뻘개지더니 갑자기 반팔티를 훌렁 벗어던졌다. 상반신 곳곳에서 검푸른 멍들이 드러났다.

"이게 쌍방이라고? 얘네가 내 불알까지 걷어찼는데?"

달려온 양 계장이 강제로 옷을 입히고서야 스트립쇼가 중단됐

검사의 죄

다. 순조는 염 실무관에게 눈짓해 커피를 한잔 타오게 했다. 어깨로 숨을 쉬던 테오가 말했다.

"저 누나 힘이 장사네. 가드 해볼 생각 없어요?"

"오귀태 씨."

"그 이름으로 부르지 마요. 멀쩡한 CCTV가 왜 저 때만 먹통이 돼. 보나 마나 나만 바보 만들어서 묻으려는 거죠? 와꾸 짜놓은 거 다 알아요."

맞는 말이어서 뭐라 할 말이 없었다. 테오는 안 되겠다고 여겼는지 몸을 앞으로 기울였다.

"씨발, 이건 말 안 하려고 했는데."

그는 비밀스럽게 입을 가렸다. 그래 봤자 목소리가 워낙 커서 검사실 안에 다 들렸다.

"우리 클럽, 약도 하고 성 접대도 해요. 여자애들 취하면 위쪽 호텔로 데려가서 VIP들 케어시킨다고요."

"증거가 있습니까?"

"신고자가 있는데 증거가 왜 필요해요?"

"여기는 담당 부서가 아닙니다. 마약류는 별관 4층이랑 5층, 마약수사반이나 검찰청 형사과에 신고하세요. 번호는 국번 없이 1301입니다."

테오는 그를 빤히 보더니 평했다.

"검사님, 진짜 개새끼시네요."

"저는 저희 아버지 띠를 모릅니다."

모욕죄 무서운 줄 모르는 욕에, 유치한 대꾸가 오갔다. 순조는 검사실 벽에 걸린 시계를 확인했다. 다음 일정을 차질없이 소화하려면 슬슬 내쫓아야 했다.

쓸모 있는 말이 들린 것은 그때였다.

"뭐라고 했습니까?"

"뉴스에 나온 검사요. 우리 클럽에도 왔다고요."

테오는 휴대폰을 꺼내 뉴스를 띄우더니 자랑하듯 흔들어보였다.

"여기, 이 사람 맞죠? 내 눈으로 봤어요."

이미 염 실무관까지 이야기를 듣고 있었다. 순조는 보안을 포기하고 질문했다.

"더 자세히. 언제 어디서, 누구랑 뭘 했습니까?"

테오의 주머니에서 휴대폰 하나가 더 나왔다. 그는 캘린더를 열고 기록된 메모를 넘겼다.

"뮤즈 팀 파티가 있던 날이니까… 두 달쯤 전이었을 거예요. 손님 입장을 도와주러 나갔는데 가드들이랑 얘기하고 있더라고요."

"왜 왔는지는 모르고?"

"경찰이랑 검찰들, 업소 떡고물 받아먹잖아요. 뭐 뜯을 게 있을까 해서 왔겠죠."

"검사님 앞이니 말조심……."

양 계장이 위협적으로 일어섰지만, 순조는 손을 저어 저지했다.

테오는 움츠린 채로 할 말은 꿋꿋하게 했다.

"내 말이 틀렸어요? 호텔로 데려갔으니 뻔하지. 그날 사장이랑 비즈니스가 있던 거라니까."

순조는 내부고발자의 진실성을 테스트해 보았다.

"본인 사장은 왜 고소하려는 겁니까?"

"글렀으니까요. 내 영업장에서 출입금지를 먹는 게 말이 돼요? 확 엎어버리고 다른 데 갈 거예요."

"그쪽 말대로 경찰이 안 도와주면?"

테오는 뭘 그런 걸 묻냐는 눈빛이 됐다.

"다른 클럽 사장들 꼬드겨봐요. 여기 씬이 얼마나 약육강식인데."

말만 들으면 재벌가 권력다툼이 따로 없었다. 순조는 일단 연락을 주겠다고 하고 내보냈다. 테오가 나가자 검사실은 침묵에 잠겼다. 양 계장이 말했다.

"귀찮게 됐네요. 하필 우리 방으로 와서."

"계장님은 좀 알고 계십니까?"

양 계장은 멋쩍게 머리를 긁었다.

"친한 동생이 로펌 실장으로 일하거든요. 저런 일이 많다고 예전에 들었어요."

사실 상황 자체도 뻔했다. 지역 경찰이 유흥업소들로부터 정기적으로 상납을 받고 구획에서 일어나는 사건들을 묵인하거나 덮어주는 경우였다.

"그럼 검사님, 알아보실 거예요?"

여태 듣고 있던 염 실무관이었다. 순조는 쏠리는 시선들을 느끼면서 대답했다.

"잘 달래서 합의시켜야죠. 혹시 모르니까 계장님은 관할 서에 다시 요청 넣어보시고요."

"뭔가 일이 큰 것 같아서요. 그 검사님도 죽기 전에 거기 갔었다고 하고……."

"우리 방 사건도 아닌데요. 대검에서 알아서 할 겁니다."

실무관은 고개를 끄덕이고 업무로 돌아갔다. 순조는 앉자마자 양 계장에게 메신저를 보냈다.

—트루문이라는 클럽, 자료 부탁합니다.

오후 7시 30분, 염 실무관이 퇴근했다. 8시 정각에는 양 계장이 먼저 들어가 보겠다며 일어섰다. 순조는 배달시킨 밥을 가지고 올라와 혼자 먹었다. 뭉텅이로 복용하는 약 때문에라도 끼니는 제때 챙겨야 했다.

오후 10시 10분, 그도 서류를 덮고 일어섰다. 신사동 하이페리온 호텔을 찍자 15분이 걸렸다.

평일 밤인데도 사람은 많았다. 호텔 앞쪽 대로부터 모퉁이 뒤까지 줄이 길게 늘어서 있었다. 순조는 차를 길가에 붙여 댔다. 황금빛 성 분위기의 호텔은 콘크리트로 만든 벌집처럼 보였다.

트루문 대표 '육 사장'은 금방 나왔다. 원체 떳떳하게 사업을 벌여둬서 찾으려던 이가 민망할 정도였다. 클럽의 최대주주 겸 엔터 사장. 표면상으로는 모델 에이전시 사업을 하면서 몇몇 바지사장 들과 클럽을 운영했다. 해외로 수상한 자금이동이 두어 차례 적발 됐으나 큰 홍역 없이 넘어간 듯했다.

'세탁이겠지. 제 돈이든 남의 돈이든.'

에이전시란 것도 엔터테인먼트를 빙자한 유흥업일 터였다. 모델 이나 아이돌, 배우를 시켜준다며 연습생들을 모아 성 접대를 시키 거나 동남아 쪽 행사를 뛰게 하면 벌이가 썩 쏠쏠했다.

그는 호텔을 뒤로하고 횡단보도를 건넜다. YK홀딩스, 육 사장이 대표인 법인은 호텔 맞은편 건물 18층에 입주해 있었다. 엘리베이 터에서 내리자 데스크의 여비서가 놀라 일어섰다.

"사장님 있습니까?"

"아뇨, 지금은 퇴근하셨는데……."

"어차피 근처에 있겠죠. 중앙지검에서 나왔다고, 얼굴 좀 보게 오라고 하세요."

비서는 전화를 걸었다. 뭐라고 조용조용 얘기하다 끊더니 공손 하게 제안했다.

"들어가서 기다리시지요."

빈 사무실에 수색영장 없는 검사를 들이라니, 배포 하나는 좋 았다. 비서는 필요한 게 있으면 탁자의 벨을 누르라고 하며 나갔다.

사무실은 동물의 왕국을 방불케 했다. 수조에서는 열대어가 헤엄치고, 파릇한 나뭇가지 사이로 처음 보는 도마뱀들이 기어 다녔다. 안쪽의 작은 수조들로 가니 종이 달라졌다. 타란툴라, 호랑거미, 온갖 다리 많은 곤충이 수조 벽에 달라붙어 있었다.

10여 분 뒤, 시끄러운 웃음소리가 들리더니 빨간 양복을 입은 남자가 들어왔다. 양옆으로 본인보다 키가 큰 여자들을 낀 채였다.

"아이고, 오래 기다리셨죠?"

빨간 양복은 '나 육종찬입니다', 하면서 오른손을 내밀었다. 악수를 나눈 뒤엔 여자들을 돌아봤다.

"그런데 어쩌나… 면접 때문에 데려온 애들인데, 쟤는 우즈베키스탄 출신이고 얘는 태국에서 왔거든요. 잠깐만 앉혀 놓겠습니다."

사업하는 위인이라선지 혓바닥이 썩 유들거렸다. 씻 다운, 씻 다운, 하며 여자부터 앉히고는 자기도 상석에 앉았다. 그는 순조가 따라 앉지 않고 서 있는 걸 보고서도 웃는 낯으로 물었다.

"중앙지검에서 나오셨다고?"

"형사 3부 권순조입니다. 폭력, 성 접대, 불법 향정신성의약품 유포 건으로 영업장 신고가 들어와서요."

육 사장은 고개를 휘휘 저었다.

"길 팀장님 안 되겠네. 전화까지 드렸는데."

대놓고 청탁자 이름이 나왔다. 상대는 검사를 눈앞에 두고도 뻔뻔한 펜스를 쳤다.

"나는 처음 듣는 얘기예요. 그리고 이거 불법 수사 아닌가? 영장도 없이 불쑥불쑥 오시면 검사님이 곤란해지실 텐데, 무슨 영화 촬영도 아니고······."

"이미 김 선배가 찾아오지 않았습니까?"

교활한 눈이 실쭉 옆으로 찢어졌다.

"무슨 소리시래요?"

"4월 12일, 김한주 검사랑 만나셨죠. 사장님이랑 김 선배가 같이 있는 걸 본 목격자도 있어요. 그날 무슨 얘기를 나누셨습니까?"

육 사장은 한숨을 내쉬었다. 옆의 여자들은 오가는 말을 알아듣지도 못하면서 벙긋벙긋 웃고만 있었다.

"검사님, 나는 한별이라는 조카가 있어요. 제 아빠를 따라서 사무실에 한 번 올라오더니 꺅꺅 비명을 지르더라고. 어쩜 저렇게 징그러운 걸 키우냐고."

"육 사장님."

"들어봐요. 근데 이거 한 놈에 자동차가 한 대라고 말해주니까 눈이 반짝반짝해지는 거야. 이제 일곱 살짜리가. 우리 권 검사님도 명함 내밀면 사람들이 와 하지 않아요? 그전까지는 음침한 찐따로 보다가."

기획사 사장이라 그런지 평가가 냉철했다. 대답이 없자 육 사장은 능글맞게 주판알 퉁기는 시늉을 했다.

"그러니까 그냥 다른 일 찾아요. 중앙지검까지 갔을라면 로비도 솔찬히 하셨을 것인데, 거국적으로 판을 보셔야지. 빨리 싸려다가 평생 못 싸십니다. 예?"

이 바닥 생리를 잘 아는 자였다. 양 계장이 올린 보고서에는 소속 연습생들을 악성 조항으로 묶어둔다는 내용이 있었다. 주 타겟층은 연예계를 꿈꾸며 상경한 젊은 여자들. 대부업체를 껴서 지장을 찍는 데다, 법망에 걸리지 않을 정도로만 '접대용' 아이돌을 운영하니 단속을 피하긴 쉬웠을 것이다.

순조는 6년 전 기억을 떠올렸다. 시보 시절, 옆 부서 여청과에 대대적으로 해외 성매매와 성인방송을 시킨 일당들이 잡혀 왔다. 태국에서 란제리 쇼까지 했다는 여자 네 명은 조사 내내 퀭한 얼굴로 땅만 봤다.

그녀들은 남자 검사들의 발코니 티타임에 안줏거리가 되었다. '걔들은 어떻게 팔려갔나 모르겠더라. 요즘은 창녀가 쉽나?' 선배 한 명이 빈정거리자 너도나도 점수를 매겼다. '야, 노랑머린 괜찮았어.' '에이, 저렇게 생겼으니 외국 나가서 국위선양도 못 하고 돌아오지.' 누군가의 말에 왁자한 웃음이 터졌다.

"검사님, 서서 주무시나?"

육 사장의 목소리가 현실을 일깨웠다. 순조는 다시 물었다.

"김 선배랑 아무 일이 없었다는 겁니까?"

"아니, 와서 행패만 부리고 갔어요. 자기가 뒤 봐줄 테니까 상납금 좀 꽂아보라고."

거짓말일 것이나 증명할 방도가 없었다. 녹취파일이 있냐고 묻

검사의 죄

자 우리가 검사냐는 빈정거림이 돌아왔다. 육 사장은 기세등등해져서 열변을 토했다.

"말이 나왔으니 말인데, 그 검사님 있잖아요. 나쁜 짓을 해서 나쁜 놈을 잡으면 그게 착한 일인가? 우리 대한민국 국민은 그런 거용납 못 해요. 민주 정의의 상징께서 말이야. 연예인이 불법주차만해도 갈기갈기 찢는 세상에……."

"육종찬 씨, 우린 착한 일 하는 사람 아닙니다. 나쁜 놈 벌주는사람이지."

시종 유들유들하던 육 사장의 표정이 희미하게 굳었다.

"출생의 비밀 같은 게 있으신가 봐, 평생 옷 안 벗을 사람처럼 구시게? 변호사 개업하고 쫄딱 망해봐야 정신이 들까."

벽장 앞에 골프채 가방이 세워져 있었다. 순조는 드라이버 하나를 뽑아 폼을 잡았다. 횡, 바람 소리를 내며 돌아간 헤드가 육사장의 머리로 향했다.

"검사가 옷 벗으면 망나니죠. 변호사가 아니라."

육 사장은 고개를 삐딱하게 숙였다.

"얘들아, 가시는 길 인사드려라."

"안녕히 가세요. 검사님."

여자들이 입을 모아 인사했다. 한국말을 못 한다더니 아주 연기파 배우들이었다. 순조는 빌딩을 나와 주차된 차로 걸음을 옮겼다. 이쪽을 노출했으니 챙길 건 챙겨야 수지타산이 맞았다.

조수석의 안테나를 사무실 쪽으로 두고, 설정해둔 주파수를 맞추자 소리가 흘러나왔다. 골프채 헤드에 붙여 놓은 초소형 도청기에서였다. CCTV 화각으로 안 걸릴 시야였으니 들통이 나진 않을 것이다.

간단한 전파방해만 있어도 무력화될 물건이었으나 패는 예상대로 잘 먹혔다. 녹음을 시작한 지 얼마 안 돼 통화가 송신됐다.

"나야. 별일 아니었어."

상대방 목소리까지 같이 담기진 않았다. 육 사장의 음성만 계속 이어졌다.

"갠 몰라. 그냥 찔러보러 온 거야. 그나저나 돌대가리는? 따로 연락 안 왔지?"

이번의 침묵은 길었다. 다시 들린 목소리에선 두려움이 엿보였다.

"그쪽이랑 엮인 게 알려지면 다 죽어. 몇 년 살고 나오는 게 아니라 진짜로. 입단속 잘들 시켜."

전화가 끊어졌다. 여자들은 이미 나간 모양인지, 다른 목소리는 들리지 않았다. 구두 소리가 멀어지더니 문이 열렸다가 닫히는 소리가 났다. 순조는 몇 분간 더 듣고 있다가 이어폰을 귀에서 빼냈다.

리스크를 감수한 보람이 있었다. 김한주는 육 사장과 다른 인물의 연결고리를 찾으러 왔다. 그리고 뒤쫓던 누군가에게, 아마도 육 사장이 아닌 상대 쪽 칼잡이에게 입막음을 당했다.

순조는 현 시각을 기억해뒀다. 내역을 조회해서 전화한 상대를 찾으면 단서가 나올 테지만… 명분이 발목을 잡았다. 영장 없이 갔다간 협조는커녕 불법수사 논란만 불거질 터였다. 결국 통신사 쪽 브로커를 거쳐야 하는데, 얼마나 걸릴지 알 수 없었다.

날이 밝으면 부장도 소식을 들을 것이다. 명령에 불복하고 김한주 사건을 캐는 것까지 들켰으니, 상사 쪽 반응은 안 봐도 뻔했다.

'전쟁이지. 다른 수가 있나.'

운전대는 서초로 향했다. 자정이 다 됐는데도 지검 창문들은 절반 가까이 불이 켜져 있었다. 그는 복도를 걷다 여자 화장실 앞에서 양 계장과 마주쳤다.

"계장님? 아까 퇴근 안 하셨습니까?"

양 계장은 두툼한 갈색 봉투를 흔들어 보였다.

"놓고 간 게 있어서… 잠깐 들렀어요."

그녀에겐 남편 없이 키우는 여덟 살짜리 아이가 있었다. 그런데 이 시간에 놓고 간 물건? 순조가 빤히 보자, 그녀는 생각났다는 듯이 말했다.

"아, 그리고 송 수사관이라는 사람이 왔다 갔어요. 김한주 검사 생전에 고검에서 일하던 수사관님이요."

"무슨 일이랍니까?"

"드릴 말씀이 있다던데요. 갈현동, 유흥업소, 이렇게 두 개를 꼭

전해달라고 하셨어요."

그 사이 심경의 변화가 있던 모양이었다. 뭘 말하러 왔는지는 몰라도 힌트를 놓고 간 것은 가상했다.

"언제 다시 온다는 말은요?"

"그런 얘긴 없었어요. 땀을 얼마나 흘리던지, 누가 쫓아오는 줄 알았다니까요."

양 계장을 보내고 그는 검사실로 들어갔다. 스탠드만 켜놓고 앉아, 서류 한 더미를 책상에 올렸다. 첩보 작전을 수행하느라 증인을 놓친 건 아쉬웠지만 시간문제였다. 날이 밝고 고등지방검찰청에 들르면 못 한 말을 들을 수 있을 것이다.

일생에서 27번째로 빗나간 예상이었다.

송 수사관은 그날 새벽 죽었다.

*

숨이 멎기 30분 전, 송경백은 시동을 걸었다.

오늘은 두통도 거의 없었다. 짐짝을 처분하기로 마음먹은 덕인지 몸이 날아갈 듯 가벼웠다. 지검 앞을 벗어날 때 그의 차 뒤로 검은 소나타 한 대가 붙었다. 노란 헤드라이트 불빛이 뒤창에 붙은 '아이가 타고 있어요' 스티커를 조용히 뒤따라갔다.

20분 뒤면 오른손이 통째로 잘려나갈 것이었지만, 그는 다가올

운명을 까맣게 몰랐다. 위험신호를 감지하기엔 후련함이 너무 컸다.

'검사님, 미안합니다.'

김한주가 준 수첩은 조수석 가방 속에 있었다. 권순조 방의 계장한테 전해줄까 생각했지만 아무래도 불안해서 갖고 나온 참이었다. 출근하자마자 중앙지검으로 찾아가 넘길 것이다. 그럼 그 인간이 뭐라도 하겠지. 검사들 일은 역시 검사에게 맡겨야 했다.

처음 김한주를 보았을 때가 떠올랐다. 나이를 의심할 만큼 촌스러운 남자가 검사실 문을 열고 들어왔다. 눈썹엔 커다란 점이 있었고, 무슨 90년대 연극 소품처럼 다리를 테이프로 붙인 뿔테안경을 끼고 있었다. 그와 실무관한테 대충 고개만 까딱하더니 자리로 가서 앉았다. 첫마디는 12년 짬밥 중 가장 재수가 없었다.

"두 분, 일은 잘 하는 편입니까?"

'그 꼴통' 방으로 들어간다고 했을 때 동료들은 휴직계를 내라며 뜯어말렸다. 모진 놈 옆에 있으면 불똥이 튄다는 거였다. 정작 손발을 맞춰보니 소문만큼 미친 불도저는 아니었다. 개인적인 사담이며 수사는 일절 없이 딱 배당된 업무만 처리했다. 이곳이 벼랑 끝이란 걸 본인도 인지한 것 같았다.

평화는 몇 달 전부터 금이 갔다. 오후마다 어딘가로 사라지는 빈도가 잦아지더니, 실무관이 퇴근한 어느 날 그의 책상 앞에 버티고 섰다.

"수사관님. 부탁 하나만 해도 됩니까."

김한주는 대답도 듣지 않고 자기 머리를 마구 헝클어뜨렸다. 한겨울인데도 땀에 젖은 이마가 번들거렸다.

"악마는 홀로 다니지 않습니다. 거악은 악마 한 놈만으로 생겨나지 않아요."

"그게 무슨 말씀……."

"갈현동 일대 유흥업소에서 무슨 일이 있었는지 알아보세요. 그리고 절대 포기하지 마십시오."

그는 놀라서 벌건 얼굴을 올려다보았다. 김한주는 자신에게 말하듯 되풀이했다.

"절대 포기하지 마세요. 내가 없어져도."

그 후 다른 언급이 없었으므로 자연히 기억에서 흐려졌다. 명령에 따라 갈현동 일대의 강력사건들을 조사해갔지만 반응도 시원찮았다. 거기다 두세요, 한마디 한 것이 다였다.

그러면서 김한주는 점점 수척해져 갔다. 같이 점심을 먹자고 해도 피했고, 휴대폰 진동이 울리면 누구한테 쫓기는 사람처럼 흠칫흠칫 놀랐다. 출근이 조금씩 늦더니 무단결근에 휴가까지 이어졌다. 직원들 사이에서는 저러다 옷을 벗을 것이라는 예측이 돌았다.

휴가 마지막 날, 그는 안부도 물을 겸 전화를 걸었다. 몇 통이나 건 끝에 겨우 통화가 연결됐다.

"여기로 전화하면 안 됩니다."

"예?"

"위험하니까 전화하지 말라고요. 안 받는다고 부재중 찍지도 말고. 할 말 있으면 만나서 해요."

갈라진 목소리가 뚝 끊겼다. 황당해서 헛웃음이 나왔던 것도 기억났다. 그게 보름… 아니, 열흘 전이던가? 마지막은 일이 터지던 날 저녁이었다. 퇴근 준비를 하는데 수사관님, 부르는 소리가 들렸다. 돌아서자 다 죽어가던 행색의 검사가 꼿꼿하게 서 있었다.

"지금까지 미안했습니다."

김한주는 자기 책상 서랍을 뒤져 공책 한 권을 꺼내더니 걸어와 내밀었다. 그는 엉겁결에 받아 펴보려다가 손목이 부러질 뻔했다. 눈을 부릅뜬 김한주가 무시무시한 힘으로 움켜잡은 것이다.

"절대 펴보지 마세요. 혹시 내게 무슨 일이 생기면, 그때 다른 검사에게 넘기십시오. 우리 부장이나 대검은 안 됩니다. 중앙지검 쪽도 위험해요. 가장 믿음직한 사람한테 맡겨야 합니다. 검사 같지 않은 검사, 거래도 타협도 않을 자에게."

풀려난 손목에는 벌겋게 손도장이 찍혀 있었다. 김한주는 도청 없고, 카메라도 없고… 중얼대더니 갑자기 허리를 깊이 굽혔다.

"수사관님께는 정말로 미안하게 생각합니다. 용서해달라곤 안 할게요."

"아니, 검사님. 뭐 때문에 이러시는지 말씀을……."

"수사관님 뒷조사를 했습니다."

"예?"

"같은 방에 배정되자마자 뒤를 캤어요. 4년 전 선화쉴드 방산비리 일선에서 뛰셨죠? 특본이랍시고 선전하면서 은한섬 사장 낚으려다 실패했을 때, 방사청 압박에도 마지막까지 수사를 진행하셨던 거 압니다. 연루된 검사며 직원들은 떡고물 한몫씩 챙겨 나갔는데도요."

본인마저 잊고 있던 옛 비화들이 줄줄 나왔다. 뭐라고 대답할 틈도 없이, 열띤 선고가 떨어졌다.

"누군가는 해야만 해요. 어떤 검사, 어떤 수사관, 어떤 판사는 싸워야 합니다. 세계가 타락하고 사법이 힘을 잃어도."

현실의 전화벨이 요란하게 울었다. 송경백은 불덩이를 잡듯 꺼내 뒷자리로 집어던졌다. 왜 그의 방 검사가 진동에 예민했는지 이제 그도 알았다.

김한주가 죽은 날 밤, 전화가 걸려왔다. 피싱처럼 괴상한 번호여서 받지 않았는데, 두 번 세 번 울리기에 화를 낼 생각으로 수신을 눌렀다. 상대는 이쪽이 말하기도 전에 물었다.

'김한주가 뭘 남겼지?'

'뭐야, 당신 누구야?'

'김한주가 준 물건이 있나? 잘 생각해봐.'

그는 무의식 중 침을 삼켰다. 훈련소에서 잡아봤던 총열처럼 매끄럽고 딱딱한 목소리였다.

'대답이 늦는 걸 보니 있군. 노트였나, 아니면 파일? 검찰청에 두진 않았을 테고… 가지고 다니나?'

그는 더 듣지 않고 전화를 끊었다. 다음날 또 알 수 없는 번호로 문자 한 통이 왔다. 내용은 없었고 그가 사는 빌라 앞 쓰레기장을 찍은 사진이었다. 상대의 명령은 확고했다. '저기다 가져다 둬라.'

가져다 둘까, 경찰에 넘길까. 고통스러운 고민이 밤낮으로 계속됐다. 김한주의 경고대로 공책 안은 열어보지 않았다. 본 게 없으니 태워버리면 될 문제였지만, 자꾸 죽은 사람의 목소리가 들렸다. 주로 검찰청 정문에서 검사실로 올라갈 때였다. '절대 포기하지 마세요.'

김한주의 빈소에서 동료 검사를 만난 날, 그는 똑같은 공책을 인터넷으로 배송시켰다. 진짜 공책을 넘기고 산 공책은 태울 생각이었다. 카드 내역이 뽑혀나가는 중임을 알았다면 다른 방법을 취했을 것이다.

사망 10분 전, 그는 지하주차장에 도착했다. 항상 붙여 대던 하얀색 소나타 옆으로 차를 넣는데 휴대폰이 다시 울렸다. 언제 오냐는 아내의 메시지였다. 어둑한 바닥에 한 발을 내리며, 그는 심장이 이상하게 뛰는 것을 인지했다. 비상등 화실표가 엘리베이터로 가는 길을 밝히고 있었다.

'왜 이렇게 기분이……'

세 걸음째 옮겼을 때, 그는 인기척을 느꼈다. 돌아서려 했지만 너무 늦은 뒤였다. 어른 목뼈도 부러뜨릴 만한 손이 턱밑으로 파고들었다. 다른 한 손은 축축한 솜으로 우악스레 입을 틀어막았다. 마취약보다 경동맥을 조이는 팔 힘에 의식이 먼저 빠졌다.

"잘 생각하라니까."

몽롱한 귓가로 전화 속 목소리가 들렸다. 남자는 그를 손쉽게 들쳐 메서 트렁크에 던져넣었다. 쿵, 트렁크 문이 닫히며 가물대던 시야가 완전히 끊겼다.

송경백은 마취에서 깨어나기 전 죽었다.

*

미도는 무릎을 꿇었다.

고개를 조아렸다가 일어나서 반 배를 올린 뒤 탁자 위 냉수를 사발째 들이켜고 머리에 털었다. 그녀가 하는 꼴을 지켜보던 동아가 물었다.

"누나 뭐 해?"

"기도. 너도 같이 올릴래?"

동아는 미친 여자 보듯 보더니 다시 핸드폰 게임으로 돌아갔다. 저기다가 어제랑 오늘만 백만 원을 지른 모양이었다.

신은 기도를 들어주셨다. 그것도 원했던 맞춤형 서비스로. 부장은 하극상은커녕 그녀의 존재 자체를 잊어버린 것 같았다. 그럴 만도 한 게, 관할에서 검사가 죽었는데 그 검사의 스캔들이 터졌다. 기자들, 정치인들, 덮어놓고 검찰을 싫어하는 대중들이 몰려들어서 시체를 찢어발기는 통에 지검은 혼란의 도가니였다.

거기다 더 재미있는 일도 생겼다. 그녀는 아까 들은 말을 떠올렸다. '갈현동, 유흥업소, 김한주네 수사관이라고 했지.' 동기는 깜찍하게도 몰래 내사를 하고 있었다. 부장이 에이스한테 특명을 내린 건가? 6년 차 검사의 감은 '아니다' 쪽에 손을 들어주었다. 덩치 큰 좀팽이는 독단적으로 그런 일을 시킬 인물이 못 됐다. 차장이나 검사장, 그 윗선의 지시라면 굳이 운신 폭도 좁은 평검사를 쓰지 않았을 것이다.

볼일을 보러 간 타이밍이 좋았다. 화장실 문틈으로 순조네 방 계장 목소리가 들렸던 것이다. 그녀는 검사실로 돌아와 연락을 돌렸다.

고등지검 직원은 중앙지검 사람이 와서 기록을 복사해 갔다고 말해주었다. 관할서에 전화해보니 대검에서도 왔다 가고 중앙지검에서도 왔다 갔다고 했다. 그녀는 형사 3부 동료라고 밝히고, 혹시 키가 좀 작고 입술이 빨간 검사냐고 물었다. 형사는 그 검사님이 찾아온 날짜까지 읊어줬다.

미도는 전화기를 놓고 고심에 빠졌다. 권순조가 칼을 뽑았다는 건 썰 무가 있다는 소리였다. 연수원 시절에도 저 수사 귀신은 지독한 효율 벌레였다. 밥을 늦게 먹으면 그날 특별 수업이 있어서, 모의재판을 열심히 준비하면 연수원장이 참관 오는 걸 알아서. 너구리 꿈나무들 틈에서도 동기의 음험함은 돋보였다.

'그런 놈이 갔으면 뭘 봤다는 소린데······.'

그녀는 본인 방 수사관의 번호를 눌렀다. 수화기 건너에서 와자지껄한 소음이 들려왔다.

"아니, 차 검사님. 지금이 몇 신 줄 아세요?"

"안 주무셨잖아요. 또 당구나 치고 계셨을 거면서."

정곡을 찔린 노총각은 조용해졌다. 그녀는 같은 검사들보다 검찰청 직원들이랑 사이가 더 좋았다.

"계장님, 우리도 김한주 건 해볼까요?"

"뜬금없이 뭔 소리예요?"

"요즘 아주 핫하더라고. 잘만 하면 표창이 뭐야, 특진까지 가는 거예요. 우리 건데 대검에서 쏙 빼갔으니 검사장님이 얼마나 분통 터지겠어."

"저는 오래 살고 싶어요. 특진이고 자시고, 결혼도 못 하고 총각 귀신 되는 건 사양입니다. 예?"

검사장을 팔아봤지만, 전화는 무참히 끊겼다. 미도는 입맛을 다시면서 연락처를 뒤졌다. 이 건을 꼭 해야 할 이유가 하나 더 있었다. 오늘 오전, 출근길에 웬 꺽다리를 만났다. 맞춤 수트를 쫙 빼입고 포마드까지 느끼하게 발라, '나 인물 좋소'를 어필하는 상관이었다.

"어, 권 프로 동기!"

실로 불쾌한 호칭에 그녀는 멈춰 섰다. 남자는 네 걸음 만에 그녀 앞까지 당도했다.

"전 차미도인데요."

"앉으나 서나 형사부 졸병이 똑같지 뭘. 권 프로랑 동기면 너도 나랑 세 기수 차이겠네."

반말이 제집 개 다루듯 자연스러웠다. 미도는 옷깃에 달린 변호사 배지를 노려보았다.

"누구시죠?"

"나 문희철이라고. 저 앞에서 변호사 사무소도 운영하고 검사장님 오른팔 노릇도 하고 해. 옷 벗은 지는 4,5년 됐나?"

남자는 싱글대며 검사장을 들먹였다. 곧 총장님이 되실 까까머리를 떠올리니 겨우 표정관리가 됐다.

"자기가 권 프로 옆방이었나? 부장님 뵈러 갈 때 봤던 것 같은데."

"아, 예."

"권 검사한테 전해. 쓸데없는 짓 하지 말라고. 그렇게 조심성이 없어서 어디에 쓰겠어."

그때만 해도 무슨 개소리인가 싶었다. 부탁하는 주제에 꼬박꼬박 반말인 것도 거슬렸다. 미도가 예, 하고 돌아서자 뒤통수로 돌이 날아왔다.

"요즘 애들 싸가지하곤. 저러니까 여검사들이 부장도 못 달고 뻥뻥이만 돌지."

미간으로 뜨끈한 기운이 치밀었다. 공판에서도 꼭 이런 변호사들이 있었다. 암탉이니 여검사니, 휴정 때마다 입을 법봉으로 뭉개고 싶을 때가 한두 번이 아니었다. 그녀는 돌아서서 짝다리를 짚었다.

"전 차장 달고 옷 벗을 건데요. 선재나 대진그룹 법률고문으로 들어가서 떵떵거리면서 살 겁니다."

문희철은 이것 봐라, 하듯 웃었다.

"꿈도 야무져. 내가 너만 할 때는 진급이 아니라 하루 버티기만 해도 감사했어."

미도도 공손하게 맞받아쳤다.

"선배님이 저만 할 때는 검찰에 안 계셨겠죠. 몇 년 하다 옷 벗으셨다면서요."

내리쬐는 볕이 점점 뜨거워졌다. 지검으로 올라가던 직원들이 두 사람을 흘깃대며 지나갔다. 문희철은 또 그 상어 아가리 같은 미소를 지었다.

"재밌는 기수네. 같이 잘 해봐."

대화는 화기애애하게 끝났다. 미도는 언덕길을 올라갔고 문가 놈은 아래로 걸어 내려갔다.

지금 생각하니 인과가 명확했다. 순조가 독단적으로 수사를 진행한다는 것은 거의 확실해졌다. 뼈대 굵은 변호사가 직접 행차하실 정도면 검사장 입김도 섞였을 것이다. 전도유망한 괴물 신인 대 차기 총장. 승패가 확실한 싸움이라 더더욱 한몫 챙겨야 했다.

'뭐라도 나온 걸 팔아먹으면 되니까. 뗏목 타다 유람선 못 타는 법 있나?'

침대 위에서 '아싸, 역날겜!' 하는 소리가 들렸다. 도박인지 룰렛인지에서 기어이 뭐 하나를 뽑은 환호였다.

'근데 왜 권순조는 '권 프로'고 나는 '야'라고 해?' 미도는 인상을 쓰다가 침대 쪽을 향해 물었다.

"동아야, 일 하나 할래?"

다리를 꼰 채 까딱거리던 발가락이 멈췄다. 갈현동, 유흥업소, 사건사고 물색. 브리핑해주자 동아는 자신 없다는 반응을 보였다.

"그쪽 동네는 나도 잘 모르는데? 웨이터 동생들한테 물어는 볼게."

그 정도나마 안 하는 것보다는 나았다. 알던 형사, 기자 몇몇한테 연락을 돌렸으나 영 반응들이 신통찮았다. 정보원이란 것들은 고깃점부터 안 던져주면 행동거지가 굼뜨고 느렸다.

동아가 배가 고프다고 해서 그들은 집 앞 24시간 분식집으로 나갔다. 화장을 짙게 한 남자들이 음울한 얼굴로 라볶이를 먹고 있었다.

"난 김치볶음밥."

"어, 나도 같은 거."

시킨 음식은 금방 나왔다. 계란 노른자를 터뜨릴 때 또각거리는 소리가 가까워졌다. 봉변은 다음 순간 닥쳤다. 갑자기 뻗어온 손이 뒤통수를 눌러 볶음밥에 처박았던 것이다.

"야, 야. 정세리! 미쳤어?"

얼굴이 화끈대고 눈은 매웠다. 간신히 고개를 들자 가슴이 배구공만 한 여자가 동아 옆에 서 있었다.

"너 뭐 하는 년이야? 왜 애한테 집적대?"

여자는 또 머리채를 잡을 기세였다. 자리에서 일어선 동아가 재빨리 가로막았다.

"아니, 씨발. 우리 사촌 누나라니까! 자메이카로 유학 다녀와서 지금 검사 하고 있어."

여자는 초점이 잘 안 맞는 눈을 깜빡거렸다. 약인지 술인지에 단단히 취한 것 같았다. 그녀는 미도와 동아를 번갈아 보더니 입을 손으로 가렸다.

"동아네 누나셨구나……. 죄송해요, 제가 질투가 좀 심해서, 또 막 잡스런 년인 줄 알고……."

자메이카 유학파 검사를 믿는 것만 봐도 제정신이 아니었다. 동아는 여자를 옆에 앉혀 놓고 설명했다. 자메이카가 남미잖아? 거기다녀와서 저렇게 다 탄 거라고. 그래, 통다리 유명한 그 자메이카.

소개를 들은 여자는 순한 양이 되었다. 검사라는 말을 듣자 '걸크러쉬'라며 손까지 붙잡았다.

"맞다. 누나가 윗동네 마담들 좀 알지 않나?"

동아가 말했다. 미도는 그사이 잡힌 손을 슬그머니 뺐다. 눈꺼풀이 뻑뻑해서 손등으로 문지르니 굵직한 고춧가루가 묻어나왔다.

"알지. 내가 몇 년째 빠꼼인데."

"그럼 이 누나 좀 도와줘. 갈현동 쪽 가게들 위주로, 뭔 일이 있었으면 다 알아봐 달래서."

여자는 흔쾌히 그러겠다고 했다. 그러더니 갑자기 가라오케를 가자고 했다. 예쁜 언니한테 너무 미안해서 자기가 한잔 사야겠다는 거였다. 네 시간이라도 자야 하는데…, 힘은 또 얼마나 센지, 시뻘건 손톱이 붙잡으니 떼어낼 수가 없었다. 동아는 그녀가 도와달라는 눈빛을 보내는데도 치졸하게 시선을 피했다.

'그래, 다 내 업보다.' 여자는 정말로 그들을 태우고 가라오케로 갔다. 종업원이 여자 손님은 안 된다며 막았지만 여자가 뭐라고 말하자 들여보내 주었다. 이내 양주가 세팅되고 아가씨 세 명이 들어왔다. 미도는 술잔을 받아서 멍하니 내려다보았다. 택시비랍시고 5만 원을 내밀던 부장의 손이 겹쳐졌다.

'소원 성취했네, 차미도, 그놈의 룸도 가고.' 현직 종사자들이라 놀기도 잘 놀았다. 폭탄주를 말고, 요란하게 건배하고, 저희끼리 신이 나서 노래를 불러댔다. 미도는 술잔을 들고 꾸벅꾸벅 졸았다.

그러다 배가 고파 메론을 찍어 먹자 옆의 아가씨가 우리 언니 졸리냐면서 볼에 뽀뽀를 해주었다.

지난 일주일을 다 합쳐도 스무 시간을 채 못 잔 것 같았다. 그 와중 집에 있을 아빠가 생각났다. 차씨 집안 남자들은 신선하고 붉은 과일을 좋아했다. 산지에서 직송해온 문경 꿀사과, 겉이 검푸른 무등산 수박, 덕천강변 하동군 딸기. 한 박스에 12만 원, 구내식당 스무 끼니 밥값……

정신이 들었을 때는 룸에 동아만 남아 그녀를 흔들고 있었다. 벌써 새벽 4시였다. 미도는 웨이터를 불러 남은 과일들을 싸달라고 부탁했다.

"술은 어떻게 할까요?"

종량제봉투에 과일을 담던 웨이터가 물었다. 그녀는 동아 쪽을 보지 않고 대답했다.

"같이 넣어주세요."

흰 쥐들

백열등이 창백한 얼굴로 떨어져내렸다. 조명이 피부를 데워, 철제 침대에 누운 송경백은 잠든 사람처럼 보였다. 순조가 고개를 끄덕이자 검시관은 직업적인 동작으로 시체에 흰 천을 덮었다.

"검사님은 놀라지도 않으시네요."

함께 온 양 계장은 마스크를 썼는데도 속이 불편한 듯 뒤쪽에 서 있었다.

"시체를 많이 봐서요. 얼마나 지났습니까?"

검시관은 들고 있던 차트를 넘겼다.

"사망추정시각은 8시간 전쯤? 응고 상태로 봐선 잘리자마자 숨이 끊어졌을 거예요."

송경백 수사관은 목이 졸려 죽었다. 거주 빌라의 주차장에서 납치를 당했다고 했다. 실종신고가 된 것이 새벽 2시, 시체는 그로부터 여섯 시간 뒤 안산의 폐창고에서 발견되었다. 주차장에서 작업을 마친 다음 시체를 싣고 다니다 버려놓은 것이다.

특이점은 잘린 손이었다. 날이 들쭉날쭉한 흉기에 양손이 모두 잘려나갔다. 검사는 혀, 수사관은 손. 이전 사건과 대놓고 연결고리를 만든 의도가 엿보였다.

"혈액에서 마취약 성분이 검출됐습니다. 비강에서는 클로로폼 흔적이 나왔고요."

"약을 두 종류 썼단 말입니까?"

"두 번 썼죠. 호흡기를 막아서 재우고, 정맥으로 졸피뎀을 주입하고. 손목을 절단할 때 깨어나지 않게 하려던 것 같아요."

잘린 단면은 피부가 괴사해 푸르죽죽했다. 흉기를 묻자 검시관은 유력한 후보를 추려주었다.

"줄톱일 가능성이 커요. 그냥 칼로는 힘이 일정하게 안 들어가서 저렇게 자르기가 힘들죠."

"완력이 강한 사람이란 거군요."

검시관은 고개를 끄덕였다.

"솜씨도 좋고 힘도 셀 겁니다."

부검실을 나와, 양 계장이 잠깐 쉬었다 가자고 해서 둘은 로비 의자에 앉았다. 순조는 자동판매기에서 커피를 뽑아 건넸다. 눈으로 인사한 양 계장은 컵을 쥐고 한 모금 마셨다.

"시체는 검사님들 따라서 원 없이 봤는데, 어제 본 사람이 저렇게 되니 오싹하네요."

연기라기엔 울대 떨림이 사실적이었다. 순조는 그녀의 공모자 순위를 '유력'에서 '희박'으로 내렸다.

"하필 찾아온 뒷날 새벽에 변을 당한 것도 그렇고요. 어쩌면 우리 때문에⋯⋯."

"어차피 죽었을 겁니다."

그는 계장의 말을 잘랐다.

"같은 방 검사였으니까요. 아는 게 있으니 감시를 당하던 중이었겠죠."

이 역시 사실이 아니었다. 수사관은 무언가를 전하려다가 죽었다. 애당초 김한주의 빈소에서 마주치지 않았더라면 찾아올 일도 없었을 것이다.

죄책감 대신 의문이 똬리를 틀었다. '김한주와 같은 패턴이다. 하지만 왜?'

살인자는 법조인들을 죽이고 있었다. 혀가 뽑힌 검사에 손이 잘린 수사관, 수사에 혼선을 주기 위해 원한범의 소행으로 위장하는 패턴도 일치했다.

요는 무엇 때문에 한 사람을 더 죽였냐였다. 정체를 밝혀내서? 만약 그랬다면 직접 홀렸을 것이다. 그보다는 다른 형질이었을 가능성이 크다. 말로는 전할 수 없는 것, 결정적 단서. 증거품과 증거물.

"그날 송경백이 뭘 들고 있었는지 기억나십니까?"

양 계장은 미간을 찡그렸다.

"잘 기억은 안 나는데… 특별한 건 없었고요. 그냥 서류가방이었을 거예요."

"김한주가 남긴 증거가 거기 있을 겁니다. 송경백은 그걸 전하려다 죽었어요."

"그런데 왜 손이랑 혀를……."

"얄팍한 눈속임입니다. 수법이 잔혹해야 법조계에 어떤 메시지를 전하려는 것처럼 보이니까. 이목을 돌릴 수만 있으면 손목이 아니라 고환이라도 잘랐겠죠."

양 계장의 입이 헤벌어졌다. 순조는 종이컵을 구기며 일어섰다.

"지검에는 좀 늦게 복귀하겠습니다. 누가 찾으면 불안장애가 심해져서 병원에 갔다고 해주세요. 우리 방 앞이랑 지검 입구 CCTV 확보해서, 그때 송 수사관이 무슨 가방을 들고 왔는지도 확인해주시고."

"불안장애가 있으셨어요?"

"뭐, 그 비슷한 거요."

양 계장은 맥없이 고개를 끄덕였다. 순조는 허리를 굽혀 그녀와 눈을 맞췄다.

"계장님. 상대는 검찰에 원한을 품은 미친놈이 아닙니다. 목적과 의도가 뚜렷한 살인마예요. 노출될수록 제 목이 졸릴 걸 아니 더 주의할 겁니다. 마구잡이로 공격하지도 못 할 거고요."

다 죽어가던 눈빛이 조금 살아났다. 엘리트 스포츠 경력이고 뭐고, 클로로폼에 정맥주사까지 쓰는 놈이 나타났으니 기가 꺾일 만도 했다.

"그래도 조심하세요. 검사에 수사관까지 피습이라니, 다음은 또 무슨 일이 벌어질지……."

"나오는 길에 칼 한 자루 챙겼습니다. 누가 덤비면 같이 찌르려고요."

그제야 양 계장의 얼굴에 웃음이 번졌다.

"검사님은 가끔 희한한 농담을 하신다니까요."

나이프를 꺼내서 보여줘 봐야 미친놈 취급이나 받을 게 뻔했다. 순조는 두꺼운 손을 꽉 쥐어준 뒤 지하로 내려갔다. 같은 방 수사관은 아직 쓸모 있는 위험경보장치였다.

'손을 쓴다면 근처 실무자부터 시작하겠지. 내가 어디까지 아는지 모를 테니.'

주차장 CCTV에는 범인 대신 까만 소나타만 찍혀 나왔다. 조회해본 번호판은 가짜에, 차량 구매기록도 남아 있지 않았다. 순조는 시동을 걸며 조 기자에게 문자를 보냈다. 대법원 취재 때문에 근처로 와서 보기로 한 날이 오늘이었다.

—저녁쯤 뵙죠. 지검 앞에서.

다음 목적지로는 방이동이 찍혔다. 검시관과 만나기 전, 따로 관할서에 연락해 사망자의 주소를 받아두었다. 가는 내내 백미러를 확인했으나 이렇다 할 미행은 따라붙지 않았다.

송경백의 아내는 집에 있었다. 네 살 난 아이도 함께였다. 중앙지검에서 나왔다고 하자 문을 열어주며 안으로 들어오라고 했다.

"실례하겠습니다."

집 안은 넘어진 의자와 옷가지들로 어수선했다. 황경미는 순조를 소파로 안내하고 자기도 소파 끝에 앉았다. 칭얼거리던 아이가 안방으로 들어가는데도 텅 빈 눈으로 허공만 쳐다보았다.

순조도 의도적인 침묵을 지켰다. 순교자의 유족은 몇 가지 양태를 보였다. 분노, 슬픔, 상실과 고통.

"정신이 없네요. 마실 거라도 드려야 하는데."

한참 만에 황경미가 입을 열었다. 말과 달리 일어날 생각은 없어 보였다.

"죄송합니다. 이런 시기에 찾아와서요."

"그냥 말씀하세요."

"예?"

"물어보시라고요. 검사님이 왜 왔겠어요."

황경미는 고저 없는 목소리로 말했다. 울며불며 달려드는 타입이 아니라 다행이었다.

"송 수사관님이 무슨 물건을 보여주신 적 없습니까? 공책이나 노트북이나 파일일 수도 있습니다."

황경미는 고개를 저었다.

"없었어요. 그날 아침도 평소랑 똑같았고… 따로 뭘 가져오지도 않았어요."

"바깥 분이 특별한 이야기는 하지 않았나요?"

"일 얘기는 거의 안 하는 사람이었어요. 저까지 스트레스 받게 하기 싫다면서요."

땀을 흘리던 공무원의 얼굴이 지나갔다. 유약해도 직업적 강단은 있던 자였다.

"예전이랑 달라졌던 점은요? 밤마다 어딘가로 나갔다거나 안 하던 행동을 했다거나요."

"전화가 오면 얼굴색이 변했어요. 누구냐고 물어봐도 얘기해주질 않더라고요."

"그게 언제였는지 기억나십니까?"

"좀 됐어요. 한 일주일?"

김한주가 죽은 것이 열흘 전이었다. 그 즈음부터 전화가 왔다고 했으니, 상대도 증거품이 넘어갔다는 걸 알았을 것이다.

"그 검사 때문이죠?"

불쑥 질문이 튀어나왔다. 황경미는 하얗게 된 아랫입술을 악물고 말했다.

"김한주란 인간, 그 사람 때문에 그이까지 같이 일을 당한 거죠?"

반은 맞지만, 반은 틀렸다. 김한주가 원인을 제공했다면 방아쇠를 당긴 건 그녀 앞의 검사였다.

"텔레비전에서 봤어요. 불법으로 수사하는 걸 돕다가 이렇게 된 거잖아요."

목소리에 울음이 섞였다. 매스컴은 '수사관 살해, 이번 죄목은?' 따위의 기사로 재미를 보고 있었다. 모 용역업체 사장이 김한주에게 돈을 받고 직원을 보내준 사실을 시인했던 것이다. 일각에서는 추잡한 편법 집행이라며, 검찰의 실적 쌓기에 대한 대대적 내사를 해야 한다고 목소리를 높였다.

'사용처는 전부 경범죄 피의자를 잡기 위해서였다. 실적 때문이었다면 더 효율적으로 투자했겠지.'

대중은 검사의 무고를 알지 못하거나 알고 싶지 않은 것 같았다. 문 열리는 소리가 들리더니 팬티만 입은 아이가 방에서 나왔다.

"송 수사관님은 죄인입니다."

황경미의 고개가 홱 돌아갔다. 순조는 허리를 굽혀 장난감 칼을 주웠다.

"평생 아빠 노릇을 못 하게 됐죠. 사모님께는 남편 노릇을 못 하게 됐고."

부인은 초점이 빠진 눈으로 순조와 칼끝을 번갈아보았다. 아이가 다가와 엄마의 손을 잡았다. 그는 칼을 돌려 아이에게 쥐여주었다.

"싸우는 건 저희가 하겠습니다. 사모님은 지금 할 수 있는 일을 하세요."

황경미는 대답 없이 아이를 끌어안았다. 순조는 조직이 죽인 남자의 가족을 두고 일어섰다.

"아빠가 없어도 보육원보다는 나을 겁니다."

*

차를 몰아 골목을 빠져나오는데 전화가 울렸다. 놈인가? 녹음기를 꺼냈지만 부장이었다. 순조는 휴대폰을 조수석에 던지고 액셀을 밟았다. 차선을 넘나들며 속도를 내자 차들이 경적을 울려댔다.

김한주는 제 신념을 지키다 죽었다. 송경백은 검사의 유언을 지키다 죽었다. 두 법조인을 깔아뭉갠 기관차가 선로를 부술 기세로 달려오고 있었다. '다음은 나겠지. 곧 도착할 거야.'

살기 위해 그 많은 이들을 죽였음에도, 정작 죽음 자체는 두렵지 않았다. 두려운 것은 죽음에 이르기까지 찾아올 부당함과 부조리였다. 놈들은 의지를 거세하고 인간을 흰쥐로 만들었다.

'야, 권순조.' 피로 범벅된 재우의 얼굴이 앞유리창에 나타났다. '그만 손 떼는 게 어때? 네가 날고 기어도 현역한테는 안 될 거 아냐.' 그가 찔러 죽였던 아이가 말하자 태워 죽였던 아이가 반박했다. '그럼 우릴 아는 놈이 또 올 텐데, 지명수배자가 되기 전에 싸워야지.'

이내 열두 명이 한마디씩 하는 통에 차 안은 시끄러워졌다.

순조는 클랙슨을 꽉 눌렀다. 빠아아아… 길고 날카로운 경적이 고막을 멍멍하게 했다. 목소리가 쫓겨나간 머릿속으로 아까 외운 주소들이 행군해왔다. 갈현동 42-1, 95-2, 211-4… 초아며 물망초며 뷰티풀 따위의 유흥업소 주소였다.

갈현 1동과 2동의 업소만 1백여 곳이 넘었다. '검사님, 거길 정말 다 도시려고요?' 리스트를 뽑아주면서도 양 계장은 우려를 표했다. 검사가 형사 흉내를 내면 일은 누가 하냐는 것이었다. 그는 전날 처리해둔 서류를 한 보따리 안겨 안심시켰다.

차를 공영주차장에 대고 나오는데 익숙한 차 한 대가 클랙슨을 울렸다. 차체가 검은 소나타, 수사관이나 검사가 밖에 일이 있으면 '실장님'으로 통하는 운전직 공무원들이 태우고 나가는 차였다.

운전석에서 잘 그을린 얼굴이 내렸다.

"권 검사, 여기서 다 보네?"

누가 봐도 기다리고 있던 폼이었다. 지검 차를 끌고 온 철두철미함은 칭찬할 만했다.

"여긴 어쩐 일이야?"

"이 동네 땅이나 좀 사볼까 해서."

"농담 말고. 나 따라온 거 알아."

미도는 친근하게 팔을 툭 쳤다.

"뭘 그리 날을 세워. 못 볼 데서 본 것도 아닌데."

"내가 이리 오는 건 어떻게 알았지?"

"미안해, 미안. 어쩌다 들었어. 근데 이럴 땐 동기끼리 뭉쳐야지. 대검에서 뺏어가지만 않았으면 우리가 할 수사였잖아."

은근슬쩍 '우리'로 뭉뚱그렸으나, 부장이 그녀에게 줬을 확률은 없었다. 그는 일단 상사를 팔아보았다.

"내사는 부장님 지시야. 따로 불러서 말씀하셨어."

"진짜? 전화해서 물어봐도 돼?"

순조는 어깨를 으쓱했다.

"해보든지."

"됐어. 동기 의리가 있지."

말하는 꼴이 갈수록 가관이었다. 미도는 마약사범한테 감형을 권하는 투로 말했다.

"이왕 이렇게 된 거, 공조하자. 형사들도 밖에서는 2인 1조로 다녀. 그 수사관이 갈현동 유흥업소를 털랬다며. 혼자 다 돌려면 사흘은 걸릴걸?"

순조는 발밑의 돌멩이를 내려다보았다. 보조할 수사관이 있으면 좋긴 했으나 의도가 영 불순했다. '숟가락 올리자는 거지. 뭐라도 떨어질까 해서.'

그때 진동이 울렸다. 미도가 전화를 받자마자 쩌렁쩌렁한 목소리가 튀어나왔다.

"찾았어! 갈현동 거기, 로미라는 애가 실종됐대!"

"아니, 야……."

미도의 표정에 당혹감이 차올랐다. 전화를 건 남자는 신이 나서 떠들었다.

"정세리 기억나지? 걔 아는 언니 가게에서 일하다가 아예 실종 됐대. 남자친구랑 같이 살았다는데, 주소 찍어줄까?"

미도가 볼륨을 줄였지만 이미 소리는 울린 뒤였다. 순조는 아까 들었던 말을 되돌려주었다.

"형사들이 2인 1조로 다닌댔나?"

*

미도의 정보원, 호스트바 선수가 말해준 주소는 갈현동 변두리에 있었다. 굳이 두 대나 끌고 갈 필요는 없었기에 순조 쪽 차로 이동하기로 했다. 미도는 뒷자리에 쌓인 사건 자료들을 보며 감탄 했다.

"뭐가 이렇게 많아, 일에 미쳤구나?"

출발 전, 그들은 임시 동맹을 맺었다. 작전명은 '도둑맞은 우리 사건', 공조 목적은 법조인 킬러의 정체를 밝히는 것이었다. 로미라 는 아가씨가 사라진 지는 6개월 남짓 됐다고 했다. 시간상으로도 김한주가 수사를 시작했을 시기와 얼추 맞아떨어졌다. 내비가 5분 쯤 남았을 때 미도가 물었다.

"나, 궁금한 게 있는데."

"묻지 마."

"왜 김한주야? 발 들이면 귀찮아질 거 알면서. 권 검사 스타일은 원래 좀… 잘 안 나대지 않나?"

말란다고 안 하면 차미도가 아니었다. 순조는 입버릇 나쁜 동기에게 대꾸했다.

"원래 알던 선배라서."

미도는 가소롭다는 듯 코웃음을 쳤다.

"거짓말. 너 친한 선배는 수석 오빠밖에 없잖아."

연수원 시절, 그는 쓸모 있는 몇몇 하고만 교류를 주고받았다. 당시 수석과도 연락이 끊긴 지 오래였다.

"일이 좀 있어. 송 수사관도 그래서 아는 거야."

"그 전엔 김한주도 찾아왔었지? 그날 목격자가 권 검사인 거 알 사람은 다 알아."

순조는 깔끔하게 인정했다.

"그래. 나도 왜 왔나 궁금하더라."

"와서 죽었다며? 왜겠어, 살려달라고 온 거지."

미도는 조수석 창문을 내렸다. 그러고는 담배를 꺼내 동승자 허락도 안 받고 불을 붙였다.

"나도 그래서 왔어. 살려고."

그들은 로미가 일했다던 가게에 도착했다. 흰 간판에는 붉은 글씨로 '여우야'라고 적혀 있었다. 아직 오픈 전인지 지하로 통하는 문은 잠긴 채였다. 미도는 휴대폰으로 뭔가를 검색해 전화를 걸었다.

"지금 가게 앞이거든요? 단속 나왔습니다."

부리나케 달려온 마담은 사복 남녀 한 쌍을 보고 어리둥절한 표정이 됐다. 순조가 말했다.

"중앙지검에서 나왔는데요. 말씀 좀 묻겠습니다."

마담은 간 떨어질 뻔했다며 앙탈을 부리면서도 안심한 눈치였다. 안으로 들어오라고 해서 음료도 한 잔씩 건넸다. '로미'라는 직원이 있었는지 묻자 '아, 개요' 하며 입술을 빨았다.

"가게 에이스였어요. 자기 말로는 텐에서 일했다는데, 와꾸가 다르긴 했지. 변두리 아가씨 급은 아니었어."

"언제부터 안 나왔습니까?"

마담은 카운터에서 장부를 꺼냈다. 붙은 전표들을 살펴본 끝에 대답이 나왔다.

"작년 10월? 마지막 출근이 그때였어요."

"연락은요?"

"해봤죠. 안 받다가 번호가 없어지더라고. 호구 하나 빨아먹다가 잠수 탔구나, 했지."

사진 같은 게 있냐는 질문에 마담은 안쪽 방으로 들어갔다. 들고 온 자료는 얼굴이 모자이크된 홍보용 전단지였다. 순조는 가슴

골 위에 큼직하게 적힌 소개를 읽었다. '167, 75E, 텐에서 온 그대, 로미 매니저!'

마담이 말했다.

"나중에라도, 걔 찾으면 내 돈 갚으라고 해줘요. 급하다고 징징대서 60만 원 빼줬더니 함흥차사야."

"죽었으면 어떻게 합니까?"

미도가 이게 미쳤나, 하는 표정으로 옆구리를 찔렀으나 마담은 의연했다.

"걔네 엄마한테 딸년 빚 청산하라고 해야죠. 목숨만 귀한가, 돈도 귀하지."

가게 안에서도 로미는 친한 사람이 없었다고 했다. 최소한의 상도덕도 없이 지명 고객들을 다 빼앗아서 아가씨들이 싫어했다는 모양이었다. 예전에 썼다던 전화번호를 미도가 받아 적은 뒤, 막 올라가려는데 마담이 불러세웠다.

"잠깐만요. 아니, 그쪽 말고 이쪽."

순조가 자신을 가리키자 그녀는 고개를 끄덕였다.

"전구 하나만 갈아주실래요? 우리 실장들은 다 작아서 부탁하기가 그래."

밖으로 나와서 미도는 혼잣말처럼 물었다.

"권 검사 키가 몇이지?"

건강검진에서 잰 기록은 173센티미터였다. 대답해주자 뼈 있는 대답이 돌아왔다.

"그 여자가 더 커 보이던데, 인기 좋네."

"원래 수사기관 종사자는 인기 많아. 단속 한 번이라도 막아줄까 봐서."

미도는 갑자기 입을 닫더니 도착할 때까지 말이 없었다. 로미가 남자친구와 동거했다던 오피스텔은 5분 거리였다.

"내가 할까?"

"됐어. 남자 목소리 들리면 경계해."

미도는 고개를 젓고 초인종을 눌렀다. 답이 없어 한 번 더 누르니 누구세요? 묻는 소리가 들렸다.

"구청에서 나왔습니다. 층간소음 때문에 민원이 들어와서요."

잠시 후 문이 열렸다.

"아니, 얌전히 자고 있구만 무슨 층간소음……."

눈을 비비며 나온 남자는 팬티 바람이었다. 깡마른 상반신에 검푸른 용이 뒤엉켜 있었다. 순조는 어깨부터 비집고 들어갔다.

"서찬영 씨 맞으시죠?"

남자의 얼굴에 묻었던 졸음이 싹 가셨다.

"누구시냐고요. 이거 가택침입이에요."

검사실에서 실랑이를 하다 보면 훨씬 매운 협박도 예사였다. 따라 들어온 미도가 오피스텔 안을 둘러보며 몰아붙였다.

"가택침입은 댁이 한 게 가택침입이고. 여기 로미라는 아가씨가 전세금 넣은 집이잖아요? 둘이 만났던 거 다 알고 왔으니 협조합시다."

쌍팔년도 취조가 따로 없었다. 검사실에서도 저렇게 하나? 순조가 감탄하는 사이 한 명이 더 등장했다.

"뭐야, 누구야?"

뒤쪽 방에서 여자가 고개만 빼꼼 내밀고 있었다. 미도는 어깨를 으쓱해 보였다.

"보내고 얘기할까요, 아니면 사자대면으로?"

내보내려던 여자는 나가지 않았다. 출근 전까지 자야 한다며 방문을 잠가버렸던 것이다. 어쩔 수 없이 세 명은 거실에 둘러앉았다. 베란다에는 털이 박박 밀린 푸들 하나가 목줄을 차고 웅크려 있었다.

"어디다 감췄어요?"

남자는 미도의 눈치를 봤다. 후줄근한 트레이닝 져지나마 주워 걸친 상태였다.

"개가 물건이에요? 감추고 말고 하게."

미도는 취조인의 말장난에도 의연했다. 목에서 빼낸 사원증을 개껌 주듯 남자 앞으로 던졌다.

"솔직히 말해요. 괜히 검사실 끌려가서 욕보지 말고. 증거 인멸, 살인 방조, 수사 불응, 겹치면 겹칠수록 형량 늘어나는 거 알죠? 보아하니 초범도 아닐 것 같은데."

협박은 법을 모르는 자일수록 잘 먹혔다. 남자는 펄쩍 뛰면서 손사래를 쳤다.

"로미, 걔 죽었어요. 벌써 꽤 됐다고요."

검사 둘은 눈빛을 교환했다. 남자가 털어놓은 이야기는 다음과 같았다.

같이 살던 여자의 이름은 박새롬. 교제 기간은 두 달가량. 일하는 호스트바에 온 것을 계기로 사귀게 되어 동거를 시작했다. 그러던 어느 날, 하천을 가로지르는 다리 밑으로 떨어져 죽었다. 남자는 박새롬이 정신과 약과 수면제 과다복용, 빈혈 등으로 잦은 어지럼증을 호소했다고 했다. 저혈압에 시달리면서도 제대로 된 치료를 안 받다가 실족했다는 것이었다.

순조는 거기서 말을 멈추게 했다.

"장소는 어디였습니까, 경찰은 왔었나요?"

남자는 이마를 찌푸렸다. 니코틴에 찌든 뇌에서 억지로 기억을 짜내는 표정이었다.

"거기가 아마… 갈현교 쪽이었어요. 예니네 가게 쪽으로 좀 나가면 있는 다리요. 앰뷸런스는 봤는데 경찰은 안 왔을 거예요."

앓던 지병도 지병이거니와, 타살의 흔적이 보이지 않았기에 사건은 종결됐다. 운동을 위해 가까운 거리를 걸어 다녔다는 것도 사고사에 힘을 실었다. 사망신고를 왜 하지 않았냐고 묻자 남자는 기어들어가는 소리로 대답했다.

"저는 가족도 아니고… 이 집도 빼라고 할지 모르잖아요. 혹시 모르니까 일단은……."

"대단한 의리네. 죽은 애인 집에 여자애나 데려와서 끼고 놀고."

혀를 차던 미도가 다시 물었다.

"그 후에는? 우리 말고 왔던 사람 있어요?"

"자기가 검사라는 양반이 찾아왔었어요. 박새롬 의문사 사건을 조사 중이라면서요."

"이 사람이 맞습니까?"

남자는 휴대폰 속 사진을 보고 고개를 끄덕였다.

"네, 맞아요. 저한테 고급 세단 같은 걸 봤냐고 묻더니, 근처 CCTV를 싹 떼어 갔어요. 대놓은 차들도 다 찾아서 차주한테 연락을 넣는다고 하더라고요."

순조는 휴대폰을 다시 주머니에 넣었다. 시간이 흘러 영상들이 삭제됐을 지금, 폐쇄회로며 블랙박스를 찾아봐야 의미가 없었다. 당시 김한주가 증거를 수집해 복사했길 바라는 것이 유일한 희망이었다.

"고급 세단은 왜?"

"몰라요. 제가 못 봤다고 하니까 그냥 갔어요."

밝았던 집 안이 이제는 어둠침침해졌다. 건조대에 널린 속옷 그림자가 탁자까지 팔을 뻗고 있었다.

"이러고 뒹구는 거, 개한테 미안하지도 않아?"

미도는 숫제 반말로 물었다. 남자는 왼쪽에 앉은 미도를 보고, 다시 오른편의 순조를 보았다. 자신이 순수하다고 믿는 이의 눈빛이었다.

"전 로미를 사랑했어요. 지금 남겨준 집도 사랑하고요. 아마 하늘에서 이해해줬을 거예요."

*

오피스텔을 나오니 해가 완전히 넘어갔다.

남자는 로미가 오피스텔로 이사오기 전, 할머니와 살았다던 집 주소를 일러주었다. 출발 전에, 둘은 가까운 닭갈비집으로 들어갔다. 둘 다 배가 고파서 4인분을 시켰는데도 불판이 금방 비었다. 미도는 부지런히 먹다 말고 불쑥 선포했다.

"권 검사가 사. 돈도 많이 버니까."

"같은 월급쟁이가 뭘. 반씩 내."

미도는 젓가락 끝으로 밥그릇을 탁 쳤다.

"스타 검사 유망주잖아. 브로커들한테 연락 안 와?"

"아직 올 깜도 아냐."

"아쉽네, 바로 중수부에 찌를랬는데."

순조는 '브로커스러운' 연락을 추려보았다. 사소한 청탁이 연평균 30건, 밥 한번 먹자는 전화가 15건, 마담뚜의 러브콜은 3건에서 4건가량 들어왔다.

"브로커는 모르겠고, 마담뚜한테는 가끔 오더라."

"조건은 얼마로?"

"강남 3구, 35평 이상에 지참금 정도?"

미도는 고개를 숙이더니 '개새끼들, 나는 살가죽 다 태워도 30평인데…' 어쩌고 했다. 무슨 소리냐고 묻자 화제를 바꿨다.

"권 프로는 어떻게 생각해. 로미랑 김한주, 무조건 엮인 것 같지?"

"그래서 더 이상하긴 해. 직업여성 의문사 하나에 검사를 건드린다는 게."

"죽인 놈이 민정수석 아들쯤 되면 또 모르지. 그 선배는 대통령 화장실에도 도청기 달 작자야."

순조는 다른 가능성을 제시했다.

"남자친구 쪽도 의심스러운데. 보통 사귀자마자 애인을 자기 오피스텔로 들이나?"

미도는 함께 나온 밥과 김치를 철판에 쏟아 주걱으로 휘저었다.

"네가 몰라서 그래. 밤일하는 여자애들, 술이랑 약에 절어서 제정신 아냐. 우울하고 외로우니까 옆에 누가 없으면 자해하는 애들도 많고."

동기는 전전 지청에서 여청과에 있었다. 넓게 편 밥을 꾹꾹 누르던 미도가 말했다.

"권순조, 이건 왜 하는 거야?"

"왜 하나니?"

"여기까지 왔는데 솔직해지자. 돈 때문에? 아니면 검사장 눈에라도 들어보려고?"

답하기 어려운 질문이었다. 수사를 안 하면 과거를 까발린다는 협박범 때문이라고 하는 대신, 순조는 숟가락을 놓았다.

"듣기론 장 검사장이 물불 안 가리는 미친개를 아낀다던데, 자기 현역 시절이랑 비슷하다고. 한번 찾아가봐."

"또 말 돌린다."

"아는 사람한테 부탁받았어."

"그러니까 그게 누구……."

"다 먹으면 말해. 뭐 좀 보고 있을 거니까."

미도는 그가 꺼낸 스마트폰 화면을 호기심 어린 표정으로 건너다봤다. 영상이 다큐멘터리란 걸 알자 관심은 짜게 식었다.

"뭔데, 갑자기 다큐는 왜 트는데?"

"너도 봐. 마음을 다스릴 때 좋아."

"마음은 무슨… 밥 먹을 시간도 없어 죽겠구만."

순조는 궁시렁거리는 소리를 무시하고 음량을 키웠다. 오아시스에서 쫓겨난 들개무리가 피범벅이 된 혹멧돼지를 물어뜯고 있었다.

'이 들개들은 먹이를 사냥할 때, 숨통을 끊지 않고 산 채로 잡아먹습니다. 사자와 표범, 하이에나 등 고약한 약탈꾼에게 빼앗기지

않기 위해서죠.'

잔혹한 식사에 눈가를 찌푸리던 미도가 물었다.

"어, 손은 왜 그래? 어디서 뎄어?"

"어릴 때 화상 자국. 안 먹을 거면 일어나고."

"거 참 빡빡하게 구시네. 쌍팔년도 검사실에서도 밥 먹는 건 기다려줬겠다."

식당을 나온 뒤, 미도는 편의점에 들러 여덟 개들이 오렌지주스 박스를 샀다. 죽은 손녀딸 얘기를 하는데 이런 거라도 안 가져가면 소금을 맞는다는 거였다. 계산은 당당한 핑계를 대며 순조에게 떠넘겼다.

"내일 밥 살게. 카드가 없어서 그래."

달동네 중의 달동네였다. 차로 가는데도 숨이 찰 듯한 오르막을 빙빙 돌며 올라가야 했다. 내비에 찍은 주소는 녹슨 철문 앞에서 멈췄다. 시커먼 덩굴로 뒤덮인 담장이 마당 딸린 집을 빙 둘러싸고 있었다.

마당으로 들어서자 밥물 끓는 냄새가 났다. 머리가 희끗희끗한 노파가 평상에 앉아 순무를 다듬는 중이었다.

"박새롬 씨 할머님이십니까?"

노파는 쳐다보지도 않고 무청을 땄다.

"몸 파는 년 몰라."

"박새롬 씨에 대해 여쭤볼 게 있습니다."

"그년은 갔어. 애비도 에미도 다 도망갔어."

더 말하려 할 때 미도가 팔을 잡았다. 그녀는 성큼 다가가서 평상 옆에 걸터앉았다.

"할머니, 손녀딸이 나쁜 사람한테 잡혀갔어요. 새롬이 또 봐야지. 그래서 밥도 같이 먹어야죠."

"몰라. 나는 몰라."

몇 번을 거듭 물어도 마찬가지였다. 치매기가 짙어 보이는 노파는 끈질기게 묻는 미도에게 무청을 던지기까지 했다. 머리에 이파리를 얹고도 미도는 화를 내지 않았다. 사무적인 태도로 옷을 털더니 걸어와 말했다.

"저 할머니, 진짜 몰라. 연기가 아니라 치매 때문에 말이 안 통해."

더 있다간 칼을 던질 기세라, 그들은 도리 없이 집을 나왔다. 순조는 차 쪽으로 고갯짓했다.

"태워다 줄까?"

"너 먼저 가. 난 뭐라도 알아보다 갈게."

미도는 대문 앞에 서서 배웅했다. 그는 미도가 보이지 않게 됐을 때 차를 돌렸다. 이쪽을 따돌리고 다시 들어갔으리란 예상은 맞아떨어졌다. 시동을 끄고 내려, 구멍 난 담 틈을 들여다보자 미도의 뒷모습이 보였다.

"할머니, 다 연기죠? 난 못 속여요."

등을 돌리고 있어서 얼굴은 볼 수 없었다. 욕을 퍼붓던 노파는 거짓말처럼 조용했다.

"계속 그러시면 구청 직원들 풀어서 조사하는 수밖에 없어요. 할머니가 받으시는 보조금, 1원이라도 잘못 들어간 게 있으면 다 씹혀 나올 거고요. 그다음에는……."

"…양복쟁이가 찾아왔어."

치매 흉내를 내던 아까랑은 달라진 어조였다. 풀 죽은 목소리가 이어졌다.

"장례 준비하고 있었는데… 처음 보는 남자가 와서 돈 줬어. 식도 하지 말고 사망신고도 하지 말라고. 경찰한테 얘기하면 돈도 집도 뺏는다고 했어."

미도는 한동안 말이 없었다.

"걔들이 얼마나 줬어요?"

"원하는 만큼 준대서, 나는 5백만 원……."

순조는 그녀가 화를 낼 것이라고 짐작했다. 아니면 인상착의를 캐물을 것이라고. 그러나 풀벌레 소리, 밥물 끓는 소리, 개 짖는 소리만 한동안 이어졌다. 이윽고 미도가 돌아서서 걸어 나왔다.

그는 한발 물러나 담벼락에 등을 붙였다. 동기의 희멀건 뒷모습은 곧 언덕길 아래로 사라졌다.

*

서초동 카페는 늦은 시각에도 사람이 많았다. 조 기자는 안쪽 창가에 앉아 있었다. 시커먼 마스크를 쓴 여자도 함께였다. 순조가 오는 것을 본 둘은 어색하게 일어나서 인사했다.

"이쪽이, 그?"

조 기자가 얼른 옆 사람한테 눈치를 줬다.

"예, 소개하겠다던 유튜법니다."

마스크 쓴 여자는 고개만 까딱 숙였다.

"기자님 부탁이라 왔어요. 원래 검찰 안 좋아하는데."

순조는 대충 흘려넘겼다. 검찰이 싫다는 이치고 검사 지인을 싫어하는 사람은 없었다.

며칠 전, 그는 조 기자에게 사람 섭외를 부탁했다. 적당한 후보가 있다며 보내온 채널이 눈앞의 여자였다. 주로 시사 이슈를 다루는 유튜버로, 모 영화의 광대 가면을 쓰고 양당과 정부 부처를 신랄하게 비판하는 영상을 올렸다. 마스크걸이 물었다.

"근데 제가 뭘 하면 되죠? 자세한 건 검사님한테 직접 들으라고 해서……"

"아, 거 목소리 좀 줄여요. 동네 사람 다 듣겠네."

조 기자가 여자에게 면박을 줬다. 순조는 어수선한 분위기를 정리했다.

"김한주 건, 내사 정보를 드리겠습니다. 영상을 올리면 접촉해 오는 자들이 있을 거예요."

"미끼를 던지라 이거죠?"

여자가 아는 척을 했다. 본래 정당이나 기업은 대형 시사 유튜버들에게 연락이 잦았다. 선거철엔 상대 쪽 스캔들을 터뜨려달라, 비수기엔 우리 쪽 이미지를 선전해달라는 식이었다.

조 기자가 끼어들어서 맞장구를 쳤다.

"그렇지. 어차피 검사님이 다 주실 거니까, 연희 씨는 그냥 편집만 잘 따서 올리면 돼요."

"근데 같은 검찰이잖아요. 왜 투 트랙으로 해요?"

"1초라도 빨리 잡아야죠."

여자는 감명을 받은 눈빛이 됐다.

"화끈하시네. 약간 시진평 스타일이셔."

"그건 무슨 뜻입니까?"

"이 친구 채널명입니다. 시사 진실 평론가를 줄여서 시진평이라고 하더라고요."

작명 센스를 보니 제정신은 아니었다. 순조는 몇 가지 주의사항을 전달했다. 연락이 오면 바로 넘겨라, 이쪽 정보 루트는 공개하면안 된다, 계좌나 메일은 무조건 해외구좌 또는 해외계정을 써라.

여자는 걱정하지 말라고 큰소리를 쳤다. 몇 장 챙겨온 서류를 훑어보더니, '와꾸'가 나왔다면서 쌩하니 가버렸다. 둘만 남자 조기자가 한숨을 쉬었다.

"캐릭터가 좀 세죠? 성격은 저래도 이슈메이킹은 기가 막히게

합니다. 이 바닥 몇 달 만에 구독자를 30만이나 모았어요."

순조는 손도 안 댔던 커피를 그제야 들었다.

"괜찮습니다. 일만 잘 하면 되죠."

"종일 바쁘신 것 같던데요. 지검에도 안 계시고."

"저희 부장님 흉내 좀 내느라고요."

형사 출신 부장검사는 검찰청 출입 기자들에게도 유명했다. 김한주 관련 인물탐색 현황을 묻자 조 기자의 얼굴에서 웃음기가 사라졌다.

"영 어렵습니다. 아는 사람은 없는데 물어뜯으려는 입만 많아요. 저 같으면 서초동 쪽으로는 오줌도 안 눌 텐데."

언론은 매일 극성맞은 기사를 쏟아냈다. 친검파 신문이 '검사에게 원한을 가질 범죄자가 1만 명'이라고 하면, 반대쪽 신문은 '그중 9천 명이 무고한 자'라며 되받았다. 사건은 이미 미스터리 정국에 빠져 있었다.

"권 검사님 얘기도 나오던데요. 최초 발견자랑 무슨 커넥션이 있던 거 아니냐면서요."

그런 문자가 몇 통 오긴 했다. 그는 족족 스팸 번호에 등록해버렸다. 기자들은 '모르는 사이'라는 말 한마디로 온갖 속보를 창작해냈다.

"제가 알아서 하겠습니다. 조 기자님은······."

"뭐야, 여기서들 뵙네?"

위에서 매끄러운 목소리가 들렸다. 문희철은 먹이를 발견한 왜가리처럼 허리를 굽혔다.

"이분은 기자님이신 것 같은데, 우리 권 프로랑은 왜 만나고 계실까?"

"두 분 말씀 나누시죠. 전 다음 취재 때문에……."

조 기자가 일어나려 했으나 희철이 어깨를 눌렀다.

"아니, 앉아요 앉아. 내가 못 볼 사람인가. 기자님도 들으면 좋을 얘기가 있어요."

변호사는 둘 사이에 앉아 안주머니로 손을 넣었다. 나온 것은 둘둘 말린 오늘 자 신문이었다.

"법치의 본원에서 피가 흘렀다… 검사에 이어 수사관까지… 위기에 빠진 검찰, 안팎으로 새는 바가지를 틀어막을 비책은?"

밉상이 펼쳐 읽는 신문 뒤로, 조 기자가 입술만 움직여 누구예요? 물었다. 순조는 혀를 자르는 시늉을 해보였다. 검사장 똘마니입니다.

희철은 다리를 꼰 채 계수 읽었다.

"검사가 쏘아올린 피의 카니발… 얼씨구, 이 양반들 말하는 거봐. 검거가 늦어지면 이래서 안 되는 거야."

"현역들이 갔으니 금방 잡힐 겁니다."

"권 프로 일이 아닌데 쑤시고 다니니까 문제지. 보는 눈들이 몇인 줄 알아?"

순조는 입을 다물었다.

"여담이지만, 내가 몇 년 전까지 강원도를 자주 다녀오곤 했어요. 우리 큰삼촌 댁이 거기였거든."

"갑자기 무슨……."

"원주, 너도 알지?"

거세게 뛰는 맥박이 귓가에 울렸다. 뒤쫓아온 과거가 칼을 들이대고 있었다.

"그 동네 터가 별로더라고. 불도 나고, 사람도 죽고. 치안은 개판이 따로 없고. 애들 교육환경으론 영 안 좋아."

희철은 신문을 접어서 탁자에 던졌다. '검사 피살' 헤드라인을 응시하며, 순조는 상대가 모든 것을 알고 왔음을 알았다. 아이들의 목소리가 아우성쳤다. '죽여야 할 놈이야. 칼로 찔러, 불을 질러, 목을 졸라.'

"그만 손 떼. 이미 많이 죽었어."

"저 때문에 죽었으니 제가 끝을 내야죠."

조 기자는 무슨 얘긴지도 모르면서 엉덩이만 뗐다 붙였다 전전긍긍했다. 희철은 고개를 갸웃했다.

"왜 이렇게 까불지, 권 프로?"

"무슨 말씀이신지 모르겠습니다."

"너 하나 쳐내는 건 일도 아냐. 적격심사 대상자로 올라가는 순간 내사팀 순환열차 예약인데. 망신 다 당하고 옷 벗으면, 사무실

내서 탐정 노릇 할래? 그러다 눈먼 칼 맞고 가는 거야."

순조는 무릎 위 손을 내려다보았다. 송경백의 집, 아이에게 줬던 장난감 칼의 감촉이 아직 남아 있었다.

"변호사가 검사보다 오래 살라는 법 있습니까?"

변호사의 뺨이 일그러졌다. 먹살이라도 잡으려나, 생각했지만 의외로 반응은 신사적이었다.

"조심해. 서초에 성역은 없어."

희철은 그 말만 남기더니 카페를 나갔다. 얼마나 세게 밀쳤는지 문에 달린 종이 한참을 딸랑거렸다. 조 기자가 멍한 표정으로 말했다.

"좋은 선배를 두셨습니다."

순조는 선배가 두고 간 신문을 펼쳤다.

"그러게 말입니다. 읽을 것도 주고 가고."

복심과 흉금

17시 45분.

권순조는 전화를 받지 않았다.

윤 부장은 고심에 빠졌다. 반기로 볼지, 무시로 볼지 애매했다. 어느 쪽이든 그의 상식으로는 이해할 수 없었다. 무단이탈과 명령 불복과 연락 불응. 10년 전이었으면 다음날 검사실에서 책상이 빠졌을 것이다.

'윤 서방처럼 굴면 얼마나 좋아. 충성스럽고 싹싹하게, 응?'

장인의 웃음소리가 귓전을 울렸다. 그는 고개를 저었지만 말 속에 깃든 힘, 인생 대부분을 휘둘러온 진실을 거역할 수 없었다. 아내 쪽 집안 어른들은 그를 입마개 없이도 물지 않을 도사견처럼 대했다.

권순조는 도사견이라기엔 덩치가 작았다. 유능하면서 유순한 개로 보였고, 들리는 평도 그러했다. 그 개가 오늘 낮부터 말도 없

검사의 죄

이 집을 나갔다.

'점심 먹고부터 머리가 아프다고… 잠깐 수액만 맞고 온댔는데, 연락해볼까요?' 같은 방의 여자 계장은 뻔한 연기를 했다. 그는 네 방 검사가 사고 치면 너도 가는 거라는 말을 꾹 참았다.

어딜 간 거지? 윤 부장은 전화기로 가려던 손을 멈췄다. 부장이 누굴 찾는다는 소문이 나서 좋을 것도 없었다. 제어되지 않는 개는 개장수의 무능을 의미했다.

오늘 점심, 그는 식당에 가지 않았다. 부장실에 홀로 앉아 편의점 커피와 닭가슴살을 먹었다. 아직 덜 녹은 고기를 씹고 있을 때 내선전화가 왔다. 그는 목구멍이 찢어지는 느낌으로 큼지막한 조각을 삼켰다.

"예, 검사장님."

"저녁때 시간 되나?"

"예."

"식사나 하지. 8시까지 화수원貨受園으로 와."

그 한정식집은 두 번 가본 적이 있었다. 한 번은 장인과 갔고, 또 한 번은 검사장을 따라서였다. 과거에는 요정에서 주로 하던 접대가 요즘은 값비싼 한정식집이나 개인 별장으로 옮겨 갔다. 표면적으로는 상사가 밥 한 끼 먹자는 것이었으나, 어쩌면……

헛된 기대 말라는 듯 휴대폰이 울렸다. 가족들 네 명이 초대된 단체 메신저 방이었다. 아내가 보낸 사진 속에는 인디언 모자를 쓴 아들이 웃고 있었다.

'1년이면 제 얼굴이 바뀌고, 3년이면 내 얼굴을 잊더라. 힘들게 유학 보내봐야 남의 자식 만드는 거야.' 누가 한 말이었더라… 어느 동문회였던 것 같은데 기억이 잘 나지 않았다. '식구' 아닌 일반인들과 어울리지 않게 된 지가 벌써 15년이 넘어갔다.

윤 부장은 메신저를 닫고 기수표를 켰다. 누구는 천안지청, 누구는 원주지청, 동기들이 쭉 망라된 근무지 현황을 보며 생각에 잠겼다.

인간의 간사함은 죽은 후배만 봐도 여실했다. '김한주 옹호' 여론은 불법수사 의혹이 불거진 뒤 완전히 뒤집혀 있었다. 익명을 요구한 용역업체 대표는 죽은 검사가 권위를 이용하여 주변 심부름센터들을 지휘했다며 맹비난을 쏟아냈다.

그는 국민의 분노를 이해할 수 없었다. 악과 맞서려 악을 이용한 것이 분개할 일인가. 내부적 융통성, 편법과 불법이라 부르는 노하우들이 있었기에 사법 시스템은 유지되었다. 법관의 윤리성에 일반인과 같은 잣대를 매긴다면 더 많은 악인이 판을 쳤을 것이다.

'양치기가 양을 모시려 하니 이 꼴이 나지.'

시계가 19시 30분을 가리켰다. 컴퓨터를 끄는데 아까 검색하던 청소대행업체 배너가 깜빡거렸다. 윤 부장은 외투를 챙겨 지하주차장으로 갔다.

도착했을 때는 날이 어둑했다. 차 키를 맡기고 종업원을 따라가

검사의 죄

면서 그는 옛 추억에 잠겼다. 연락을 받고 다방으로 요릿집으로, 술집 사랑방으로 가면 사람들이 있었다. 건설회사 대표니 사장이니 하는 이들은 나랏일에 보태 쓰시라며 흰 봉투를 건넸다. 검사의 위신이 흙바닥을 뒹굴지 않을 시절이었다.

문을 연 그는 움찔 놀랐다. 다리를 내리고 앉는 다다미방 중앙에 거대한 수조가 있었다. 검사장 옆에서 풍채 좋은 노인네가 손을 들었다.

"윤 서방 왔구먼. 어서 앉게."

"아버님이 여긴 어떻게……."

장인과 마지막으로 본 게 2년 전이었다. 겨자를 으깨던 검사장이 빙긋 웃었다.

"남 사장님하고는 면식이 있는 사이야. 둘이 본 지가 꽤 됐다고 해서 겸사겸사 불렀지. 윤 부장은 내가 키웠으니까, 사실상 우리도 사돈 아닌가?"

"맞습니다. 이제 사돈어른이라고 불러야겠어요."

흰머리가 반삭 머리에게 고개를 조아렸다. 아래로 예닐곱 살은 차이가 날 텐데, 대하는 태도는 손윗사람이었다. 검사장은 쭈뼛대는 그를 올려다보았다.

"왜, 벌써 가려고?"

윤 부장은 엉거주춤 주저앉았다. 수조를 헤엄치던 농어가 그의 발을 보고 방향을 바꿔 달아났다.

곧 돌돔과 광어회, 잘 데운 정종이 나왔다. 잔이 몇 순배 돌며 간단한 정세 이야기도 오갔다. 분위기는 가벼웠으나 긴장을 놓을 수가 없었다.

부부장 초임 시절, 검사장과 함께 일한 지 한 달쯤 됐을 때였다. 그들은 일대를 떠들썩하게 했던 기획부동산 일당을 쫓고 있었다. 정황도 심증도 있는데 바지사장만 남기고 머리통이 도주해, 십중 팔구는 놓칠 거라는 의견이 지배적이었다.

그날 밤 검사장은 당직이던 그의 방에 들이닥쳤다. 복면 하나를 툭 던지고는 당황한 그에게 물었다.

"연기 잘 하나?"

"예?"

"정의는 연기야. 잡든 흘든 택일해."

상사가 시를 쓰나? 생각했으나 비유가 아니었다. 검사장은 그를 데리고 놈들의 사무실로 찾아갔다. 똘마니 몇 놈이 있었으나 복면 을 뒤집어쓴 근육 덩어리에 함부로 덤비지 못했다. '아니, 누구신 데 이 밤에…….' 항변하던 바지사장은 검사장이 꺼낸 녹슨 작두 를 보고 눈이 휘둥그레졌다.

"사기꾼 새끼들, 손모가지로 나쁜 짓만 하지? 내 동생이 곧 목포 바닥 뜬다니까 한쪽만 가져가자."

진짜로 잘라 폭행치사로 입건되는 일은 없었다. 놈은 손이 성한

채 기소유예를 받는 대가로 공범의 행선지를 여관 호수까지 실토
했다.

검사장은 돌아가는 길에 작두를 바다로 던졌다.

"잘 했어. 복면은 갖다 태워."

그놈이 안 불었으면 정말로 손을 자르라고 시키셨을 겁니까? 그
는 물으려다가 말았다. 작두보다 더 큰 것이 밤바다로 떨어지는 환
영은 한동안 꿈에 나왔다.

"어, 술맛 좋다. 슬슬 손맛도 보시지요."

운을 뗀 사람은 장인이었다. 벨을 누르자 종업원이 들어와 뜰채
와 도마, 칼을 자리마다 놓았다.

"자네는 안 해봤지? 이게 여기 특산물이야."

화수원은 직접 고기를 건지는 재미를 제공했다. 손님이 낚으면
주방장이 회를 떠주는 식이었는데, 오늘은 날이 퍼런 회칼이 딸려
들어왔다. 검사장은 팔을 걷어붙이고 뜰채를 수조에 담갔다.

"어때요, 사돈. 택중이는 치가에 잘 합니까?"

"그럼요. 좋은 가장이지요."

검사장의 말을 장인이 제격 받았다. 명절 때 가는 자리는 항상
불편했다. 그와 동년배인 장모, 빙충맞고 욕심 많은 처형들과 있다
보면 돈에 팔려온 기술자가 된 기분이 들었다. 어느 순간부턴가 아
내는 친정에 아이들만 데리고 다녀왔다.

"이야, 월척입니다!"

장인이 천박한 탄성을 올렸다. 뜰채에 낚여 올라온 회백색 돌돔이 도마에서 마구 뛰었다. 검사장은 펄떡이는 고기를 털 난 손으로 눌렀다.

"윤 부장 잘하는 건 나도 알죠. 그런데 요즘 검사들, 야수성이 없습니다."

"야수성이라 하시면……?"

돌돔의 아가미로 칼이 파고들었다. 멱을 따인 물고기는 경련하다 축 늘어졌다.

"왜, 우리 현역 시절에 그랬잖아요. 아닌 게 보이면 서슴없이 들이박고, 죄지은 사람은 지금 시장이든 앞으로 시장 될 놈이든 데려와 꿇리고. 10년 전만 해도 그런 투지가 있었지."

"아무렴요. 좀 거칠어도 그런 게 공권력 아니겠습니까. 현직 사람들 앞에서 뭐한 얘기지만… 요즘 검사들, 만나보면 영 맥아리가 없어요. 다들 저 살겠다고 개인주의에 빠져서 원."

아니나 다를까, 회초리를 맞는 자리였다. 윤 부장이 전갱이를 접시에 뭉개는 사이, 검사장은 능숙하게 돌돔 배를 갈랐다. 회 뜨는 솜씨가 백정처럼 거침없었다.

"윤 부장도 알 거야. 아랫놈들은 이상한 바람이 들어서 선배한테 대거리하고, 윗놈들은 변호사 개업할 생각만 머리에 꽉 찼어. 이러니 나라 곳간에 쥐새끼들이 극성인 게 아닌가."

검사의 죄

'옳으신 말씀입니다', 장인이 또 맞장구를 쳤다. 늘 거드름만 피우던 영감이 오늘은 늙은 흰쥐 신세였다. 검사장은 피 묻은 손을 닦았다.

"자, 현직 칼잡이가 해봐."

뜰채가 넘어왔다. 그는 묵묵히 고기를 퍼서 도마에 놓고 광어의 멱에 칼끝을 쑤셨다. 검사장은 후배가 하는 양을 지켜보며 말했다.

"서부지검 5부장에 있을 때, 상장기업 하나가 분식회계랑 수뢰죄를 연타로 맞았어. 회장 밑으로 사장, 본부장, 전략실장, 비서팀장… 장 명패 달고 있던 작자들은 다 목이 날아갔더랬지."

90년대 초의 장호걸은 뼛속까지 강성 검사였다. 노조원을 살해한 진양그룹 조일수 일가를 치고, 당시 불문율로 여겨졌던 전 대통령 누이까지 수사해 나라를 뒤집어놓았다. 이후 좌천되어 한직을 돌았으나 목포, 광주, 김제의 조폭들을 소탕하며 능력을 증명했다. 서부지검 차장, 대검 중수부를 거쳐 검찰의 복심에 들어앉은 것이 몇 해 전이었다.

"기업이나 검찰이나 똑같아. 맵든 짜든 쓸 데가 있어야 장독대에 두지."

하얀 살점이 쌈장, 고추장, 와사비 탄 간장을 차례차례 찍었다. 윤 부장은 장으로 범벅이 된 생선회를 보며 마른침을 삼켰다. 검사장의 젓가락이 물었다.

"윤 부장은 무슨 장인가?"

*

헤어지기 전, 장인은 부득부득 제 기사를 검사장 차로 욱여넣고 자긴 대리를 불렀다. 그도 대리를 부르려는데 검사장이 같이 타자고 제안했다. 덕분에 귀갓길은 상사의 옆자리에서 손을 모으고 앉아 있게 되었다.

"권순조 있지? 자네 부 에이스."

눈을 감고 있던 검사장이 말했다.

"예, 그때 표창장 받았던 후배입니다."

"그렇게 안 봤는데 야망 있는 친구야. 자꾸 나한테 이름이 들리네."

"…죄송합니다. 그러는 줄 몰랐습니다."

"모르는 게 많아지면 개업 자리 알아봐야지. 내가 부장 달았을 때는 아래 검사들 떡값 액수까지 알았어."

윤 부장은 입을 다물었다. 차 몇 대가 어두운 도로 저편에서 달려왔다. 누런 불빛들이 흙탕물처럼 밀려왔다가 쓸려가고, 또 들이쳤다가 빠져나갔다.

검사장은 여전히 눈을 감은 채 물었다.

"소를 잡으려면 뭐가 필요하니?"

검사의 죄

"칼이 필요합니다."

"큰 소를 잡으려면?"

"큰 칼이 필요하겠죠."

"큰 칼에는 쇠가 많이 들어가. 대검으로 가면 칼이 더 커져야겠지."

나는 네가 필요하다, 그러니까 버리지 않게 하라는 채찍질이었다. 입을 다물고 있자 슬쩍 당근이 내밀어졌다.

"주 수석이 언제 한번 보자던데. 그 친구도 자네랑 비슷한 구석이 있거든."

주병철 민정수석은 검사장과 고교 동문이자 연수원 동기였는데, 일명 '경문고 콤비'로 통했다. 장호걸이 검사로 임용될 때 주병철은 판사로 임용되어 서초 요직들을 거쳐왔다. 한직을 떠돌던 칼잡이가 복귀한 것이 주병철, 정확히는 주병철이 장가를 간 대진그룹 막내딸 덕이라는 설도 있었다.

"불러만 주시면 성심을 다하겠습니다."

검사장은 대답 대신 담뱃갑을 꺼냈다. 하루에 반 갑씩은 꼭 피우는 흡연 편력은 처음 모실 때부터 유명했다.

"총장 임기가 2년이야. 대선은 1년도 안 남았고."

"예."

"대한민국 검찰, 싹 뜯어고칠 수 있어. 거악을 척결하는 날이 곧 올 거야."

척결 목록에 대진은 없을 것 아닙니까. 그는 간언을 삼켰다. 세상 악의 반을 없애려면 나머지 반과 손을 잡아야 한다는 건 검사장의 철칙이었다.

"알아서 컨트롤 해. 더 사고 치기 전에."

"예."

"부장 시보 아니잖나. 할 수 있는 게 많은데 왜 안 하려고 들어?"

"죄송합니다."

할 수 있는 것들은 실제로 많았다. 귀머거리 장님 흉내를 내는 것, 공짜 술상을 받는 것, 닭 잡던 칼이 소 잡는 칼 될 때까지 충성스럽게 기다리는 것…….

"그때가 좋았지. 안 그런가?"

마른 기침을 토한 검사장이 툭 던졌다. 복면을 씌워 놓고 겁박하던 합동 수사를 말하나 싶어 윤 부장은 서둘러 동의했다.

"예, 목포지청 생활은 아직도 생생합니다. 장감리 부둣가 발로 뛰던 시절이 벌써 몇 년 전…….."

"아니, 말고."

장호걸 검사장은 머리 나쁜 부하를 검사실 끌려온 잡범 보듯 경멸했다. 언제였지, 어느 때를 말하는 거지? 필사적으로 기억을 더듬는데 뜻 모를 말이 들렸다.

"할 거면 제대로 찌르라고 해. 어설프게 굴지 말고."

"…예?"

"좀 빨리 가지."

검사장이 말하자 기사는 속도를 높였다. 다행히 오늘 몫의 쪽지 시험은 끝난 모양이었다. 윤 부장은 조심스레 휴대폰을 켜 메신저를 확인했다. 아내가 올린 사진은 아직 숫자 1이 사라지지 않고 있었다.

*

수조가 바닥에 떨어져 박살이 났다.

파편이 튀었으나 순조는 움직이지 않았다. 마리당 천만 원이 넘는다던 도마뱀들이 나뭇가지 밑으로 기어 나왔다. 수조를 던진 주인은 이를 갈며 말했다.

"겁도 없이 여길 기어들어 와?"

칼을 들고 덤빌 경우를 대비해 양복 안에는 방검복을 덧입고 있었다. 순조는 공손히 상황을 고지했다.

"전화로 말씀드렸잖습니까. 협조하지 않으면 사장님도 곤란해질 거라고요."

"너 이 좆만 한 새끼, 거기 가만있어."

씩씩대던 육 사장은 어디론가 전화를 걸었다. 그러나 연결이 잘 안 되는 모양이었다. 몇 번 더 해보던 그는 휴대폰을 내팽개쳤다.

"개새끼야. 네가 수작질했지?"

"적이 많아서요. 약만 좀 쳤습니다."

숙청 작업은 쉬웠다. 트루문의 공동대표를 포함해 다른 클럽의 사장들을 설득하자 오히려 적극적으로 '트루문 퇴출'에 나섰다. 한창 주가가 오른 경쟁자를 검사가 직접 묻어준다는 데 거절할 리가 없었다.

"그 양아치 새끼들, 나도 터뜨릴 거 있어. 이 육종찬이가 그냥 갈 줄 알아? 니가 날 담그면 최소한 다섯 놈은⋯⋯."

"말싸움할 시간 없습니다. 이 여자 본 적 있죠?"

휴대폰을 본 육 사장의 눈이 미세하게 흔들렸다. 아는 얼굴을 만났을 때 나오는 반응이었다.

"몰라. 기억 안 나."

"다 알고 왔습니다. 텐프로랑 쩜오 아가씨들, 몇 명 골라서 상납용으로 연결해주고 커미션 챙겨 가셨잖아요. 단속 막을 뒷배도 넓혀 둘 겸."

"무슨 말인지 모르겠는데."

순조는 가져온 파일을 꺼내 펼쳤다.

"13년도, 남 의원 보좌관한테 정치자금을 대셨죠. 그 후년엔 인천시장 선거캠프에 개입하셨고."

증거를 들이대는 순간 용의자들은 조용해졌다. 육 사장은 우뚝 서서 눈을 굴렸다. 내던 화를 더 낼지, 아니면 슬슬 참을지 고민하는 기색이었다.

"거기까지 엮이면 사장님 15년은 썩습니다. 지금 클럽 문 닫는 게 문제가 아니에요."

"이 씨발, 찐따 새끼……."

"말씀하세요. 누굽니까?"

"…로미라는 애야. 내가 직접 골라서 올렸고 입찰한 놈은 누군지 몰라."

순조는 취조에 나섰다.

"접대를 올리는데 상대를 모른다고요?"

"나랑 알면 서로 곤란해지니까. 어디 차관네 아들내미거나 재벌가 도련님이겠지. 15년이 아니라 50년을 때린대도 모르는 건 몰라."

"그럼 돌대가리는 뭡니까?"

"야, 도청까지 했냐?"

순조는 어깨를 으쓱해 보였다. 육 사장은 잡아 죽이고 싶다는 눈빛으로 실토했다.

"우리끼리 쓰는 닉네임. 걜 데려간 스폰서가 석(石)이라는 이름을 썼어."

나머지 자백은 예상한 대로였다. 어느 순간 여자애가 실종되고 연락이 끊겼다. 일하던 가게에 물어보니 목돈을 모아서 지방으로 내려간다고 했다. 번호가 바뀌었으니 그 다음은 모른다.

"김한주 검사는?"

육 사장은 버럭 소리를 질렀다.

"그 새긴 또라이였고. 다짜고짜 와서 이 여자 아냐더니, 내가 죽였다는 거야. 동조한 당신도 공범이라면서 재수 털리는 개소리만 한참을 나불나불……."

"왜 그 사건에 집착하냐고 안 물어봤습니까?"

육 사장의 일그러진 입가에 비웃음이 스쳤다.

"병신, 똥폼 잡으면서 지껄이던데. 인간이 인간으로 살겠다는 데에 이유가 있냐고."

이만하면 알 것은 다 빼낸 셈이었다. 순조는 문 앞 골프채 통을 뒤져 도청기를 회수했다. 이쪽을 빤히 보던 육 사장이 급히 소리쳤다.

"야, 아니, 검사님! 그럼 커버해주는 거요?"

노란 도마뱀이 발아래까지 기어 나와 있었다. 그는 희미하게 검은 줄이 간 등을 잡아 화분에 올려주었다.

"제 권한 밖입니다. 알아서 잘 해보세요."

"야… 이 개새끼야!"

순조는 사무실 문을 닫고 나와, 놀란 눈을 끔뻑이는 비서에게 인사했다. 건물에서 나오는데 휴대전화에 처음 보는 번호가 떴다.

"검사님?"

"누구십니까?"

"저 서연희요. 조 기자님이 이 번호로 연락하면 받으실 거라고 해서요."

순조는 차 문을 열었다. 조 기자가 소개해준 유튜버의 본명이 서연희였다.

"몇 군데서 접촉이 왔어요. 얘네들, 웹사이트고 유튜브고 계속 모니터링하던 모양인데요."

서연희가 제 채널에 영상을 업로드한 것이 새벽이었으니, 채 열 시간이 지나기 전이었다. 송경백의 가방 얘기까지 해가며 더 큰 단 서를 터뜨릴 거라 예고했으니 몸이 달 만도 했다.

"어딥니까?"

"하나는 민정당이라고 쥐똥만 한 3석짜리 당, 다른 하나는 인베 스트 어쩌고 하는 용역업체였어요. 정체를 숨긴다고 수를 좀 썼는 데 제가 다 알아냈죠. 선수 앞에서 기술을 써, 이것들이."

목소리가 승리감에 차 높아졌다. 서연희는 다시 묻기 전에 정체 를 공개했다.

"놀라지 마세요, 대진이에요."

대진……. 익히 아는 이름이 나왔다. 중공업, 유통, 반도체에 이 르기까지 거대한 영향력을 아우르는 재계 서열 2위 그룹이었다.

"그룹 일가가 컨택한 건 아니고, 예전 사외이사가 그 업체 사장 이더라고요. 양쪽 관계자 명단을 하나하나 대조해가면서 파니까 나왔어요."

대진그룹의 프로필은 머릿속에 있었다. 회장 슬하에 3남 1녀, 근

몇 년간 큰 스캔들도 없고, 왕위 승계나 그룹 운영 때문에 정권과 마찰을 빚은 적도 없다. 특수부나 공안부장이면 모를까… 한직 평검사 하나를 족치기엔 체급이 너무 커서 오히려 어울리지 않았다.

'오너 일가의 비리라도 입수했나?' 그는 서연희에게 다음 영상을 준비하라 말하고 전화를 끊었다. '대진'으로 검색해 작년 재무제표며 신년 뉴스를 살펴도 별 특이사항은 안 보였다. 하반기에 자동차 쪽에서 신형 모델이 출시되고, 올봄에는 진용대 회장이 중동의 경제 포럼에 참석했다. 조직도를 켜자 한 번씩 봤던 이름들이 계열사마다 자리 잡고 있었다. 장남 진강용, 차남 진석용, 3남 진경욱.

찰나 어떤 번뜩임이 스쳤다. 칼잡이의 기억력은 화이트보드에 사건 기록들을 차례로 인화해 붙였다. 비 오던 밤, 김한주가 그었던 십자가… 갑자기 끼어든 검사장의 심복… 로미를 데려갔다던 석石이라는 고객…….

깨달음의 순간이 찾아왔다. 처음부터 김한주는 범인을 지목하고 있었다. 선배가 남긴 손짓은 성호가 아니었다. 가로로 한 번, 세로로 한 번, 대진의 디귿을 긋다가 실패한 다잉 메시지였다.

잘 했다, 아들아!

아버지가 외쳤다. 기분 탓인지 원장의 목소리 같기도 했다. 순조는 못 박인 손바닥이 목덜미를 후려치는 기분에 목을 움츠렸다.

이로써 검사장이 관심을 두는 이유도 설명이 됐다. 막역한 친구,

민정수석의 장인 일가를 비호하려는 심산이었으리라. 여섯 달 전 진석용의 행적부터 파 들어가면 뭐라도 나올 것이다. 그는 양 계장에게 전화를 걸려다 멈췄다. 불현듯 변호사의 충고가 떠오른 탓이었다. 적이 많다… 보는 눈이 많다.

송경백 수사관이 죽던 날, 양 계장은 갈색 봉투를 들고 나가다 그와 마주쳤다. 자료를 가지러 왔다는 말을 믿기엔 정황도 행보도 의심스러웠다. 적의 척후로 섭외되기에, 같은 방 직원은 1순위 후보였다.

순조는 신속히 지점으로 복귀했다. 점심시간이 끝날 즈음에는 부장실 앞에 서 있었다. 병가 신청서를 내놓자 부장은 미간을 짚었다.

"뭐 하자는 거야?"

"몸이 안 좋아서요. 하루만 병가를 내겠습니다."

"왜, 병가 내고 대검 사건 뺏으려고?"

부하의 행보를 알아볼 방법은 많았다. 변명이 궁색했으므로 그는 고개를 숙였다.

"권순조, 너 왜 그래. 김한주랑은 무슨 사이고, 갑자기 남의 집 내사는 왜 하려고 드는데?"

"송경백과 김한주, 모두 저를 찾아왔다가 피살당했습니다."

얼굴에 희미한 떨림이 스쳤다.

"그럼 너도 위험해. 밖에 있는 청부업자, 잡스런 조폭 떨거지 아니다. 보고 올리고 수사관들이랑 같이 움직여."

"조직에 내부자가 있을지도 모릅니다. 노출될 위험을 느끼면 흔적을 지우고 도주할 겁니다."

"그러니까 그게 대체 누구……."

"윤곽이 확실해지면 그때 말씀드리겠습니다."

10여 분간의 설득 끝에, 부장은 말이 안 통한다는 것을 깨달은 모양이었다. 우람한 승모근을 들썩거리며 경고했다.

"마음대로 해. 다시 왔을 땐 자리가 없을 수도 있어."

"예. 감사합니다."

윤 부장의 귀가 아까보다 더 붉어졌다.

"나가봐."

그는 냉큼 부장실을 나왔다. 저 팔뚝에 맞았다간 책상이 아니라 목뼈가 빠질지도 몰랐다.

검사실로 오자 직원들이 반겨주었다. 순조는 옷도 안 벗고 병가 폭탄을 떨어뜨렸다.

"하루만 쉬겠습니다. 방금 부장님을 뵙고 와서요."

양 계장은 할 말이 많아 보였지만, 염 실무관은 조심히 쉬고 오시라고 했다. 엘리베이터를 타고 내려갈 때 양 계장에게 문자가 왔다.

—무슨 일 있으면 연락 주세요. 아시겠죠?

그는 수서로 가면서 열차표를 예약했다. SRT 출발 시각을 기다리는 동안 터미널 식당에 앉아 우동을 먹었다. 방검복은 옷 안에 껴입고, 나이프도 여느 때처럼 상비한 상태였다. 유동인구가 많은 곳에서는 더더욱 주의를 늦춰선 안 됐다. '조금만 잘 벌었어도 경호원을 썼을 텐데.'

순조는 그릇을 비우고 나왔다. 시간표를 안내하는 대형 전광판에 '부산행'이라고 적힌 글씨가 깜빡거리고 있었다. 목적지는 김한주가 교제했던 검사, 이은수가 부부장으로 근무 중인 진주지청이었다.

'그 지청에 있던 실무관한테 들었으니 확실해요. 김한주랑 이은수, 사귀던 사이였답니다.' 싸움질만 일삼던 경력에 몇 안 되는 로맨스였다고 했다. 손버릇 나쁜 지청장이 회식 자리에서 이은수의 엉덩이를 만졌고 김한주는 내부망에 성추행을 공론화했다. 사건은 금방 수습됐지만 몇몇 여직원들이 퍼뜨려서 아는 사람은 안다고, 양 계장은 전했다.

그는 당시 사건을 알지 못했다. 김한주는 다른 검사들과 어울리지 못했다. 그 점에서 부산행은 도박을 걸 가치가 있었다. 복사본이 있다고 했을 때, 팔순 노모보다 옛 연인에게 보냈을 확률이 높았으므로. 같은 검사로서 증거를 받았다면 함부로 폐기하진 못했을 것이다.

옆자리의 아버지가 기특하다는 듯 물었다.

또 죽게 만들 작정이더냐, 그 수사관처럼?

열차가 움직이기 시작했다. 순조는 가방을 열고 서류를 꺼냈다. 오늘치 배당사건들을 챙겨 온 참이었다.

*

진주까지는 꼬박 네 시간이 걸렸다. 기차는 천안을 지나 대전을 넘어 대구를 거쳐 달렸다. 기존에 있던 역을 띄엄띄엄 이어 놔 가까운 길을 에두르는 노선이었다. 도시마다 옆자리의 승객이 내리고, 내린 자리에 누군가 또 탔다.

가져온 서류는 금방 끝났다. 순조는 기사를 켜서 폭락할 대로 폭락한 여론을 살폈다. 어느 뉴스 댓글에서나 검찰은 뭇매를 맞고 있었다. 군부독재의 개라느니, 권력의 시녀라느니, 조직을 욕하는 사이버 투사들이 지겨워질 즈음 풍광이 변했다.

기차 창밖으로 뻗은 구릉지는 넓고 벌겠다. 서울을 조금만 벗어나도 밭과 들, 비닐하우스들이 쉽게 보였다. 붉은 살을 훤히 드러낸 흙더미는 아버지와 살던 고향 집을 생각나게 했다. 집 뒤꼍 밭고랑에도 파헤쳐진 흙들이 뗏장 없는 봉분처럼 널려 있었다.

'사고뭉치, 따라와!'

술을 마시고 들어왔을 때 아버지는 언제나 그렇게 명령했다. 도망친 어미를 꼭 닮은 아들놈의 체벌을 위해서였다. 밭둑가에 서면 발가벗겨 가죽 허리띠로 매질했다. 가끔 농로를 지나가는 경운기는 이쪽을 보지 않았다. 마을 사람들은 늘 술에 쩔어 남들보다 목소리가 배로 큰 권 씨를 두려워했다.

하루는 아버지가 들어올 시간에 비닐하우스로 도망가 잠든 적이 있었다. 손전등 불빛에 깨어나자 핏발이 곤두선 흰자위가 보였다.

'나가고 싶지? 소원대로 해주마.'

머리카락을 잡혀 끌려간 밭 한복판에는 구덩이가 있었다. 손이 발이 되도록 빌었으나 소용없었다. 머리만 빼고 묻어버린 아버지는 삽을 던지고 가버렸다.

생매장의 기억은 공포스러우면서도 안온했다. 지렁이인지 딱정벌레인지, 발가락 근처에서 꿈틀거리는 감촉을 느끼며 그는 눈을 감았다. 주일학교에서 읽은 성서는 백 마디 말보다 중요한 깨달음을 주었다. 네가 죽기 싫다면 남을 죽여야 한다.

검찰 생리도 같았다. 중앙지검과 대검찰청은 권력의 핵이자 중추였다. 고도가 내려갈수록 칼과 피에서 멀어졌지만, 바닥과도 가까워졌다. 큰 폭력을 피해 도망간 곳에는 작고 무수한 폭력이 기다렸다.

순조는 헐벗은 들판을 보다가 잠이 들었다.

눈을 뜨니 부산이었다. 아까 대전에서 탔던 중년 양복쟁이가 선반 위의 짐을 내리고 있었다. 책상을 접고 가방을 챙기는데 남자가 웃으며 말했다.

"고향에 가시나봐요."

"예?"

"아니, 아빠를 계속 부르시더라고."

진주역에 내려 택시를 잡자 진주지청 앞까지 금방 도착했다.

한적한 도시였다. 가로수에서 새가 울었고, 솜털을 잘게 찢은 듯한 구름이 낮은 건물 위를 흘러다녔다. 이곳은 검사들 대부분에게 환영받지 못할 근무지이자 경쟁에서 밀려난 유배지기도 했다. 먼 지방, 작은 지청으로 간 검사들은 거의 다시 돌아오지 못했다.

그는 지청 앞을 한 바퀴 돌고 근처 중국집에 들어갔다. 검사실로 전화를 걸자 실무관이 받았다.

"예, 406호 검사실입니다."

"중앙지방검찰청 부부장검사 권혁진입니다. 이 검사님께 개인적인 용무가 있어서요."

"잠시만요. 바로 돌려 드릴게요."

"아뇨, 지청 앞에서 기다리고 있겠습니다. 지금 나와달라고 전해주세요."

순조는 가게 상호를 말하고 전화를 넘기기 전에 끊어버렸다. 몇 분 지나지 않아 단발머리에 키 큰 여자가 문을 밀었다. 그녀는 가게를 휘둘러보더니 그가 앉은 테이블로 걸어왔다.

"전화 주신 분?"

"예. 이은수 검사님이시죠?"

이은수는 그의 얼굴을 세세히 뜯어보았다.

"그쪽은 권혁진 부부장님이 아니신데. 수사기관 사칭은 피싱죄 중에서도 양형이 세거든요."

누가 검사 아니랄까 봐 그사이 뒷조사를 하고 나온 모양이었다. 순조는 오른손을 내밀었다.

"연수원 47기 권순조입니다. 중앙지검 형사 3부, 지금 확인해보셔도 되고요."

이은수는 악수를 받는 대신 스마트폰을 켰다.

"서울살이가 한가한가 봐? 다른 부서 선배 이름까지 팔면서 대낮에 휴가를 다 오고."

"김한주 선배의 유품을 받으러 왔습니다."

기습적으로 날아간 잽이었다. 순조는 선배의 턱 근육이 미세하게 경직되는 것을 확인했다.

"무슨 소리야?"

"서울에서 소포가 왔을 겁니다. 선배님이 아직 무사하신 걸 보면… 다른 루트로 보냈겠군요. 본인 카드는 쭉 감시당하는 중이었으니까."

"그런 거 없어. 들은 적도 없고."

바로 협조할 거라고는 기대도 하지 않았다. 순조는 따라뒀던 물을 권했다.

"앉아서 얘기하시죠."

"미안한데 후배님, 지금 올라가봐야 돼. 거기 부장한테 전화는 안 할 테니……"

"김 선배는 절 찾아왔다가 죽었습니다."

이은수의 눈썹이 치켜올라갔다.

"27일 새벽 03시 12분, 발견했을 때는 피습당한 직후였어요. 아마 도움을 청하러 왔었을 겁니다. 지검엔 보고하지 않았지만, 선배는 저한테 다잉 메시지도 남겼습니다."

"나한테 어쩌라고? 못 본 지가 몇 년인데."

이은수가 대꾸했지만, 한결 누그러진 투였다. 순조는 물컵을 내려놓았다.

"얘길 들려주세요. 뭐라도 좋습니다."

침묵 속에서, 전화벨 소리가 들렸다. 그녀는 잠시 고민하는 것 같더니 부재중으로 돌려버렸다.

"그 사람이랑은 잠깐 만났어. 오래도 아냐. 충주지청으로 발령받고 석 달쯤? 일이 터지자마자 선배나 나나 다른 데로 찢어져서."

중국집 안의 손님은 그들 둘이 다였다. 주방 아주머니가 햇볕에 눈을 찌푸리며 테이블을 물수건으로 훔치고 있었다.

"너도 알 만큼은 알 거 아냐. 부장이 회식 자리에서 나한테 추파를 몇 번 던졌고, 술이 좀 들어가곤 허벅지를 쓰다듬었어. 그걸 보고 선배가 폭발한 거야."

"파장이 컸습니까?"

"지청이 뒤집혔지. 부서에선 난리가 나고 선배는 언론에 제보하겠다며 지청장이랑 매일같이 싸우고…… 나는 내 방에서 사건만 봤어. 우리 방 직원들 얼굴 보기도 수치스러워서. 그중 선배가 제일 미웠어."

담담함을 가장하던 목소리가 격해졌다.

"불의에 굽히지 않는 검사, 말은 좋지. 선배는 그냥 정의롭고 싶은 꼬마였어. 그깟 신념이 뭐라고? 검사는 검사다워야 한다더니 결국 우리가 어떻게 됐는지 봐."

"선배님 인사에도 영향이 있었습니까?"

"당연히 있었지. 조직의 배신자랑 사귄 여검사, 혹시나 어디 가서 사고 칠까 봐 뺑뺑이 태웠잖아. 내가 반항했으면 더 시골로 보냈을 거야."

2년 전, 상사의 성추행을 폭로했던 여검사가 있었다. 그녀는 부부장 진급을 앞두고 좌천되어 남해에 처박혔다. 바닷가는 조직에 흡수되지 못한 불순분자를 썩히는 곳이었다.

이은수는 입술을 깨물며 말했다.

"화가 나는 건, 그 일을 터뜨린 사람이 선배라는 거야. 덕분에 난 내가 당한 범죄도 남한테 떠넘긴 검사가 됐어."

"멍청한 짓이었죠. 자존심을 지켜준 것도 아니고, 조직을 와해시키지도 못했고. 차라리 피해자가 고발하고 옷을 벗을 때까지 기다렸어야 했어요."

"뭐?"

"김 선배는 그래서 죽은 겁니다. 불의가 정의보다 무거운 줄을 몰라서. 망나니 주제에 능력보다 큰 칼을 휘두르려다가."

그녀는 옛 연인을 향한 모욕에 화를 내야 할지, 동의해야 할지 판단이 안 서는 표정이었다. 순조는 재차 회유에 나섰다.

"이번 일은 회식 자리 성추행이랑 달라요. 김 선배가 보낸 물건, 계속 갖고 계시면 좌천으로 안 끝날 겁니다."

"없다고 몇 번 말해?"

"있든 없든 상관없습니다. 저랑 만난 순간 선배님도 타깃이 될 거니까요. 송경백 수사관도 유품을 전하려다 죽었습니다."

"지금 협박하는 거면……."

"싸울 기회를 드리는 겁니다."

늙은 개처럼 쫓겨나 이 시골구석에서 치욕의 세월을 견뎠다는 것은 두 가지를 의미했다. 온갖 모멸을 겪고도 조직을 떠날 수 없었거나. 곰의 쓸개를 씹으며 칼을 갈아왔거나.

순조는 그의 스마트폰을 내밀었다.

"선배님도 김 선배도 희생된 사람들입니다."

화면에는 김한주와 송경백의 검시 직후 사진이 떠 있었다. 수도권 관할 검사들이야 사법검시*를 종종 나가지만, 통영 변두리에

---

* 변사자나 변사로 의심되는 시체가 발견됐을 때, 검사나 사법경찰관이 범죄 여부를 조사하는 검시.

변사자가 잦을 리 만무했다. 이은수는 구역질을 애써 참는 표정으로 진저리를 쳤다.

"너 검사 맞니?"

"아직 직무해제는 안 됐습니다."

언제 신분이 바뀔진 모르겠지만… 뒷말은 쟁반을 들고 온 아주머니 덕에 끊겼다. 이내 식탁 위로 탕수육 중자와 쟁반짜장, 바싹 튀긴 군만두가 올라왔다. 이은수는 김이 나는 요리를 의아하다는 듯 가리켰다.

"이건 왜 시켰어?"

"밥때를 놓치면 약 먹기가 힘들어서요. 지청 앞 맛집이라고 이프로스에서 봤습니다."

그녀가 덜떨어진 놈 보듯 훑기 시작해서 순조는 젓가락을 들었다. 이은수가 식당을 나간 뒤, 그는 수배해뒀던 선배의 번호로 문자를 찍었다.

—시간이 촉박합니다. 서둘러주십시오.

서울로 돌아오는 길에는 서간을 살폈다. 흥미로운 헤드라인이 인터넷신문 2면에 찍혀 있었다. '강남 모 클럽 대표 구속, A정당 보좌관에게 정치자금 전달?'

'육 사장이군.' 순조는 구속 시간을 본 뒤 사기꾼이 끌려간 것을 확인했다. 어떤 선배인지 몰라도 빠릿빠릿하게 칼춤을 춰주니 고마울 따름이었다.

22시, 그는 터미널에 내렸다. 늦은 시간이었으나 집 앞까지 가는 버스가 아직 있었다. 평소처럼 24시 마트에도 들러 다음날 먹을 식자재들을 샀다. 언덕배기를 거의 다 올라왔을 때, 골목 안에서 웬 그림자가 나타나 앞을 막았다.

"아따, 어딜 그리 바삐 가신대유."

조폭 똘마니들인가? 추측을 증명하듯 뒤쪽 보도에서 두 명이 더 나타났다. 처음 말을 걸었던 놈은 소매에서 길쭉한 물건을 꺼냈다. 둘둘 말아 놓은 신문지 틈새로 칼날이 번득였다. '이번에도 육 사장이군.'

흉수는 뻔했다. 자길 구속한 원흉에게 보복하려 조직원들을 보낸 것이다.

"얌전히 와유. 얼굴만 좀 그어서 보내줄텡게."

칼 든 상대는 무조건 피해라. 호신술 디렉터가 강조하던 말이었으나, 퇴로가 막혀 도망칠 수도 없었다. 순조는 안주머니의 나이프를 꺼냈다. 단추를 누르자 칼날이 튀어나오며 빛을 뿌렸다.

충청도 사투리를 쓰던 남자가 놀란 척을 했다.

"아니, 검사님이 연장을 다 꺼내시고. 우리가 빈손으로 안 온 건 어찌 알고서."

남자들은 저희끼리 웃음을 터뜨렸다. 순조는 담벼락에 등을 붙이며 나이프를 뻗어 견제했다. 칼 든 자세가 심상치 않자 저쪽의 웃음기도 슬슬 걷혔다. 긴 회칼을 뽑아 든 놈들이 거리를 좁혀 올

　　　　　　　　　　　　　검사의 죄

때였다.

테이저건이 발사됐다. 한 명이 감전된 듯 부들부들 떨며 쓰러지고, 스파크 튀는 소리가 나더니 또 한 명이 무릎을 꿇었다. 허벅지와 등판에 가느다란 전선이 연결돼 있었다. 전선이 이어진 어둠 속에서 목소리가 들려왔다.

"야, 깡패 영화는 딴 데 가서 찍어라. 서초동 데드풀 화나게 하지 말고."

테이저건을 양손에 들고나온 문희철은 총구로 입김 부는 시늉을 했다.

"또라이 새끼가……"

마지막 놈이 달려들어 보았지만, 신장 차이가 컸다. 가라데식 앞차기를 맞은 남자는 전신주에 부딪힌 것처럼 나자빠졌다.

"아이고, 우리 오징어들 일어난다."

희철이 다시 전류를 흘려보내자 비명이 터져나왔다. 그는 쓸 만한 게 없나, 중얼거리며 골목을 둘러봤다. 마침 전봇대 앞에 버려진 프라이팬이 있었다.

순조가 지켜보는 가운데, 사람 머리 깨는 소리가 울려 퍼지기 시작했다. 곧 습격자 일당은 눈을 까뒤집은 채 축 늘어졌다. 희철은 프라이팬을 던져버리고 손을 털었다.

"하여튼 못 배운 놈들, 법 무서운 줄을 몰라."

"테이저건도 민간 보급이 안 될 텐데요."

"넌 검사고 난 변호사잖아."

순조는 무슨 차이인지 묻는 것을 포기했다.

"여긴 왜 온 겁니까?"

"권 프로 만나러 왔지. 아까 도착해서 기다리고 있는데, 이마에 전과 적힌 놈들이 어슬렁대는 거야. 후배님 걱정돼서 그냥 갈 수가 없더라고."

"절 보러 오면서 테이저건을 챙겼다고요?"

희철은 그의 질문을 싹 무시하며 중얼거렸다.

"이 동넨 터가 안 좋나? 담그러 오는 놈들이 많네."

순조는 기절한 남자들을 내려다봤다. 말단들이라곤 하지만 검사를 습격했다는 것은 놀라웠다.

"감사합니다. 지구대 인계는 제가 할 테니……."

"검사장이 공범이야."

의외의 답이 더 의외의 인물에게서 나왔다. 희철은 문제풀이를 하듯 말을 이었다.

"장호걸 검사장, 주병철 민정수석, 그쪽 라인이 대검찰청부터 청와대까지 연결돼 있어. 법무부 인사들에 국회의원들도 다발로 엮였고. 일이 터지자마자 민정수석이랑 만난 걸 보면… 김한주가 선을 넘었겠지. 대검에 넘겨서 수사를 엎은 것만 봐도 뻔해."

"대검에서 수사를 엎었다고요?"

"자기가 막으면 소문이 안 좋잖아. 대검 형사과장이 장 검사장 후배 기수야. 책임은 김용천 총장이 지고 나가고, 새 총장 부임시켜서 깔끔하게 시작하기로 손발 맞춘 거지."

순조는 그때껏 들고 있던 나이프를 집어넣었다.

"이 얘기를 왜 저한테 하십니까?"

"내가 널 끌어들였거든. 치킨 배달 기억나나?"

이 모든 것의 시발점이 된 소포를 잊을 리가 없었다. 희철은 닭 목을 비트는 시늉을 했다.

"그렇게 하면 울며 겨자 먹기로 수사할 줄 알았지. 우리 권 프로, 준법 시민이라 안전운전만 하잖아."

"그럼 계속 시비를 건 것도……."

"시비라니, 경고지. 네 근처 누군가가 연락책 노릇을 하고 있었어. 검사장이 네가 통영 내려갔던 것도 알던데."

돌이켜보면 문희철은 계속 조심하라는 말을 했었다. 정보를 흘린 내부자가 누구일까. 양 계장, 염 실무관, 검사실에 자유롭게 드나들 수 있는 사람…….

"선배님은 뭘 원하시죠?"

그 물음은 오래된 가면을 벗었다. 변호사는 한발 다가와 그의 앞에 섰다. 역광을 받은 얼굴에서 눈동자만 달군 숯처럼 이글거렸다.

"장호걸 검사장의 몰락. 철저하고 완전한 파멸. 그자가 모든 것을 가졌을 때, 가장 높은 곳에서 떨어지기를 원해."

"배신은 별로 정의롭지 못한데요."

희철은 킬킬대며 웃었다.

"변호사는 불의의 편에서도 싸울 수 있어야 해."

"또 총 같은 걸 쏘시면 안 됩니까?"

"깡패 새끼들처럼 담그면 그게 무슨 소용이야. 죽은 놈이 고통을 느끼나?"

쓰러져 있던 남자 하나가 신음을 흘렸다. 희철은 다가가서 구둣발로 뒤통수를 걷어찼다.

"넌 조용히 살고 싶지?"

순조는 고개를 끄덕였다.

"날 이용해. 우리가 손을 잡으면 쳐부술 수 있어."

"저쪽에 붙으면 훨씬 안전할 텐데요."

"검사장은 말 안 듣는 개를 싫어해. 자기가 평검사 시절에 목줄을 차봐서 아니까. 어떤 외압도 안 받고 무소불위로 악을 심판하는 게 일평생의 목표지."

그럼 좋은 검사 아닌가, 생각이 들었지만 순조는 잠자코 다음 말을 기다렸다.

"그런 인간이 널 놓아줄까? 아니, 손닿는 데 두고 죽을 때까지 부릴걸. 평생을 남의 피만 묻히다가 김 검사 꼴 나는 거야."

"김한주는 무리한 인지수사를 벌이다 살해됐습니다."

"거, 후배님네 기수는 싸가지가 전통인가?"

불빛이 발치를 비추더니 차가 한 대 지나갔다. 순조는 던져놨던

편의점 봉투를 주워들었다.

"전 선배님도 믿을 수 없습니다. 다 섭외한 배우들이고, 절 속이려는 쇼일 수도 있잖습니까."

희철은 널브러진 놈들을 턱짓했다.

"마음대로 해. 다음엔 얘들보다 큰 게 올 거야."

그는 그럼 연락해라, 하더니 골목 밖으로 걷기 시작했다. 경찰을 부르든 말든 알아서 하라는 태도였다. 순조는 112를 누르다가 아까 하려던 말을 떠올렸다.

"저, 선배님."

키 큰 뒷모습이 언덕길 아래서 돌아섰다.

"테이저건 하나만 파시죠. 직구가 어려워서."

맹공

다음날, 지검에 출근하니 분위기가 심상찮았다. 마주치는 사람들의 눈빛도 어딘지 이상했다. 방으로 들어가자 양 계장이 조심스레 말문을 열었다.

"검사님, 혹시 보셨어요?"

"뭘 말입니까?"

"징계혐의자로 지목되셔서… 위원회가 열린대요. 부적절한 수사로 검사 위신을 떨어뜨렸다고요. 내부망에 벌써 심의기일까지 떠 있어요."

검사들은 사고를 치면 징계를 받았다. 주로 검찰청법을 위반하거나 사회적 물의를 빚은 경우였는데, 청구서 송달도 없이 기일부터 잡은 것을 보면 경고의 의미가 명확했다.

"알겠습니다. 나중에 확인해보죠."

"아니, 그게 문제가 아니잖아요. 검사님이 뭘 어쨌다고 갑자기

검사의 죄

징계를 줘요. 제대로 심의도 없이?"

양 계장이 답답하다는 듯 목소리를 높였다. 순조는 자리에 앉아 서류 더미를 끌어당겼다.

"동료는 근처에, 적은 측근에 두라고 했습니다."

"무슨 이상한 소리세요. 지금 검사님 커리어가 대판 꼬이게 생겼는데!"

"그래도 알아보셔야 하지 않을까요? 부장님이나 차장님한테 가셔서, 뭐가 어떻게 된 일인지는 들어야……"

염 실무관도 거들고 나섰다. 출근 5분 만에 첩자의 정체는 파악이 갔다. 아예 몰랐다면 모를까, 밥을 떠주는데도 색출하지 못한다면 검사 실격이었다.

"염 실무관님."

염상아 실무관은 이마의 땀을 닦았다. 에어컨이 돌아가는데도 흰 목덜미가 축축했다.

순조는 친절하게 말했다.

"잠깐 뭐리도 마시고 오세요. 더운 것 같은데."

*

오전 회의 분위기는 험악했다. 부장은 물론, 선배들도 그에게 눈길조차 주지 않았다. 미도는 답답한 표정이었으나 차마 말은 못 하고 입술만 달싹거렸다.

검사실로 돌아와서도 공기는 무거웠다. 검사가 불이익을 받으면 방 직원들도 알게 모르게 인사고과가 나빠졌다. 분위기가 나쁘든 말든, 순조는 변함없이 서류를 읽고 피고인들을 상대했다. 폐기되기 직전의 식칼이라도 무는 썰 수 있었다.

그날의 네 번째 참고인은 장성구라는 노동자였다. 작업복 상하의에 흙 묻은 워커를 신은 사내는 다리를 떡 벌리고 앉았다.

"나 장성구요. 형 대신 왔수다."

온몸에 '나는 건설직이요'라고 써 붙인 사내였다. 시커멓게 탄 얼굴에 석탄 같은 눈동자만 부리부리했다.

순조는 서류를 한 장 넘겼다.

"고소를 취하하신다고요."

"예, 안 할 테니까 무혐인지 무의민지 때리쇼. 최동길이 그 새끼 처넣을 필요 없어요."

저쪽 책상에서 양 계장이 목을 긋는 시늉을 했다. 넉 달 전에 벌어진 사건이었다. 인력소 소속 노동자가 점검기한이 지난 크레인을 타고 작업하다 8미터에서 떨어져 반신불수가 됐다. 당사자의 가족들과 임금을 체불 당한 잡역부 몇몇이 공장장을 고소했으나, 전임 검사가 처리를 미루고 발령을 가버려서 순조네 방으로 사건이 재배당되었다.

"업무상과실치상은 반의사불벌죄가 아니지만, 합의하에 감형은 가능합니다. 그런데 최동길 씨 혐의가 그것뿐만이 아니어서요. 보건법 위반에 임금 체불까지 겹쳐서 실형은 확정일 겁니다."

"맞아요. 보상금도 나올 거고요."

기회를 보던 양 계장이 끼어들었다. 장성구는 그들을 꿰뚫어 죽일 듯 노려보았다.

"내가 돈이나 받으려고 이러는 줄 아쇼? 우리 형은 반병신이 됐어요. 눈 끔뻑이고 똥 쏟는 거 말곤 아무것도 못 한다고. 민원을 몇 통이나 넣었는데……."

"그러니까 그건 전임자 잘못이라니까요. 앞에서 똑바로 처리 안 한 걸 왜 우리 검사님한테 그래요?"

"같은 검사잖아! 그럼 책임이 있지!"

우렁찬 고함이 터져나왔다. 뒤에 있던 염 실무관이 살며시 한쪽 귀를 눌렀다.

"똑같이 나랏돈 받는 거 아냐? 검사동일체라며! 자기들끼리 똘똘 뭉쳐 해먹으면서 이럴 때만 남이야!"

철강노조 선봉장 같은 목청이었다. 고막이 얼얼해오기 시작해서 순조는 일단 진정시켰다.

"기소를 왜 하지 말라는 겁니까?"

장성구는 분이 풀리지 않은 어조로 말했다.

"내가 소장을 데려올 거요. 형 앞에 무릎 꿇고 사죄하게 만들 거라고."

"지금까지 시간이 있었잖습니까. 소송이 길어지는 동안 만나서 합의했으면 될 텐데요."

"사정이 있었어!"

또 고함이 터졌지만 아까보단 작았다. 현장 일이 바빴다느니, 댁들이 아시바* 한번 박아 봤냐느니, 딴소리만 중얼거리던 장성구는 갑자기 일어섰다.

"아무튼 난 경고했어. 우리 둘째 숙부님이 운동권에서 알아주던 사람이거든? 지금 그쪽 위에 있는 양반들하고도 다 호형호제하는 사이니까, 처신 똑바로 하쇼."

검사를 협박한 참고인이 검사실을 나갔다. 돌발행동에 대비하고 있던 양 계장과 염 실무관이 분통을 터뜨렸다.

"별 미친놈을 다 보겠네. 자기가 했으면 했지, 친척이 운동한 건 왜 들먹인대요?"

"못 배운 사람들이 다 그렇잖아요. 욕보셨어요, 검사님."

순조는 사건 서류를 옆으로 치웠다.

"기소를 말라는 걸 보니 합의한 모양이죠. 병원비 조로 뭘 더 받았답니까?"

"물어봤는데 딱 잡아떼요. 창피한 줄도 모르는지 원."

합의금을 받은 고소인들이 피고소인을 변호하러 오는 사례도

---

* 비계(飛階)용으로 쓰는 둥근 쇠파이프.

종종 있었다. 저런 진상들은 끊임없이 탄원서를 보내 검사실 우편함에 쓰레기를 늘렸다.

다음 민원인이 들어오기 전에, 순조는 자료 복사 핑계를 대며 염 실무관을 수사과로 보냈다. 그녀가 나가자마자 양 계장이 기다렸다는 듯 말했다.

"검사님, 잠깐 얘기 좀 해요."

이쪽도 긴히 할 이야기가 있었다. 잠시 후 윤 부장 몰래 무단조퇴 예정이었던 것이다.

양 계장은 문 쪽을 흘끔대며 충고했다.

"이젠 그만 하세요. 잘못되실까 걱정돼요."

"뭘 말입니까?"

"내사요. 하던 게 들통나서 찍힌 거잖아요. 차장님이 노발대발해서 부장님들을 다 깼대요."

'차장이 아니라 검사장이겠지', 순조는 생각했다. 이영식 1차장은 검사장의 허수아비나 다름없었다.

"아직 나온 것도 없으니까, 이쯤에서 자료들 넘기고 손 떼면 참작해주실 거예요. 징계 무효가 제일 좋고, 정 안 되면 무혐의의결이라도……."

"이미 늦었습니다. 검사장이 날 찍어낸 건 다른 이유가 있어서고요."

"네?"

"저한테 보냈던 자료들은 다 폐기하세요. 제가 부장님 명령이라고, 비밀 내사를 한다고 속여서 일 시킨 거라 하시면 될 겁니다."

양 계장은 자살 예고라도 들은 표정이 됐다.

"검사님, 그러다 진짜로 잘리세요. 위원회에 밉보이면 어떻게 되는지 모르세요?"

"해임되겠죠. 면직이나 정직일 수도 있고."

"그런데 왜……."

"평생 입을 수 있는 옷은 없어요. 언젠가는 해져서 안이 보이게 됩니다."

양 계장은 입만 몇 번 뻐끔거렸다. 순조는 다 끝낸 서류 무더기를 옆으로 치우고 일어섰다.

"잠깐 나갔다 오겠습니다. 일찍 퇴근하세요."

"또 어디 가시려고요!"

불쌍한 수사관이 애타게 불렀지만, 지금은 그깟 겁박용 쇼보다 중요한 일이 있었다. 그는 지검 언덕길을 바삐 내려가다가 두 번째 방해꾼과 딱 마주쳤다.

"어이, 검사님."

한 손에 소주병을 든 장성구가 그를 불렀다. 아직도 안 가고 근처를 서성이고 있던 모양이었다.

"마침 잘 만났네, 나 좀 보소."

"바쁩니다. 볼일이 있으면 고발장 접수해서 검사실로 찾아오세요."

"거 참, 검사란 양반이 사람 말을 못 알아듣나? 모가지가 왜 이리 뻣뻣해!"

장성구는 급기야 마시던 소주병을 바닥에 내동댕이쳤다. 관내가 시끄러워지자 심상찮은 분위기를 감지한 청원경찰이 초소에서 나왔다. 순조는 손을 저어 주변 사람들을 물러 세웠다.

"좋아요. 가서 얘기합시다."

지검 언덕길 옆, 인적 드문 돌담으로 오자마자 장성구는 역정부터 냈다.

"기소 취소는 했소?"

"안 했습니다. 앞으로도 안 할 거고요."

"뭐?"

"최동길 씨는 혐의가 많다고 말씀드렸을 텐데요. 며칠 내로 영장이 나올 겁니다."

부자나 빈자나 본성은 비슷했다. 눈을 사납게 부라리던 장성구는 다짜고짜 어깨를 그러쥐었다.

"지금 해보자는 거야, 어?"

잔뜩 들어간 아귀힘으로 보아, 취기가 분노에 불을 당긴 것 같았다. 비리비리한 검사 한 놈쯤은 주먹으로 구워삶을 수 있다고 생각할 법도 했다.

순조는 어깨에 올라온 손을 잡아 비틀었다. 고된 노동으로 단련된 덩치가 고목나무 휘어지듯 꺾이며, 불콰한 얼굴에 고통이 번졌다.

"그럼 지금 가서 죽여요."

"야, 이거 안 놔!"

"형의 보복은 하고 싶고, 막상 찾아가 찌를 배짱은 없고. 그 와중에 원수가 구속된다고 하니 애꿎은 수사기관에서 떼를 쓰는 거 아닙니까."

"이 새끼, 주둥아리 찢기 전에……."

잡은 손목을 비틀자 우둑, 뼈가 뒤틀리는 소리가 나왔다. 얼굴이 시뻘게진 장성구는 비명도 못 지르고 '어, 어어'만 반복했다.

"용기가 없거든 형법에 맡기십시오. 아니면 대리 폭행 업체를 찾던가요."

"알았으니까 손, 손 좀!"

순조는 작업복 무릎이 거의 바닥을 찧기 직전에 놓아줬다. 손목을 감싼 장성구는 증오의 눈으로 그를 노려보다가 꽁무니를 뺐다.

어설프게 방호직 공무원이나 청원경찰을 부르면 더 난장을 치는 게 저런 부류였다. 알아듣도록 경고했으니 한동안은 잠잠하겠지. 때로는 원초적인 폭력만이 사법을 대변할 수 있었다.

'검사의 무기는 법전이라던데.' 그는 참고인의 뼈를 부러뜨릴 뻔한 손을 내려다보았다. 살갗이 다 벗겨져, 불그죽죽한 흉터로 덮인 손바닥에 피 묻은 쇠꼬챙이가 어른거렸다. '말은 바로 해야지, 네가 무슨 검사야?' 고개를 드니 까맣게 탄 바지가 보였다. 보육원의 아이들이 돌담에 걸터앉아 다리를 달랑거리고 있었다.

'사람 죽인 겁쟁이지. 앉아서 흉내만 내고 있는데.' '권순조 검사님 특기잖아. 주변 사람들 다 팔아넘기고 혼자서 아득바득 살아나가는 거.' '좀 봐줘. 아빠한테 배운 게 그거뿐이래.'

귀에 익은 목소리들이 깔깔대며 떠들었지만 별다른 가책은 없었다. 원주를 떠나고 얼마 안 됐을 무렵… 타향살이 초기에는 죽은 자들의 환각에 비명을 지른 적도 많았다. 그럴 때면 볼펜 끝으로 허벅지를 찌르며 그를 구해준 검사의 가르침을 되새겼다. '우유를 많이 마실 것. 살 이유를 찾을 것.'

키는 크지 않았지만 신경은 금세 굵어졌다. 몇 년이 지나자 불쑥불쑥 나타나는 아버지며 친구들을 봐도 놀라지 않게 되었다. 법조인의 삶 또한 통증을 무디게 하는 데 일조했다.

그러고 보니 오늘은 약을 먹지 않았다. 캡슐들을 잇새에 넣고 질근거리자 돌담 위 아이들이 녹아내렸다. 흐릿한 목소리가 빙빙 돌며 땅속으로 꺼져갔다. '살아남아. 넌 죽어선 안 돼.'

"저기요, 괜찮으세요?"

누군가 어깨를 건드려. 그는 맹수처럼 몸을 돌렸다. 말을 건 사람은 두꺼운 뿔테안경을 쓴 여자였다.

"예. 됐습니다."

"아닌데… 잠깐만요. 혹시 평소에 환청 같은 거 들으시지 않아요? 잠을 못 자거나 기가 허할 때요."

친절한 행인은 지검 앞마당까지 포교를 나온 생계형 신도였다.

그쪽 교인들이 흔히 그렇듯, 여자는 확신에 찬 어조로 전생의 죄를 질타했다.

"보니까 업이 무거워. 어깨에 매달린 영들이 많아요. 이만하면 조상님들한테 윤회천생 기도를 드려야 되겠는데… 젊은 분이 어쩌다 이렇게 되셨을까?"

"사람을 죽여서요."

"응?"

"내가 살겠다고 친구들을 죽였어요. 그래서 영들이 타고 있나 봅니다. 지은 죄가 많아서."

여자는 호구인 줄 알았던 먹잇감이 진짜배기 미친놈임을 감지한 것 같았다. 오늘은 천기가 흐려서… 어쩌고 중얼거리더니 슬금슬금 꽁무니를 빼버렸다.

'기도는 누구한테 드리냐고 물어볼랬더니.'

순조는 돌담길 밑 버스정류장으로 내려가 노선을 훑어보았다.

'눈을 감고 나서도 내 자식 걱정 없이!' 상조업체 광고가 붙은 내선순환버스가 곧 도착했다.

*

세 시간 뒤, 순조는 메뉴판을 들여다보고 있었다.

'떡이랑 펜이랑' 간판이 걸린 분식집에 손님은 그 혼자였다. 메뉴랍시고 적혀 있는 이름들은 사장의 취향을 의심케 했다. 뉴스떡볶이, 순대일보, 종합편성튀김 세트······.

손을 들자 앞치마를 두른 중년 남자가 왼쪽 다리를 절며 다가왔다.

"사회부 세트랑 연예부 세트 주세요. 저지방 우유도."

"다 하시면 4인분이 넘는데요."

"괜찮습니다, 원래 양이 많아서."

남자는 영수증에 밑줄을 긋더니 돌아갔다. 순조는 주방으로 가는 앞치마를 눈으로 좇았다.

떡볶이집 사장 한기영은 사회부 기자로 일했다. '엔투데이'라는 소규모 신문사 소속이었는데, 몇 년 전 회사가 통째로 자취를 감췄다. 조 기자는 친한 선배한테 어렵게 캐냈다며 귀띔해주었다. '김한주랑 두어 번 만났었나 봐요. 기사 청탁도 주고받을 만큼 친했다던데요?'

신문사가 망하며 옷을 벗었다기엔 바뀐 직종이 다소 드라마틱했다. 다른 언론사로 이직하는 대신 평촌 한구석에 떡볶이집을 차렸다. 12년 차 기자가 자영업자로 변신한 데엔 그럴 만한 이유가 있었을 것이다.

쟁반을 든 한기영이 걸어와서 순조는 휴대폰으로 시선을 내렸다. 전직 기자는 음식들을 놓고 물었다.

"누구요?"

"예?"

"내가 누군지 알고 왔잖아요. 기자요, 아니면 경찰?"

사회부 출신 아니랄까 봐 눈치가 빨랐다. 이럴 때는 정공법이 가장 잘 먹혔다.

"김한주 선배 친한 동생입니다."

"할 얘기 없으니까 먹고 가요."

"그럴 겁니다. 자리 좀 비켜주세요."

그는 치즈가 늘어나는 돈가스를 큼지막하게 썰고, 함께 나온 순대와 어묵튀김을 모조리 떡볶이에 쏟았다. 바깥세상 요리들은 직접 만든 생존식보다 훨씬 맛이 좋았다. 카운터에 앉아 있던 한기영은 음식이 없어지는 속도를 보고 기막힌 표정이 되었다.

순조는 그릇을 말끔히 비운 뒤 다시 불렀다.

"잠깐 시간 좀 내시죠."

"검사하곤 할 말 없어요."

"그럼 강진섬유 얘긴 어떻습니까?"

고집스러워 보이는 입매가 딱딱하게 굳었다.

"그 이름은 어떻게……."

"요즘 아버님 섬유공장 매출이 뛰었던데요. 내수 오더도 쏟아지고 채산도 괜찮고. 현장인력만 확보되면 확 치고 나가겠더라고요, 별 잡음 없이."

이쪽 업계 사람들은 운만 떼어도 행간의 의미를 읽었다. 한기영은 위생장갑 낀 손을 불끈 쥐면서 마주 엄포를 놓았다.

"지금이 예전 시대라고 생각하지 마쇼. 국민신문고에 올리고 직권남용 기사 뿌리면 당신도 옷 벗는 거야."

"전 지방 가서 변호사 개업하면 그만입니다."

"…뭐요?"

"박봉 공무원 그만두면 저야 좋죠. 그런데 아버님은 인생을 거신 생업 아닙니까."

얼빠진 표정을 볼 때, 이런 종류의 협박은 많이 당해보지 못한 것 같았다. 진짜로 쫓겨나면 곤란했으므로 순조는 회유에 나섰다.

"김 선배 비참하게 가는 거 싫어서 그럽니다. 같이 일했던 수사관은 애가 네 살이었어요. 이미 죽은 사람들은 못 살려내도 진실은 밝혀야죠."

아이, 진실. 직업정신의 호소는 늘 잘 먹혔다. 마침 가게 TV에서 뉴스 헤드라인이 깔리고 있었다. '검사 피살 14일째… 피의 서초, 세 번째 희생자 불안감 고조.'

긴 침묵 끝에 한기영이 고개를 들었다.

"잠깐만 기다려요."

주방 안쪽으로 걸어간 그는 빨간 뚜껑 소주를 한 병 꺼내서 돌아왔다. 종이컵 두 잔에 꽉 차게 따르더니 순조에게도 하나를 권했다.

"빈소에 못 가서. 향은커녕 술 한 잔도 못 올렸어요."

한기영은 분향소에 못 간 죄책감을 소주로 털었다. 몇 잔 연거푸 들이키고는 대뜸 물었다.

"김한주 검사를 얼마나 압니까?"

"모릅니다. 친한 동생이라는 건 거짓말이었습니다."

전직 기자는 대답을 듣고 웃었다.

"솔직하시네. 김 검사는 가지런한 대나무 같은 사람이었습니다. 악을 순수하게 증오하고 또 척결하는. 그 과정에서 자기 몸엔 뭐가 묻든 개의치 않았어요."

뉴스 화면이 바뀌었다. 김한주의 계좌를 추적한 결과, 3년간 심부름센터 이용 내역만 117건이 나왔다는 내용이었다. 포털 댓글에선 불법 수사의 증거라는 비난과 사비로 수사에 나섰다는 변론이 뒤엉키고 있었다.

"그래서 적도 많았습니다. 곤란한 기사만 써달라고 덤벼서 기자들이 다 피하기로 유명했죠. 특종도 특종 나름이지, 그런 야마*를 어떻게 데스크로 냅니까."

"기자님한테는 뭘 부탁했습니까?"

"브로커 명단의 폭로. 성추행 검사의 공론화."

"그럼 그때 내신 기사도……."

한기영은 쓸쓸하게 끄덕였다.

---

* 야마(山) : 기사의 주제, 핵심 등을 포괄하는 언론계 은어.

"거절하는 게 맞았지만, 당시엔 뭐에 홀렸는지 국장님까지 설득했습니다. 평생 판검사 밑이나 닦으면서 콩고물 주워 먹고 살 바엔 제대로 터뜨리자고. 우리가 쥔 패가 대한민국을 뒤집을 수 있다고 생각했었죠."

"그래서, 터뜨린 다음에는?"

"말 그대로 신문사가 사라졌습니다. 싸우고 자시고 할 것도 없었어요. 같이 일하던 선배한테 듣기론, 기사가 5분도 안 돼서 내려가더니 국장님이 뛰쳐나갔다고 합니다. 그러고는 다음날 공문이 내려왔습니다. 재정악화 및 내부사정으로 파산 절차에 들어간다고."

당시를 회상하는 듯, 수염자국 선명한 뺨이 굳었다. 순조는 가장 중요한 질문을 꺼냈다.

"보도 내용은요? 받은 자료가 아직 있습니까?"

한기영이 고개를 가로저었다.

"기사 자체는 대단찮았습니다. 법조계 브로커 명단을 단독으로 입수했고, 내부 확인절차를 거친 뒤 공개하겠다는 속보였죠. 자료들도 회사가 없어지면서 폐기됐고요."

"김 선배는 어떻게 알았다고 합니까?"

"브로커가 있었다던 것 같습니다."

그렇다면 납득이 갔다. 이중첩자가 명단을 가져다주고 김한주는 살생부를 작성했을 것이다.

'급했던 모양이지. 1보로 셔터를 내릴 정도면.'

그래서 포기하신 겁니까. 순조는 하려던 질문을 삼켰다. 작은 폭력으로도 인간의 의지는 쉽게 꺾였다.

"어쩔 수 없었습니다."

한기영이 침통하게 중얼거렸다.

"요즘 세상에, 언론사 하나가 통째로 날아가는 게 어디 쉽습니까. 차라리 사람을 보내서 협박하고 때렸으면 악에 받쳐 반항했을 겁니다. 그런데 그 깔끔한 처리가, 소름 끼칠 만큼 정연한 서류와 숫자들과 법률적 깔끔함이… 난 무서웠어요."

"만약 맞서 싸웠다면 계좌를 털었을 겁니다."

"예?"

"거기서 더 버텼으면 기자님의 가족을 건드렸을 거고요. 처음에는 협박편지, 다음은 뺑소니 사고, 그런 걸로 시작해서 납치나 감금까지 했겠죠. 혼을 좀 내주고 미제로 뭉개는 게 그쪽 동네 방식이라."

침묵 속에서 앵커의 목소리가 끼어들었다. '오늘 오전, 건설노조 총궐기집회에서 폭력 사태가 발발했습니다. 주모자 장씨와 김씨는 도주했으며, 경찰은 자세한 사건 경위를 확인하는 한편……'

"옳은 선택이었다는 얘깁니다. 적어도 기자가 아닌 반평생은 지키셨으니까요."

"지금 조롱하는 거요?"

"칭찬입니다. 못 찌를 것 같으면 도망쳐야죠."

한기영은 한동안 종이컵 테두리를 만지작거리다가 미심쩍은 목소리로 물었다.

"진짜로 검사 맞아요? 법조인이 아니라 뭐, 어디 지명수배범 같은 소릴 하시네."

죽인 사람의 숫자로는 웬만한 연쇄살인마를 웃돌긴 했다. 순조는 소스로 더러워진 나이프를 내려놓았다.

"지은 죄가 많긴 합니다."

*

순조는 계산대 앞에서 지갑을 꺼냈다. '오늘 뉴스 주인공은 바로 나' 스티커가 붙은 거울이 입구에 걸려 있어, 계산하는 고객의 모습이 비쳐 보였다.

카드를 받아 결제하던 한기영이 말했다.

"나는 큰 신문사의 주필이 되고 싶었어요. 칼 대신 펜으로 엄혹한 시대를 헤쳐나가는 진짜 지식인요. 그런데 지금 남은 건 검사들, 경찰들 술 상대나 하느라 썩은 간뿐입니다."

"외람된 말씀입니다만, 다리도 그때……."

한기영은 쓰게 웃었다.

"만나는 사람마다 그렇게 묻더라고요. 취재하다 찜질 당한 거냐고. 소아마비를 여섯 살 때 앓았어요."

"아, 저도 잃었던 친구가 있습니다."

"그분은 잘 지내시죠?"

다리를 절던 '쩔뚝이' 남수는 희국보육원 2층 세 번째 방에서 불타 죽었다. 아마 신경마비도 배고픔도 없는 세상에서 마음껏 뛰놀고 있을 것이다. 자길 낳아 내버린 부모와 태워 죽인 권가 놈을 증오하면서.

순조는 계산한 카드를 다시 받았다.

"예. 종종 안부도 주고받네요."

*

지하철을 타러 내려갈 때였다. 개찰구 앞에서 양 계장한테 전화가 왔다.

"예."

"검사님, 저 지금 남지웅 검사님 방 지원 가는 중이에요. 나오면서 검사님 생각나서 연락드렸어요."

"무슨 일 있었습니까?"

"아까 차 검사님이 찾으시던데요. 검사님 앞으로 퀵도 하나 왔고요."

차미도가? 동기야 넘어지든 자빠지든 관심이 없었지만 퀵은 얘기가 달랐다. 순조는 에스컬레이터를 걸어 내려갔다.

"우리 방에 두셨나요?"

"아뇨. 차 검사님이 가져가셨어요. 두 분 하시는 내사에 필요하다면서요."

언제였는지 문자 두 시간 전이라고 했다. 지검을 나가자마자 소포가 왔다는 소리였다.

'그걸 빼돌렸다고? 내용물을 뻔히 알면서?' 예상치도 못한 도적질이라 뒤통수가 다 뻐근했다. 그는 반대쪽 귀를 누르고 물었다.

"누가 봤습니까?

"네?"

"퀵이 온 걸 본 사람이 누가 있냐고요."

"저랑 실무관님요. 아, 검사님 방까지 갖다 주신 총무과 직원분도. 그런데 그건 왜……"

"일단 끊겠습니다. 계장님은 신경 쓰지 마세요."

저편에서 양 계장이 뭔가를 말했으나 지하철 들어오는 소리에 묻혔다. 끊고 나니 문자가 한 통 와 있었다. 진주지청에 있을 이은수의 번호였다.

─수첩, 유서, USB 칩. 복사본은 없음.

이로써 절도범이 훔친 물건들이 밝혀졌다. 내선을 연결해 묻자 미도네 방 수사관은 차 검사가 몸이 좋지 않아 일찍 퇴근했다고 했다.

미도는 전화를 받지 않았다.

도주로

문자 몇 통이 연달아 들어왔다.

—지금 어디야?

—가져와. 네가 위험해질 수도 있어.

—점유물이탈횡령에 증거은닉은 실형감이야.

—그만 전화 받지.

협박과 회유가 에이스답게 능수능란했다. 미도는 일어서서 옷을 벗었다. 마침 새로 넣은 플레이 리스트가 나오고 있었다.

그녀는 속옷을 잘 개어 놓고 욕실로 들어갔다. 물이 거의 찬 욕조에 배스 밤을 통째로 풀었다. 공 모양 입욕제는 물에 넣자마자 녹으며 욕조를 은하게 빛깔로 물들였다. 동아는 너무 많아 처치가 곤란하다며 외계인 알처럼 쌓인 입욕제들을 보여주곤 했다.

미도는 욕조에 등을 기댄 채 눈을 감았다.

이은수. 진주지청의 선배 검사는 중앙지검으로 폭탄을 보내왔

검사의 죄

다. 수첩과 칩 하나, 편지 한 통이 다였지만 내용의 파급력은 어마어마했다. 그녀는 검사실 컴퓨터에 USB를 꽂았다가 급히 서류뭉치로 모니터를 가렸다.

'얼굴 대조', '증거', '녹취' 같은 이름의 파일들이 폴더 안에 들어 있었다. 첫 파일을 열자 1분쯤 되는 CCTV 영상이 재생됐다. 마주 서 있던 여자 두 명 중 한쪽이 다른 한쪽의 뺨을 올려붙였다. 박새롬으로 보이는 여자는 픽 쓰러지더니 움직이지 않았다. 이후 수행원이 뛰어와 박새롬을 업고 화면에서 사라졌다.

다음 파일에선 얼굴인식 대조 결과가 나왔다. 대진그룹 3남, 진석용의 배우자 주연희와 영상 속 여자의 안면부는 99퍼센트 일치했다. 나머지 파일은 사건 정황증거를 모은 자료집이었다.

'대진그룹의 며느리가 텐프로 아가씨를 죽였다.'

첫 문장은 이렇게 시작했다. 사건 수기에 따르면, 박새롬은 육종찬 사장의 소개로 고위공직자들의 비밀파티에 나갔다가 진석용을 만났다. 이후 진석용의 잦은 호출에 부담을 느끼고 잠적한다. 그리고 남편의 외도를 알고 찾아온 주연희에게 살해당했다.

'과실치사에 사체유기, 갖가지 다 하셨네.'

김한주는 사망 원인도 적어두었다. 빈혈을 앓던 피해자가 넘어지면서 머리를 부딪쳐 사망에 이르렀다. 주연희 측은 사체를 갈현教喝現橋 밑으로 옮겨 사고사로 위장했다. 수행원은 바뀌었고, 근처 방범용 폐쇄회로의 모든 칩이 사라지거나 그 시간대만 잘려나갔다고 기록되어 있었다. 영상은 당시 주차 중이던 차주의 블랙박스를 수소문 끝에 얻은 원본이라 했다.

"…사님."

미도는 황급히 창을 끄고 고개를 들었다. 남 수사관이 묘한 표정으로 그녀 앞에 서 있었다.

"아니, 사무실에서 야동이라도 보세요?"

개소리를 받아줄 정신이 없었다. 그녀는 던져뒀던 소포 박스를 챙기며 지시했다.

"수사관님. 퀵이나 좀 불러주세요."

"퀵은 갑자기 왜요?"

"그럴 일이 있어요. 수사관님이 결제하시고, 현금으로 드릴 테니까 얼른."

남 수사관은 툴툴대면서도 하라는 대로 했다. 다음 순서는 USB 파일을 검사실 컴퓨터에 옮기는 거였다. 파일이 가는 동안 동아에게 문자를 보냈다.

─집으로 퀵 하나 갈 거야. 누나 목숨보다 중요한 거니까 잠깐만 맡아줘.

개인 카드내역은 조회해도 설마 수사관의 카드로 긁었으리라곤 생각지 못할 것이다. 지하철 물품보관함이니, 무인 택배보관함이니 하는 곳에 어설프게 숨길 바엔 이쪽으로 빼돌리는 게 안전했다.

그녀는 눈이 뒤집힌 동기가 쫓아오기 전에 아예 조기 퇴근을 해버렸다. 지금 소포는 가게로 출근한 동아의 가방에 있었다.

욕실 천장에 맺힌 물방울이 떨어졌다. 미도는 수면을 저어 물결을 일으켰다. 김한주를 죽인 흉기는 두 자루였다. 대진그룹의 기획 수사와 고위공직자 인명첩. 담금질이 덜 된 칼날은 부러지면서 주인을 찔렀다.

수첩에 적힌 면면들은 화려했다. 경/검 간부는 물론, 법무부 및 행정부 산하 장 차관급 공무원들의 이름과 비위가 일렬횡대로 늘어섰다. 밝혀지면 사법부를 넘어 국가를 흔들 만한 양이었다. 김한주는 꼼꼼하게도 로비 자금, 송금 루트, 죄목까지 전부 채워놓았다.

동료들을 죽인 살생부를 쥐고도 공포심은 들지 않았다. 무엇을 두려워한다는 말인가? 이 수첩만 있으면 조직 역사상 두 번째 여 검사장도 꿈은 아니었다. 34년 만에 처음으로, 그녀는 자신이 쥔 칼의 손잡이를 느꼈다.

미도는 숨을 들이켜고 거품 속으로 들어갔다.

물밑은 안온했다. 위를 올려다보자 저녁놀빛 거품들이 흐릿한 형광등 밑을 떠다녔다. 바다 깊은 곳으로 들어가, 산호초 틈에 몸을 누이고 잠들 날을 기다리는 고래가 된 기분이었다. 검사실에서 읽었던 김한주의 유서가 따라내려와 속삭였다.

나는 실패했다.

임관하여 열세 번의 겨울을 거치며, 그동안 신실하고 성실하게 수천 건의 사건들을 맡아 처리했다. 간혹 불법적인 일에도 손을 댔다. 내 힘만으로는 수사를 진행할 수 없고, 악인을 기소할 수 없었기에 행했던 위법이었다. 검사라는 신분은 악과 싸우기에 때론 나약했다.

현실의 검찰 조직에서는 영화 속 검사가 탄생할 수 없다. 나는 혼자 싸우려 했기에 실패했다. 거악을 뒤쫓으며, 나는 이 나라의 뿌리까지 닿아 있는 암적 덩굴들을 보았다. 기업, 국회, 재단, 법원…… 사회의 요직에서 대한민국을 떠받치는 이들이 브로커에게 명예와 도덕을 팔고 있었다. 이 수첩은 그들의 명단을 적은 살생부다. 칩의 영상은 대진그룹의 3남, 진석용의 부인 주연희가 유흥업소 직원 박새롬을 우발적으로 살해한 뒤 사체를 유기한 증거물이다.

공책을 복사하기 전, 모든 글은 육필로 썼다. 필적 감정을 거치면 내 필체임이 밝혀질 것이다. 이는 내 말이 힘을 가지게 하는 증거다. 현직 검사가 권력에 쫓기면서 만든 명부. 이 명부를 통해 죄 있는 자가 벌을 받고 죄지은 자가 두려워하기를 바란다. 산 권력에 관대하고 죽은 권력에 엄혹한 검찰이 변화하기를 바란다.

비단 검찰만이 아니다. 판사, 경찰, 그리고 국민들이 바뀌어야 한다. 뼈를 깎는 노력으로 그 자리에 올라간 자들은 결코 특권을 내려놓지 않는다. 국민의 눈으로 감시하라. 시민의 힘으로 경계하라. 공명정대와 정의를 입과 손으로 부르짖지 말고 몸으로 행하라. 비겁한 짐승들만 사는 곳에서 정의로운 맹수는 나지 않는다.

대한민국은 타락한 정치인과 고상한 판사와 자존심 센 검사와 겁많은 국민들 속에서 썩어왔다. 권력이 두려워도 굴복하지 말라. 독재자에게 힘을 주지 말라. 만 명을 단숨에 벨 수 있는 칼은 없다.

이 편지가 공개됐을 때는 내가 죽었거나 감옥에 있는 상황일 것이다. 나는 내가 행한 죄의 값을 치르겠다. 불가피하게 떳떳하지 못한 일을 하였다면, 그것은 나라는 칼이 충분히 날카롭지 못해서였다.

과분한 정의를 꿈꿨다.
나를 견뎌주었던 이들에게 미안하다.

미도는 숨을 토하며 수면으로 나왔다. 거품들이 밀려나가며 검

붉은 물이랑을 만들었다. '죄송하지만 선배님, 제가 잘 쓸게요.'

장려한 수사, 검찰혼을 깨우는 명문名文이었지만 결심을 돌리기엔 모자랐다. 그녀 혼자서 저들을 칠 수도 없었다. 결재를 올리는 순간 증거품 압수에 위험분자로 찍혀 감시당하는 신세나 될 것이다. 조직이 향하는 바는 명명백백했다. '싸우지 못할 적에겐 칼을 뽑지 마라.'

불현듯 한기가 들었다. 미도는 팔을 뻗어 변기 위 휴대폰을 집었다. 권순조한테 온 부재중 전화가 5통, 문자메시지는 12통. 메신저에는 오늘 보기로 한 애들의 톡이 3백 개가 넘었다.

퇴근하자마자 그녀는 친구들에게 연락을 돌렸다. 동아네 가게에 함께 갔던 호스트바 멤버들이었다. 차 검사가 나온다고 하자 일사천리로 번개가 결성되어, 을지로 쪽 피자집에서 진탕 먹고 마시기로 했다.

—근데 차검이 웬일이래? 부부장인가 달기 전까진 술 안 마신다면서.

—몰라. 놀다 죽을 거야.

미도는 막 뜬 톡에 답하며 욕조에서 나왔다. 이를 닦으려는데 칫솔 색이 헷갈렸다. 초록색이었나, 노란색? 그녀는 컵에 그득한 칫솔 중 하날 집어 치약을 짰다.

냉장고를 열자 '꼭 챙겨 먹어!'라고 포스트잇이 붙은 도시락이 있었다. 동아는 안에 뭘 넣었을지 모른다며 여자들이 준 음식을

검사의 죄

먹지 않았다.

'그럴 거면 가져오질 말든가, 아깝게.' 덕분에 요즘은 밥값이 굳었다. 그녀는 두유를 하나 챙겨 나와 버스를 탔다.

*

펍은 시끌벅적했다. 한동안 술을 입에 안 대기도 했고, 초반부터 급하게 마셔서 취기가 금방 올랐다.

"야, 얘 왜 이렇게 달려?"

"출근해야지. 너 또 새벽에 나가야 되잖아."

B와 P가 말렸지만 미도는 손을 저었다.

"놔둬, 이제 스타 검사 될 텐데 뭘 상관이야?"

노가리를 찢던 L이 깔깔 웃었다.

"차미도가 그런 말도 하네? 꼰대에 개저씨에… 세상 좆같은 건 검찰에 다 있다고 하더니."

미도는 맥주잔 3분의 1까지 소주를 채웠다. 나오는 노랫소리가 승진 축하 팡파레로 들렸다.

"좆같으면 좀 어때. 내가 더 좆같은 년이야."

"오케이. 우리 검사님께 건배!"

"건배!"

맥주잔들이 부딪쳤다. 미도는 흘러넘치는 소맥을 쭉 들이켰다.

평소엔 친구들의 눈치를 봐가며 배를 채웠던 안주도 마음껏 집어 먹었다. 당장 낼 돈은 없었지만 곧 생길 거라 생각하니 부호가 된 기분이었다. 그녀는 신나게 웃고 떠들다 잔이 비면 얼른 채우라고 소리를 질렀다.

눈을 떴을 때는 공용화장실 앞이었다. 소변이 마려워 들어가려 는데 웬 남자가 그녀를 밀치고 지나갔다. 그녀는 문을 열려는 티셔 츠 등판을 확 떠밀었다. 넘어질 뻔한 남자는 화를 내며 돌아보았다.

"씨발, 뭐야?"

"너도 나 밀었으니까, 쌍방과실."

"이거 순 미친년 아냐?"

미도는 휘청거리면서 직원증을 꺼냈다.

"나 검산데, 너 집에 돈 많냐?"

"그게 무슨……"

"칠 거면 쳐. 쌍방이라도 네가 먼저 쳤으니 불리한 거 알지? 요 즘 심신미약이라고 형량도 잘 안 깎아주는데, 수임료 3백씩 내고 법원 불려다닐 거면 더 해보든가."

남자의 표정이 실시간으로 변해갔다. 돈, 법, 형량이 오가는데 술이 안 깰 대한민국 국민은 드물었다.

"내가 잘못… 죄송합니다."

결국 사과가 딸려나왔다. 검사 명패로 겁을 줬으니 오히려 그녀 쪽이 특수협박죄였으나, 저런 머저리가 위력의 작용이고 무형력이고 알 리 없었다.

"사람 봐가면서 설쳐라. 술은 조용히 처먹고."

무지한 자들을 길들이는 것은 메스꺼우면서도 짜릿했다. 한바탕 하고 나자 요의도 사라졌다. 미도는 의기양양하게 자리로 돌아와 또다시 잔을 비웠다.

2차로는 B가 단골이라는 라운지바에서 샴페인을 뿌리며 놀았다. 그때쯤엔 뱃속에 든 게 위장인지 피처인지 구분이 안 갈 정도였다. 비척비척 화장실로 가, 변기에 얼굴을 처박은 것을 마지막으로 기억이 끊겼다.

*

"누나!"

누가 귀에다 소리를 질렀다. 머리는 쑤시고 뱃속은 물 내린 변기처럼 소용돌이쳤다.

"일어나라고. 야, 차미도!"

버릇없이 이름을 부르는 게 딱 동생이었다. 그녀는 뒤틀리는 위장을 움켜쥐고 신음했다.

"뭐야… 왜."

"누가 왔어. 누나 회사 동료래."

술기운이 날아갔다. 미도는 후다닥 일어서다가 이불에 걸려 넘어질 뻔했다. 푸르스름한 문간에 권순조가 서 있었다.

"우리 집은 어떻게 알고 왔어?"

"인사파일 뒤졌지. 많이 마신 것 같던데."

숨을 쉴 때마다 목구멍 밑에서 시큼한 냄새가 올라왔다. 눈치 없는 동생이 문을 열어주긴 했지만, 어차피 여긴 아무것도 없었다. 그녀는 태연하게 대꾸했다.

"알면 나가줄래? 시간이 몇 신데 남의 집에……."

"좀 들어갈게."

불청객은 허락도 없이 신발을 벗고 올라왔다.

"뭐야, 뭐 하는 거야?"

뒤에서 미준이 어깨를 붙잡았지만 종이인형처럼 밀려나 나뒹굴었다. 동생을 뿌리친 순조는 원룸을 휘둘러보았다. 개수대부터 화장실까지 쭉 훑은 시선이 옷장에 머물렀다.

"야, 너 이거 가택침입이야."

"네가 한 건 절도고. 기소하게 하지 마."

그 말을 듣는 순간, 적반하장으로 화가 치솟았다. 미도는 비웃음을 머금었다.

"기소? 그게 될까?"

"뭐?"

"대한민국 사법부가 다 내 편인데, 누가 기소하고 누가 영장을 내? 그 수첩만 있으면 대법관 노친네들도 몸이 달걸?"

순조는 빤히 보다가 중얼거렸다.

"마음을 정했군."

분노라곤 느껴지지 않는 목소리였으나, 미도는 침이 마르는 것을 느꼈다. 불안은 그가 팔짱을 끼고 미준과 그녀를 번갈아 볼 때 더 커졌다. 여기서 누구를 족쳐야 입을 열지 계산하는 고문기술자의 눈빛이었다. '이 새끼, 뭐 하려는 거야?' 넘어진 동생은 아직도 끙끙거리고 있었다. 허우대는 멀쩡한 놈이 자기보다 한 뼘은 작은 노땅한테 발리는 걸 보니 속이 터졌다.

"돌멩게."

그때 쉰 목소리가 들렸다. 그녀는 얼굴이 달아오르는 것을 느꼈다. 죽은 듯 누워 있던 아버지가 일어나 말하고 있었다.

"아빠, 누워 있어."

"충주사과, 고등어회, 오미사꿀빵, 빼때기죽."

"누워 있으라고!"

미도는 빽 소리를 질렀다. 아버지가 조용해지자 이번에는 미준이 고함쳤다.

"아빠한테 소릴 지르고 그래, 너나 닥쳐!"

분노와 수치심이 뒤섞여 부글거렸다. 멍청한 동생과 하필 지금 잠이 깬 아버지, 무엇보다 이 모든 상황을 만든 그녀 자신에게 화가 치밀었다.

"어디다 숨겼지?"

"그따위로 묻는데 잘도 말하겠네요. 검사님."

가택 침입범은 그녀가 비아냥거리든 말든 계속했다.

"내가 아니라 대진에서 추적할 거야. 휴대폰 수발신만 분석해도 리스트가 나오니까. 주변 인간관계를 뒤지면 누구한테 맡겼는지 알아내긴 쉽지."

미준은 입까지 벌린 채 실시간 법정공방을 관람하고 있었다. 어디 검사드라마 촬영장에 견학이라도 온 표정이었다.

"그 사람한테 보냈지? 지난번에 박새롬 건 알아봐 달라고 부탁했던 남자."

"착각은 자유……."

"지검에는 보는 눈이 많아. 네가 가져간 건 진작 전달됐을 거고… 지금쯤 회수할 사람이 갔겠군."

순조는 태연하게 말을 이었다.

"전화나 걸어봐. 슬슬 찾아왔을 시간인데."

"닥쳐. 지금 할 테니까."

그녀는 눈을 부라리며 전화를 걸어 스피커로 돌렸다. 동아는 금방 받았다.

"어, 누나."

"너 무슨 일 있어?"

"뭔 소리야?"

"모르는 번호로 전화 같은 게 왔냐고."

"응. 몇 번이나 누나 이름 말하면서 소포 어쩌고 하길래 그런 거 모른다고 했지. 요즘 보이스피싱은 이렇게 하나?"

얄미운 동기 놈은 그것 보라는 듯 어깨를 으쓱했다. 미도는 이마를 짚었다.

"너 지금 어디야?"

"집이지. 잠깐만, 누가 왔는데……."

"열지 말라고 해!"

권순조가 갑자기 소리를 쳤다. 그는 휴대폰을 낚아채 가더니 명령했다.

"이동아 씨, 문 여시면 안 됩니다. 차 검사 물건 가지고 계시죠?"

심지어 동아의 이름까지 알고 있었다. 끼어들 틈도 없이 다음 지시가 이어졌다.

"경찰을 부르기엔 늦습니다. 아마 그 전에 뚫고 들어올 거예요. 방범창을 뜯고 뛰어내리세요."

문이 잠겼는데 어떻게 들어와? 코웃음을 치려던 참에 요란한 소음이 들렸다. 전화 저편에서도 알아들을 수 있는 전동드릴 소리였다.

동아는 판단이 빨랐다. '뭐야, 누구야.' 하면서 시간을 잡아먹지 않고 현 상황을 브리핑했다.

"…저, 여기 3층인데요."

*

"아오……."

동아는 무릎을 꿇고 신음했다. 왼쪽 발목이 시큰거리면서 아팠다. 모기장을 뜯고 뛰어내릴 때 접질린 것 같았다. 그나마 창 아래에 잡초투성이 화단이 있어서 부러지는 꼴은 면할 수 있었다. 그는 흙이 다 묻은 신발을 보면서 피눈물을 삼켰다.

'리셀로 팔리던 디자이너 콜라보인데……'

그래도 저승길 열차보다는 나았다. 현관문에서 드릴 소리가 들린 순간, 소름이 쫙 돋았다. 문을 따고 들어온 놈이 뭘 할지야 안 봐도 뻔했다.

"나왔어요. 어디로 가요?"

휴대폰에 묻자 기계 같은 목소리가 지시했다.

"최대한 멀리. 경찰서로 가지 말고. 직접 따돌려요."

동아는 호주머니를 더듬었다. 차 키는 다 두고 와서 오토바이 키밖에 없었다. 대놨던 오토바이로 절뚝거리며 가던 중, 창문에서 시커먼 형체가 뛰어내렸다. 후드에 마스크까지 써 얼굴을 가린 남자였다. 상대는 다리도 안 아픈지 무시무시한 속도로 달려오기 시작했다.

'아니, 무슨 터미네이터야?'

손이 떨려 헛돌던 열쇠가 키 박스에 꽂혔다. 시동을 걸고 출발하자 남자는 50미터쯤 따라오다 멈췄다. 동아는 오토바이를 세우고 소리쳤다.

"아저씨! 또 뛰어와 봐!"

남자는 좀더 효율적인 방법을 택했다. 뒤에 오던 택시를 세우더니, 차창을 부수고 기사를 끌어내렸던 것이다.

이내 주인 바뀐 택시가 발진했다.

'미친… 할증 풀렸다고 슈킹을 해버리네.'

소포 내용물은 청자켓 안에 다 들어 있었다. 가죽수첩이랑 USB랑 편지지 한 장. 클러치를 당기다 보니 옛 추억이 새록새록 떠올랐다.

선수 생활 전엔 몇 년간 라이더를 했었다. 퀵서비스 업체라 배달하는 물건들도 다양했다. 개목걸이, 김치 찬합, 줄넘기랑 생리대. 문제는 물건이 위험하거나 받는 사람이 위험할 경우였다. 보이스피싱 공범 혐의로 불려가기도 하고, 남의 유골함을 전해줬다가 조폭들한테 두들겨 맞은 적도 있었다. 영화에서나 현실에서나 운반책은 소모품으로 갈려나갔다.

급정거한 소나타가 클랙션을 울렸다. 동아는 방향을 틀어 골목으로 뛰어들었다. 차 한 대도 아슬아슬한 너비였으나 택시는 쓰레기들을 깔아뭉개면서 따라 들어왔다. 벽돌에 긁힌 차체에서 불티가 우수수 날렸다.

'야, 보험 들었어도 엄청 깨지겠는데.'

선수들은 사람도 물건도 견적을 잘 냈다. 술만 먹는 손님에서 공사 칠 가치가 있는 관리 대상으로 넘어갈 때 금액이 정해졌다. 최소 2백⋯ 최대 3천⋯ 명품 몇 짝⋯ 전셋집 하나 등등.

미도는 '안전보유자산'이었다. 변호사 유료 자문이 3분에 10만 원쯤 된다고 하니, 법률적 문제가 생기면 생길수록 돈을 아낄 수 있었다. 경찰서 마당발인 마담 형은 잘 잡아두라며 신신당부했다. 평검사 인맥이라도 남들은 없어서 못 본다는 거였다.

꼭 그 이유만은 아니었지만 잘 해주긴 했다. 쉬는 날이면 불러서 밥을 먹이고, 집에 들어가기 싫은 눈치면 재워 보냈다. 한번은 야식을 먹으러 갔던 닭발집에서 가게 선수들과 마주친 적이 있었다. 만취한 놈 하나가 미도를 훑더니 '이동아 다 죽었네' 하고 낄낄 웃어젖혔다. 동아는 웃는 놈 가슴팍을 콱 밀쳤다.

'여자친구야, 씹새들아.'

우린 무슨 사이야? 미도는 묻지 않았고 이쪽도 굳이 말하지 않았다. 집에 돌아와, 그는 손님에게 전염성 독감이 옮았다는 메시지를 보내며 되뇌었다. '공사는 아냐. 아무튼 아니야.'

나중에 생각해보니, 왠지 가족처럼 느껴져서 그랬던 것도 같았다. 원래 사랑이란 헌신적이고 대가 없는 존재 아닌가. 공사를 안 쳐도 되고 콘돔을 안 챙겨도 되는. 친누나는 남자친구의 애를 배서 집을 나간 뒤로 몇 년째 연락 두절 상태였다.

검사의 죄

따라오던 택시는 보이지 않았다. '그럼. 차 가지곤 딸배 못 잡지.' 동아는 여유 있게 주변을 둘러봤다. 아까 들은 남자 목소리로 추리해볼 때, 미도도 누구한테 잡혀 있는 것 같았다.

그는 잠시 오토바이를 세우고 붉은 지붕 빌라의 우편함에 수첩을 넣었다. 적혀 있는 도로명주소도 확실히 봐두었다. 경화로 42-1… 나중에 돌아와 챙기면 될 것이다. 다른 건 몰라도 남의 집 주소랑 여자 번호 외우는 데엔 자신이 있었다.

사거리엔 오가는 차가 없었다. 동아는 건널목에 오토바이를 세우고 신호를 기다렸다. 스마트폰을 꺼내려 청재킷 주머니를 뒤질 때, 뒤에서 달려온 택시가 그의 오토바이를 들이받았다.

동아는 건너편 인도까지 날아가 떨어졌다. 충돌의 순간은 야만스럽고도 잔혹했다. 무지막지한 고통에 발가락이 꽉 오그라들고, 사지는 뒤틀린 채 작동을 멈췄다. 머리에서 뜨뜻한 핏물이 흘러내려 보도블록을 적셔갔다.

"……"

입을 벌렸지만 쌕쌕대는 소리만 새어나왔다. 택시에서 내린 남자가 걸어오는 것이 시야에 보였다.

곧 눈앞이 어두워졌다.

*

클래식 선율이 불빛 위를 흘렀다.

장호걸은 아래를 내려다보았다. 헤드셋을 쓴 여자가 무릎을 꿇고 정성스럽게 발을 씻기는 중이었다. 이 마사지샵은 안이 훤히 비치는 삼베저고리를 관리사들에게 입혔다.

옆에서는 라운딩 멤버들이 나란히 앉아 발마사지를 받고 있었다. 왼쪽은 기획재정부 1차관이었고, 오른쪽은 대법관 출신 로펌 대표, 또 그 오른쪽은 개국일보 문화재단 이사장이었다. 네 명이 분당의 신규 오픈 홀에서 심야골프를 친 다음 이쪽으로 왔다. 요즘은 퇴폐업소 의혹 없이 '합법적으로' 피로를 푸는 서비스가 고위 공직자 사이에서 인기가 좋았다.

나인홀을 돌며 하반기 추경예산의 집행계획이 부서 발 뉴스들과 함께 오갔다. 대통령은 민심을 업고 임기 후반부에 대대적인 인사를 단행할 생각이었다. 새로 온 법무부 장관이 수사권 조정을 강력하게 주장하던 반 검찰파라, 추후 힘 싸움 구도도 그려놓아야 했다.

'총장 임명 재가裁可가 내일이니까……'

장호걸은 후텁지근한 피로를 느꼈다. 현 총장은 검찰 역사상 손에 꼽을 만한 레임덕에 스스로 들어가 있었다. 사외이사 생각밖에 없는 병신을 어르고 달래 법무부와 대치하도록 만들기까지 무수한 노력이 들어갔다. 아무리 후임자 내정에 덕을 봤대도 닭 못 잡는 칼을 보긴 답답했다.

검사의 죄

"아내랑은 좀 어때?"

차관이 물었다. 마사지사들에게 음악이 나오는 헤드셋을 씌워 뒤서 엿들을 염려는 없었다.

"집에 있지."

"집에 있어."

그를 뺀 이사장과 변호사가 대답하고 너털웃음을 터뜨렸다. 그도 빙그레 웃었다. 수뢰, 부정청탁, 금품수수 등의 비위행위로 15년씩은 받을 자들과 골프를 치고 술을 마신 것이 반평생을 넘어 갔다. 덕분에 인사청문회에서 큰 잡음 없이 후보자 검증을 마칠 수 있었다.

'우물에 독을 타야 뱀을 죽일 수 있다.'

마사지는 곧 끝났다. 발에 향유를 발라 주무르던 여자들이 종 종걸음으로 퇴장하고, 사장이 와서 직접 인사를 올렸다. 라운딩 멤버들은 다른 층에 있는 각자의 차로 흩어졌다. 엘리베이터에서 내리자 대기하던 기사가 문을 열어주었다.

"잠깐 기다렸다 출발해."

차들이 나가길 기다리는 동안 그는 오늘만 두 갑째인 담배를 피 워 물었다. 세컨 폰에 들어온 보고들을 확인하자 '44기 문희철'이 보낸 문자가 찍혀 있었다.

—강 국장이 항복했습니다. 영상을 지우는 대가로 택지개발권 을 넘기겠답니다.

과연 믿음직한 일 처리였다. 짧았던 현역 시절부터 검사를 그만 둔 지금까지, 희철은 합법과 불법을 가리지 않고 그를 보필했다.

'속이 보이는 것만 빼면 완벽하지.'

문씨들은 늘 그랬다. 16년 전의 문 검사도, 심복을 자처하는 문 변호사도 같았다. 처음 봤을 때 문희철은 우상을 모시게 되어 영 광이라며 허리를 숙였다. 그는 감춘 증오를 한눈에 파악했다. 살의 를 품은 혀에서는 비린내가 났다.

언제까지 버틸까 지켜본 것이 10년이었다. 다른 개들이 도망치 는 와중에도 문희철은 배신하지 않고 옆을 지켰다. 이번에는 물겠 지 싶었을 때조차 맹목적인 충성을 바쳐서, 가끔은 그조차 헷갈 릴 때가 있었다.

'군자의 피를 물려받았어. 쉽지 않았을 텐데.' 장호걸은 수염이 올라온 턱을 쓸었다. '내치는 게 낫지 않겠습니까?' 문희철을 들였 을 무렵, 당시 수석검사가 염려를 표했다. 그는 호쾌하게 괜찮다고 했다. 변론할 기회를 주지 않는 것은 법관의 도리가 아니었다.

장기판 위의 말들은 부지런히 움직였다. 화요일에는 부총리와 저녁 식사가 있었다. 수요일에는 치안총감과 점심, 전 서울시장과 저녁을 같이 한 뒤 평창동 사택으로 여당 의원 두 명이 축하를 올 예정이었다.

이후에도 고위공직자들과의 식사로 몇 주가 꽉 들어찼다. 요즘 검사장 부속실 직원은 제 일보다 그의 스케줄 관리가 더 바빴다.

"어디로 모실까요?"

앞자리의 기사가 물었다.

"평창동으로."

그는 대꾸하며 셔츠 단추를 끌렀다. 담배 때문인지 에어컨을 틀었는데도 끈적거리는 땀이 배어났다.

평검사 시절… 불과 30년 전만 해도 나라는 혼란스러웠다. 최루탄이 터지고 성난 학생들이 거리로 나오던 시절, 부패와 폭정이 만연하던 시대였다. 의기 있는 검사들은 스스로 옷을 벗거나 찍혀 나갔다. 국민의 혈세를 빨아먹는 도둑놈들을 쳐낸 대가는 '꼴통 망나니'로 찍혀 통영으로 쫓겨나는 일이 다반사였다. 남강이 보이는 청사에서 그는 칼을 갈았다. 타협 없는 정의는 나약했고, 나약한 정의란 불의와 같았다.

'내 한 몸을 바쳐서라도 검찰을 바로 세우려 했다.'

할 수만 있었다면 흔쾌히 목을 내놓았을 것이다. 그러나 약자의 목숨과 빈자의 목숨, 서울에서 밀려난 일개 평검사의 목숨은 평등하게 하찮았다.

가슴 안쪽이 울렸다. 그는 해외번호로 걸려온 전화를 받았다.

"그래."

"죄송합니다. 물건 확보에 실패했습니다."

행방을 포착하고도 놓친 것은 실망스러웠으나, 어차피 삼키기엔 큰 고기였다.

"됐어. 이상한 짓이나 못하게 감시해."

"예, 알겠습니다."

"그리고 또?"

"권순조가 한기영을 찾아갔습니다. D와의 연결고리를 알아차린 것 같습니다."

장호걸은 엊그제 밀어 까끌한 머리를 쓸었다.

"더 날뛰면 귀찮으니 그만 쫓아내. 알아보라던 건?"

"원주의 보육원에서 큰 화재가 있었습니다. 당시 관계자들과 접촉 중이니 내막이 곧 나올 겁니다."

원주, 또 그 이름이 나왔다. 그의 옛 근무지이자 골칫덩이 후배와 함께 일했던 곳이기도 했다. 그는 지켜보라고 지시하고 전화를 끊었다.

권순조의 평가는 하루 사이 뒤집혔다. 점찍어둔 보검에서 반역을 모의한 망나니로. 뿌려둔 정보통은 형사 3부 평검사가 김한주 내사에 들어갔다는 소식을 전했다. 옷 벗는 게 안 무서운지, 최단거리로 지르는 수사 솜씨는 젊었을 적을 생각나게 했다.

'굽히고 쓸만한 개가 되겠고, 반항하면……'

한낱 검사가 죄를 벗어날 수는 없었다. 성추행과 배임 횡령, 불법 청탁을 뒤집어씌우면 제아무리 강직한 인간도 얼마 못 버티고 굴복했다. 혹은 제 손으로 약을 삼켰다. 그는 콘솔박스를 열어 하루 분량씩 나눠 둔 진통제를 물도 없이 털어 넣었다. '구영이는 달

랐지. 날 겨눴으니까.'

딱 한 번, 직접 손을 쓴 적이 있었다. 막 서부지검 차장으로 내정이 확실시됐을 시기였다. 정보원은 믿는 도끼가 배신을 준비한다고 귀띔해주었다.

며칠간 수색작업을 거치자 증거들이 발각됐다. 가장 아꼈던 후배는 그를 담글 계획을 세우고 있었다. 대범하게도 같은 지청의 옆방 지붕 아래에서.

감히 발등을 노렸으니 도끼 자루를 꺾어야 마땅했지만, 그는 양복을 벗고 후배의 검사실로 찾아갔다.

"문 프로, 퇴근 안 하나?"

후배는 공판 자료를 정리하고 있었다. 놀라지 않고 적을 맞는 태도에선 검사다운 기백이 느껴졌다.

"예. 이것저것 일이 많아서요."

"너무 열심히 하지 마. 건강 상한다."

후배는 잠깐 손을 멈췄다가, 빙그레 웃으며 안경을 올렸다.

"제가 안 하면 누가 하겠습니까."

"자네가 안 해도 누군가는 해. 이 바닥 순리 몰라? 무너질 초가삼간은 내버려둬도 내려앉아. 섶 지고 달려간 놈만 맨 먼저 타죽는 거야."

정적이 깔렸다. 모든 것을 알고 온 선배의 회유에도 흔들리는 기색은 없었다. 문구영, 당시 부장을 앞두고 있던 젊은 검사는 그의 눈을 똑바로 보며 말했다.

"부장님, 좌천되셨을 때 쓰셨던 수기를 저도 읽었습니다. 제 후배들한테도 한 권씩 선물해줬고요."

"언제 적 얘기를……."

"추상열일의 칼날로, 불요불굴의 신념으로 나아가라 배웠습니다. 아무도 앞장서지 않는다면 어떻게 법치가 바로 서겠습니까."

다음날은 후배가 서울에 가는 날이었다. 그는 지청을 나오면서 전화 한 통을 넣었다. 열네 시간 뒤, 인근 산길을 내려가던 SUV가 가드레일을 들이받고 추락했다는 기사가 떴다. 구형 스포티지는 전소됐고 생존자는 없었다.

"역사는 돌고 돌아."

"예? 뭐라고 하셨습니까?"

기사가 반문했다. 장호걸 검사장은 고개를 젓고 입안에 남은 캡슐 조각을 씹어 삼켰다. 쓸쓸하고 기름진 지방산의 맛이 오래도록 남았다.

*

뺨에 따뜻한 감촉이 닿았다.

순조는 눈을 뜨고 또렷해질 때까지 깜빡였다. 잠든 사이 옆으로 온 고양이가 얼굴을 핥고 있었다.

검사의 죄

그는 일어나서 부엌으로 갔다. 찬장에서 약을 꺼내어 커피포트에 받아놓았던 물로 삼켰다. 이제 남은 캡슐들은 일주일치가 조금 안 됐다.

직무해제 통보가 온 것은 새벽이었다. 징계위원회 담당자는 졸음이 묻은 목소리로 설명했다. 부적절하고 독단적인 내사, 검찰의 위엄과 신망 손상으로 직무 수행 부적격 판정이 내려졌으니, 곧 대검찰청 감찰연구과에서 사람이 갈 거란 얘기였다. 순조는 대충 답하고 전화를 끊었다.

징계가 결정된 지 사흘 만에 직무가 해제됐다. 징계심의기일이 되지도 않았는데 옷을 벗기는 것은 전형적인 조직의 수법이었다. 내부엔 관대하며 외부엔 엄격한 검찰권이 가족에게 발휘된 것이다.

'잘 됐어, 출근할 필요도 없고.'

덕택에 휴일도 아닌데 숙면을 취했다. 전날은 네 시간, 그 전날은 두 시간을 잔 걸 생각하면 휴가가 따로 없었다. 소파에 앉아 있으려니 오늘 예정된 배당사건들이 생각났다. 사건번호 182-192. 폐지 줍는 노인의 쓰레기차 민사소송 건. 사건번호 911-82. 여섯 명이 서로를 고소한 특수폭행 사건. 사건번호 2111-42. 사장 딸과 야반도주한 펀드매니저 배임 사건……

김한주의 소포는 찾지 못했다. 미도의 운반책, 이동아라는 호스트바 선수는 염창동 사거리에서 사고가 난 채 발견되었다. 오토바이는 박살이 났고 사람도 깨졌다. 빼앗겼는지 빼돌렸는지, 이송

된 병원으로 찾아갔으나 증거품은 가지고 있지 않았다. 의사는 하퇴부와 원위부 분쇄골절이라며 전치 20주는 나올 거라 말했다.

아들아, 왜 가만히 있느냐?

식탁에 걸터앉은 아버지가 물었다. 권순조에겐 정당한 의문이었다. 평소였다면 병실에 찾아가, 베개로 얼굴이라도 눌러 숨긴 곳을 알아냈을 터였다.

그러나 그는 움직이지 않았다. 붙을 쪽과 버릴 쪽이 극명해졌음에도 그랬다. 실용적이며 합리적인 생존 본성은 검사장에게 전화를 걸길 거부했다.

'개처럼 꼬리를 말 것이냐, 아니면……'

아직 최악의 상황은 닥치지 않았다. 그는 여전히 강력한 수사기계였고, 어디다 박아둬도 써먹을 가치가 있는 현직 검사였다.

쉽게 당하지 않을 자신도 있었다. 순조는 거실에 꺼내놓은 병장기들을 둘러보았다. 인간병기가 문을 따고 쳐들어오면 카트리지가 충전된 문희철 표 테이저건이 기다렸다. 전기침이 옷에 막히더라도 날 90센티미터, 폭 4센티미터의 환도는 위협적이었다.

기다려야 하는가, 떠나야 하는가. 몇 가지 시뮬레이션이 돌아갔다. 김한주의 수첩을 차미도가 가지고 있는 경우, 대진그룹 및 검사장과의 거래가 끝났을 경우, 도망치던 이동아가 제3자에게 넘겼을 경우, 핵심 증거품 없이 영장이 나올 가능성은?

'없다고 봐야지.'

순조는 일어나 배낭을 싸기 시작했다. 미도는 김한주의 유품을 돌려주지 않을 것이다. 그는 가정방문 한 번으로 확신했다. 이미 명분은 욕망에 잡아먹혀, 제 가족들이 어떻게 되고 말고는 중요치 않았다. 그의 동기는 지극히 검사스러운 사고로 움직이고 있었다.

고양이가 종아리 근처를 맴돌았다. 계좌의 돈을 모조리 찾으면 1억 2천만 원쯤이 나왔다. 차는 중고차 장터에 넘기고 새 매물로 갈아탈 생각이었다. 싼 달방을 잡으면 어딜 가도 당분간은 여력이 됐다. 수원이나 안양쯤에 숨어 판도를 보다가⋯⋯.

현관 벨이 울렸다.

그는 한 손에 테이저건을, 다른 손에 환도를 쥐고 현관으로 갔다. 인터폰 화면에는 얼굴 대신 넥타이만 보였다. 이만큼 키가 큰 작자는 한 명뿐이었다.

"무슨 일입니까?"

문희철은 흰 비닐봉지를 화면에 들이댔다.

"치킨 배달이요."

문을 열자 희철은 제집 들어오듯 입성했다. 거실의 짐을 둘러보더니 휘파람을 불었다.

"이민이라도 가시려고?"

"여권이 없어서 출국 못 합니다."

순조는 테이저건을 겨눈 채 말했다. 정작 총을 판 사람은 겨누든 말든 개의치 않았다.

"시간 날 때 만들어둬. 불법으로 배 탈 생각 말고."

"무슨 일로 오셨습니까?"

"색 좋네. 방검복인가?"

희철은 반문하며 퍼질러 앉았다. 24시간 착용 중인 방검복은 이제 한 몸인 양 자연스러웠다. 그는 봉지에서 치킨 박스를 꺼내 펼쳐놓다가, 순조가 겨눈 테이저건 총구를 빤히 올려다봤다.

"앉아. 닭 앞에서 싸우면 벌 받는대."

*

전 검사들은 구운 닭을 공격적으로 해체했다. 금세 네 마리 중 두 마리가 뼈만 남긴 채 사라졌다. 손을 닦던 희철이 물었다.

"반려동물을 키울 줄은 몰랐네. 의외야."

들어오면서 물통을 본 모양이었다. 고양이는 낯선 사람이 와서인지 어디론가 사라지고 없었다.

"곧 다른 곳으로 보낼 겁니다."

"넌 언제 가려고?"

순조는 다 뜯은 다리뼈를 빈 상자에 던졌다.

"이제 가야죠. 오늘 아침 직무해제 됐는데요."

"나도 알아. 갈 데는 있냐고."

갈 데가 있어서 갔던 적은 없었다. 고향에서 도망친 떠돌이한테

검사의 죄

연고지란 분에 넘쳤다.

"어딜 가든 여기보단 덜 위험하겠죠."

"이제 검사장 턱 앞까지 왔어. 널 잘랐다는 건 저쪽도 마음이 급해졌단 소리야."

"뒷감당할 자신이 있다는 소리죠. 아마 제 뒷조사도 다 끝냈을 겁니다. 직무해제 사유가 부족하면 만들어서라도 올 테고요."

"그러니까 받아쳐야지. 이길 수 있어."

"다른 검사를 섭외해보세요. 저는 법무사 사무장이나 하고 있겠습니다."

"야, 권순조!"

"잘하는 흥신소 하나 소개해드릴까요? 몇 장 얹으면 고위공무원이라도 담가줄 텐데."

"…이거 진짜 미친놈 아냐?"

미친 것도 맞았고 진심인 것도 맞았다. 수년 전 기준, 8천만 원이면 필리핀이나 태국 출신 칼잡이를 사서 쓸 수 있었다.

'쉬운 길을 놔두고 돌아가려 하니 문제지.'

'잘 먹었습니다' 하고 일어서자 문회철의 표정이 급성장염 환자처럼 변했다. 그러거나 말거나 순조는 옷가지를 꺼내와 배낭에 차곡차곡 쌓았다.

"방금 닭 있잖아, 그거 먹는 순간 계약서에 지장 찍힌 거야. 차미도한테도 소송고지를……."

초인종 소리가 헛소릴 끊었다. 희철은 그가 테이저건부터 쥐는 걸 보고 박수를 쳤다.

"자세 좋고. 이제 형사 다 됐는데?"

인터폰 화면에 뜬 얼굴을 확인했을 때 순조는 조금 놀랐다. 현관문 앞에는 미도가 서 있었다.

*

동아는 자정이 다 돼서 겨우 잠들었다.

입에 낀 산소호흡기에 흐린 김이 서렸다. 폐를 다치면서 호흡 부전이 생겨 한동안은 끼워야 한다고 했다. 드러난 얼굴도 생채기투성이였고, 팔과 다리엔 온통 붕대를 감아 미라가 따로 없었다.

꼬박 하루가 흘렀다. 그 사이 권순조는 직무가 해제되었고 옆방 직원들은 머리를 잃었다. 곧 새 검사가 올 것이며, 해임 전에 옷을 벗더라도 변호사 개업은 쉽지 않을 거라는 의견이 지배적이었다. 그녀는 동기 이야길 묻는 사람들에게 천연덕스레 대답했다.

'잘 모르겠어요. 저도 몰랐던 일이라.'

순순히 떠난 것은 의외였으나, 이보다 더 좋은 상황도 없었다. 갈 놈은 가고 얻을 건 얻었으니까.

동아를 저 꼴로 만든 물건은 지하철역 보관함에 숨겨 놓았다. 달려간 사거리에서는 동아의 옷을 입은 피떡이 앰뷸런스에 실리는 중이었다. 그녀는 구급차에 타고 병원까지 함께 갔다. 이송 도중 동아는 산소마스크를 쓴 채 손을 까딱거렸다. 귀를 대자 들릴 듯 말 듯한 목소리가 흘러나왔다.

"경화로… 42, 1……."

무슨 뜻인지 바로 이해가 갔다. 미도는 입원 수속만 밟고 나와 택시를 잡았다. 수첩과 칩은 주소의 우편함에 들어 있었다.

퇴근 전, 그녀는 검사장 부속실로 연락을 넣었다. 전화는 비서를 거쳐 검사장에게 연결됐다.

"검사장님, 형사 3부 차미도입니다."

"그래, 차 검사."

검사장의 목소리는 부드러웠다. 선서나 회식 때 먼발치에서 듣던 음성과는 또 달랐다.

"드릴 말씀이 있습니다."

"마음을 정했나?"

"…예, 너무 늦어 송구합니다."

"내일 오전에 와. 윤 부장한테 말해두지."

미도는 뺨이 뜨거워지는 것을 느꼈다. 검사장은 이미 수첩의 존재를 알고 있었다. 그렇다면 김한주와 송경백을 죽인 칼잡이도? 아마 그랬거나, 최소한 방조했을 공산이 컸다. 높으신 분들 손짓한 번이면 검사 목쯤은 간단히 졸렸다.

'진작 이랬어야지. 싸울 수도 없는 싸움이야.'

병원비는 동아의 계좌에서 자동으로 빠져나갈 거라고 했다. 의사는 회복된 뒤에도 후유증이 올 수 있다고 덧붙였으나 그녀는 앞의 말만 기억했다. 전화가 들어오던 휴대폰들도 모두 꺼서 머리맡에 올려놓았다. 깨어나면 본인이 알아서 켜볼 것이었다.

삐, 삐… 장비 모니터에 가느다란 선이 이어졌다. 심박동수, 산소포화도, 혈압, 정맥압을 짊어진 파형은 힘겹게 아래위로 오르내렸다. 그 초록색 불빛은 동아가 보내는 신호처럼 보였다. 이제 다 왔어. 어서 가서 네 인생을 살아.

미도는 도망치듯 병원을 나왔다. 심야노선이 있을 버스정류장은 거들떠보지도 않고 택시를 잡았다. 주소를 말하는데 룸미러로 흘끔대는 눈이 보였다.

"왜요, 너무 코앞이에요?"

"그건 아니고… 아가씨 표정이 안 좋아서."

미도는 헛웃음을 흘렸다.

"저 오늘 기분 최고인데요."

실제로 그랬다. 검사장은 그녀를 받아줄 것이다. 이젠 진짜 한 가족이니 각 계층의 유력자들과 연결해주겠지. 그럼 야근 중인 방 사람들한테 야식을 쏠 수도, 사적인 기획 수사에 나설 수도 있었다. 꿈꿔 온 복수를 생각하자 벌써부터 군침이 돌았다. 파혼자를 태닝기계에 넣고 최대 출력으로 열 시간쯤 구워버리는 상상이었다.

가슴이 부르르 떨렸다. 그녀는 흠칫 놀라 휴대폰을 꺼냈다. 문자 발신인은 '형사 3부 권순조'였다.

─그 배달원한테 미안하다고는 해.

"지랄하지 마."

신호에 걸린 택시가 멈췄다. 기사는 이번엔 말을 걸지 않았다.

*

집 앞에서 그녀는 미준과 마주쳤다. 일을 끝내고 오는 길인지, 동생은 웬 사과박스를 들고 있었다. 용무가 없으면 말을 안 섞는 게 불문율이었으므로 지나치려는데 목소리가 들렸다.

"퇴근한 거?"

웬 안부? 고개를 끄덕이자 미준은 우물거렸다. 말을 더 꺼낼까 말까, 갈등하는 표정이 스쳤다.

"그 검사랑 그 검사 때문에 싸운 거지?"

"무슨 소리야?"

대명사의 혼용은 숙련된 법조인도 헷갈리게 했다. 미준이 답답하다는 듯 인상을 썼다.

"집에 찾아온 사람 말야. 예전에 아빠 사업 괴롭혔던 검사 따까리 아냐?"

얼굴이 확 달아올랐다. 동생은 순조를 직장 동료가 아닌 원수로 착각하고 있었다.

미준은 제 누나의 침묵을 부끄러워서라고 여긴 모양이었다. 헛기침을 하더니 화해라고 해도 좋을 속내를 털어놓았다.

"로스쿨 갈 때 그랬잖아. 검사 되고 꼭 복수할 거라고. 막상 지금은 다 잊은 것 같아서… 괜히 빡이 났었어. 외가 쪽 사람들도 우리 도와준댔다가 입 싹 씻었으니까. 섭섭하기도 하고 실망스럽기도 하고……"

더 듣다간 소리라도 지를 것 같았다. 미도는 수치심을 애써 누르며 말을 돌렸다.

"웬 사과야?"

"그때 아빠가 먹고 싶대서. 싸길래 샀어."

미준이 사과박스를 들어보일 때, 벙거지를 눌러쓴 노파가 리어카를 질질 끌며 나타났다. 폐지 노인끼리의 경쟁을 피해 새벽녘에 나온 것 같았다. 둘은 노파가 집 앞 쓰레기더미에서 박스를 끄집어내고, 폐지 더미에 올려 밀고 가는 광경을 지켜보았다.

미준이 말했다.

"아빠, 곧 낫겠지?"

미도는 겨우 고개를 끄덕였다.

"그럼 같이 밥 먹으러 가자, 내가 쏠 테니까. 저 앞에 무한리필 피자뷔페가 일요일마다 할인한대."

"쏘긴 뭘 쏴. 누나가 살게."

미도는 지갑을 뒤졌다. 용돈이라도 주려고 꺼낸 지갑엔 하필 천 원짜리만 석 장 들어 있었다.

"…야, 그만 들어가자. 추워 죽겠다."

동생은 고분고분 짐을 들고 뒤를 따라왔다. 세상에는 변하지 않는 것들이 있었다. 신용카드 연체 기록과 사법연수원 기수, 남의 죄로 밥을 빌어먹는 검사 인생 같은.

"나중에 성공하면 그 새낀 내가 직접 잡을 거야. 요즘은 인터넷에 찾기만 해도 다 나온대. 정 안 되면 사람을 사든 해서, 우리 가족 건드린 놈은 혼쭐을…… ."

미준이 또 뭐라고 말했지만 잘 들리지 않았다. 그녀는 입술을 꽉 문 채 성전처럼 품었던 원수를 그리려 애썼다. 사법연수원 31기, 차씨 집안을 풍비박산 낸 공형필 검사의 얼굴은 흐릿했다.

아버지는 곤히 잠들어 있었다. 오래된 커튼에 새벽의 빛이 스미는 동안, 미도는 뜬눈으로 밤을 새웠다. 그리고 첫차가 뜰 시간에 집을 나섰다.

*

동기의 집 주소는 예전에 찾아둬서 알았다. 문을 연 순조는 드물게 놀란 표정이었다.

"무슨 일이야?"

"좀 들여보내 줘. 할 말 있으니까."

순조는 걸쇠를 풀고 비켜섰다. 들어오고 나서는 미도가 놀랄 차례였다. 신흥 비호감 넘버원으로 떠오른 얼굴이 거실에 있었던 것이다.

"이 인간은 왜 여기 있어?"

문희철은 시큰둥하게 지적했다.

"인간이라니, 선배한테."

"죄송해요. 잠이 덜 깨서."

그들이 서로를 노려보는 가운데 순조가 분위기를 환기시켰다.

"할 얘기 있으면 빨리해. 짐 싸야 되니까."

그러고 보니 거실이 어수선했다. 진검인지 가검인지 구별 안 가는 긴 칼에, 보이스카우트 캠프에서나 쓸 법한 나이프도 보였다. 짐을 싸다던 놈은 그 와중 치킨까지 시켜 먹은 모양이었다. 닭 냄새를 맡은 배가 요동쳤으나 그녀는 당당하게 선언했다.

"얼마 줄 거야?"

"뭐?"

"수첩이랑 칩, 넘기면 얼마 줄 거냐고."

순조는 감탄한 듯 입을 조금 벌렸다. 팔짱을 끼고 서 있던 희철이 평했다.

"말세야. 절도범이 검사랑 흥정을 다 하고."

미도는 돌아보지도 않고 대꾸했다.

"선배님은 빠지시고요."

"남의 물건을 돌려주는데 돈을 달라고?"

"이걸 주면 잘릴 텐데 퇴직금은 받아야지. 너, 무슨 재단 출신이라 돈 많다며."

순조는 희철과 시선을 교환했다. 선배 변호사는 웃음을 꾹 참는 표정으로 말해주었다.

"너희 동기 맞냐? 저 친구 태생이 거지야."

"그럼 없던 얘기로……."

"내가 주지. 대신 차 검사도 참전해."

미도는 어깨를 으쓱해 보였다.

"제가 왜요? 저한테 온 거 토해내기도 바빠요."

"어차피 넌 여기서 발 못 빼. 배신자 아지트까지 찾아왔잖아. 검사장이 자길 물려고 했던 개를 입양 보낼 것 같아?"

"가서 설명하면 되죠. 지나가다 들른 거라고."

"마음에 없는 소리 말고. 고민하다 온 거잖아, 애한테도 미안하고 다친 사람한테 죄스러워서."

정곡을 찔러서 반론할 거리가 없었다. 듣고 있던 순조가 확인사살을 더했다.

"전치 20주, 분쇄골절에 복합골절까지 겹쳤다던데. 회복된 후에도 장애가 남을 거라더라."

판례를 잘 외우는 놈이 병명도 잘 외웠다. 그녀는 위액이 역류

하는 기분에 입술을 깨물었다.

"일 얘기나 하지?"

"자, 후배님들. 싸우지들 마시고요."

문희철이 변호사답게 상황을 중재했다. 너무 자연스러워서 몰랐는데, 저 인간이 여기 있는 것부터가 이상했다. 검사장 끄나풀이 아니었나? 권순조 손에 테이저건이 들린 걸 보면 이미 한판 벌인 것도 같았다.

"시간이 없으니 양측 원고는 협의합시다. 이러는 동안에도 뭐가 터질지 몰라."

긴 손가락이 미도와 순조, 본인을 차례로 가리켰다.

"얘는 돈을 원하고, 넌 안전을 원하고, 난 검사장 목을 원해. 대진을 치면 다 해결되는 일이지."

미도가 반박하려 했으나 순조가 더 빨랐다.

"체급이 안 맞습니다. 수사도 못 들어갈 거예요."

"검사장과 진 회장의 접촉 기록이 수두룩해. 김한주 이전, 다른 검사를 살해 공작한 증거도 있고. 이것만 터뜨려도 팔다리 하나씩은 날리고 시작하는 거야."

순조는 대꾸하지 않았고, 그녀는 머리를 굴렸다. 돌아가는 정황상 이 둘은 한편이었다. 문희철이 내부자였다면, 처음부터 검사장의 뒤통수를 치려고 준비했던 거라면……

"권 검사는 대진을 직접 노려. 차 검사는 너희 부장 좀 설득하고. 영장을 받으려면 그 양반이 필요해."

"부장님을 어떻게 설득해요. 선배님보다 말이 안 통하는데."

"그건 알아서 해야지. 시보처럼 왜 이래?"

희철은 퉁명스레 대꾸하고는 명함을 꺼내 디밀었다. 영문도 모르고 받아들자 화끈한 딜이 들어왔다.

"가족 계좌 중 아무거나 찍어. 큰 걸로 다섯 장, 먹고 안 죽을 걸로 준비해줄 테니까."

"지금 돈 문제가 아니잖아요. 갑자기 대기업 총수 인지수사를 시작한다고요? 상부 지시도 없이?"

"잘못한 놈들은 언젠가 벌을 받게 돼 있어. 봐, 권 검사도 고민 중이네."

분위기가 으스스하게 돌아갔다. 그건 무립니다. 다른 방법을 생각해 보시죠, 할 줄 알았던 순조는 입을 꾹 닫은 채 허공만 응시하고 있었다. 미도는 저 모습을 어디서 봤는지 생각해냈다. 연수원 모의재판에서 상대를 깨부수기 직전에 늘 짓던 표정이었다.

'꼭 저세상 배심원단이랑 의논하는 것 같단 말이지.'

잠시 후, 순조의 눈에 초점이 돌아왔다.

"어디부터 칠 겁니까?"

"야, 미쳤어?"

그녀가 경악해서 소리쳤지만 소용없었다. 저럴 때의 권순조는 자기한테만 들리는 계시를 받고 온 놈 같았다.

"동시에 전부. 채널이 적으면 묻기가 쉬워."

"기업은 몰라도 그룹은 어려운데요. 소송이다, 성명이다 시간을 끌어서 유야무야시킬 겁니다."

"그러니까 잘 해야지. 영장이 나오고, 진석용이를 잡아올 수만 있으면 반은 끝난 거야. 소식을 듣고 주가가 요동치면 해외 투자펀드를 움직여서 대진의 주식을 매입할 거고. 진용대 회장이 가지고 있는 계열사 지분이라고 봐야 9퍼센트도 안 돼."

그룹이 내부 정쟁에 휩싸인 사이 사모펀드가 주식을 매입해간 사례는 더러 있었다. 다만 그룹 전체가 휘청댈 스캔들은 흔치 않거니와, 일가의 파워도 재계 하위서열과 상위서열은 전혀 달랐다.

"아니, 그게 되겠어요? 특수관계인 지분만 다 모아도 방어하고 남을 텐데. 국내 쪽 소액주주들은 한국 기업 편을 들 거예요."

"대진에는 배다른 아들이 하나 있지."

대진의 서자… 기억을 더듬자 대진그룹 회장 진용대의 셋째아들이 어렴풋이 떠올랐다. 기업계에서 아는 사람들은 다 아는 비사였다. 부인이 아니라 잠시 만났던 내연녀에게서 얻은 아들. 경영권 승계에서 밀려나 비인기 계열사나 관리하는 사장이라고 했다.

"진경욱을 내세워서……."

희철은 고개를 끄덕였다. 미도는 변호사 선배의 눈동자에서 익숙한 것을 보았다. 고시원 시절, 이를 악물고 공부할 때 생간처럼 씹었던 원한과 증오였다.

"그룹 주가가 최대한 떨어지게 한 다음, 펀드랑 같이 들어갈 거야. 잘못된 지배구조를 바꾸겠다, 윤리와 도덕을 버린 재벌 일가에게서 이사권을 가져오겠다고 하면서. 진경욱을 앞세워 선전하면 승산이 있어."

순조가 말을 받았다.

"진경욱이 우리 쪽에 동참할까요? 아무리 그래도 제 가족을 등지는 일인데."

"할 거야. 저 친구가 여기 온 것처럼."

갑자기 화살이 돌아왔다. 그녀는 떨떠름해져서 말했다.

"아직 한다고 안 했는데요."

"그럼 나가. 나가서 평생 그렇게 살아. 가족을 위한다는 핑계로 검사도 인간도 못 된 병신으로. 검사장이 주는 찌꺼기나 받아먹으면서."

화를 내려 했으나 화가 나지 않았다. 미도는 희철이 가리키는 현관문과 거실에 널브러진 닭뼈들, 입을 다문 선배와 독촉 없이 서 있는 동기를 번갈아 보았다. 권순조는 말하지 않음으로써 말했다. 지금 가면 잘 살 수 있겠어?

"나는⋯⋯."

그녀는 마른 입술을 달싹였다. 처음 법복을 걸치고 검사석에 섰던 날처럼, 묘한 흥분감과 수치심이 옛 기억을 불러왔다.

지청 여아부에 있을 때의 사건이었다. 이웃집 할아버지에게 강

간당해 항문이 파열된 미성년 피해자가 비척비척 들어와 앉았다. 보호자가 없어 혼자 왔던 아이는 조사 내내 의자가 불편한지 꿈틀거리다가, 믹스커피를 타 주자 안색이 환해져서 말했다.

'누나는 똑똑해서 좋겠다.'

닷새 뒤, 1심에서 피고가 집행유예를 받았다는 소식이 판결문 한 장에 적혀 왔다. 미도는 지구 저편에서 온 전쟁 소식을 잊듯 아이의 얼굴을 잊었다. 맞서 싸울 수 없는 불의는 금방 잊혔다.

"어떻게 할래?"

문희철이 다시 물었다. 손쓸 수 없어 잊은 원한이, 멀어서 무용한 정의가, 이틀 뒤로 다가온 동생의 생일이, 물 아래에서 보았던 빛과 함께 떠내려왔다. 손바닥의 가시를 빼지 않고 방치했던 이는 그녀 자신이었다.

망설임이 지워졌다. 미도는 먹다 만 치킨 박스를 툭 찼다.

"전셋집 하나는 해줘요, 진짜."

검의산 대나무숲

'전화기가 꺼져 있어, 소리샘으로⋯⋯'

또다시 전화가 자동응답으로 넘어갔다. 딸은 여섯 통째 전화를 받지 않았다. 윤 부장은 입술 각질을 뜯기 시작했다. 탁자에서는 떡볶이가 식어가고 있었다.

오늘은 기록적으로 밤 9시에 퇴근했다. 부하의 직무해제를 직접 결재한 것도 역사적인 뉴스였다. 권순조가 날아가고, 오전 업무 회의가 끝난 뒤 이영식 차장에게서 내선전화가 왔다. '요즘 형사 3부 기세가 좋다'라는 칭찬은 조만간 부장들과 저녁이나 먹자는 식사 약속으로 끝났다.

"허수아비 새끼." 그는 상사의 욕을 뇌까리며 수화기를 내려놨다. 상감마마 교서처럼 받들던 윗분 말씀인데도 기분이 좋지 않았다. 권순조와의 통화를 떠올리니 더 심사가 사나워졌다.

"뭐 하고 있냐."

잘린 놈은 태평하게 대답했다.

"그냥 집에 있습니다."

"징계위원회 준비 안 할 거야?"

"출석해 봐야 의미 없을 겁니다. 미리 심의에서 의결을 내고, 어떻게든 해임이나 면직을 시키겠죠."

"아직 모르는 일이야. 이번 징계위에 내가 아는 선배 한 분이 들어가기로 했다. 최대한 힘써 볼 테니까……."

"검사장이 뽑은 칼이라 무를 일은 없습니다. 괜한 미움 사지 마시고 부장님도 몸조심하십시오."

"권순조, 너 이런 놈이었어?"

"죄송합니다. 그간 감사했습니다."

"야, 임마!"

그러더니 전화가 끊겼다. 그는 수화기를 내려놓고 울화통을 참았다. 싹싹하던 놈이 따박따박 대거리하는 꼴을 보니 배신감마저 들었다. 개를 쫓아내면 들개가 된다지만 그래도 한 가족 아니던가.

지금은 분노가 불길함으로 변했다. 학원 마칠 시간이 훌쩍 지났는데도 딸은 들어오지 않았다. 아이는 아빠를 불편하고 어려워하면서도 메신저로 연락은 잘 남겼다. 수학여행을 간다, 용돈이 필요하다, 회비를 내야 한다 같은. 그는 딸을 잘 몰랐지만, 딸에게 자주 어울리는 친구들이 없다는 것은 알았다.

검사의 죄

납치율 몇 퍼센트, 미성년 성범죄 몇 퍼센트 하는 수치들이 초파리 떼처럼 머릿속을 떠다녔다. 권순조가 끊기 전 남긴 말도 불안을 부추겼다. '부장님도 조심하십시오.'

'이놈, 설마 죄송하다고 한 이유가…….'

정말로 앙심을 품었을 수도 있었다. 검사장은 가족이 없고 부장 쪽이 더 만만하니까. 아니면 그 검사 살해범인가? 아니면 새로운 놈, 검사 윤택중에게 원한을 가진 누군가가 또…….

긴 세월 동안 사법기관을 좀먹어 온 불안감과 두려움이 손발을 싸늘하게 식혔다. 바로 이 어둠이었다. 형사로도 검사로도 미지의 폭력이 덮쳐오면 그는 무력한 약자가 되었다. 검찰청 출입 기자들이 신나게 써서 올릴 기사 꼭지가 스쳐 갔다. 중앙지검 형사부장 자녀 납치, 생사불명에 범인은 행방 미상.

의자가 날아가 박살났다. 정신을 차려 보니 손바닥이 긁혀 피가 흐르고 있었다. 그는 미친 사람처럼 주소록을 뒤져 학원 번호를 찾아냈다.

"선생님, 저 희지 아빱니다."

세 번이나 전화를 받았던 선생은 슬슬 귀찮아진 것 같았다. 그는 아, 예… 하며 목소리를 끌었다.

"아직까지 안 와서 그런데요. 혹시 학원에서 무슨 일 없었습니까? 마치면 제격 들어오던 애가 몇 시간이나 연락이 없으니 걱정돼서요."

"아버님. 걱정 마시고 조금만 기다려 보세요. 지금이 옛날도 아니고… 대치동 한복판이 얼마나 안전한데요. 애들끼리 노래방이라도 가서 놀고 있을 거예요."

끽해야 30대일 남자 선생이 옛날 운운하는 걸 들은 순간 눈이 뒤집혔다. 날마다 검찰청과 경찰서로 몇 건의 폭행치사 신고가 들어오는지도 모르면서.

"집 가는 길이 무서웠던 적 없어요?"

"네?"

"내 딸은 열일곱 살 여자앱니다. 당신이 뭘 알아서 안전이니 뭐니 지껄이냐고."

말하던 도중 구역질이 올라왔다. 그는 전화를 끊고 현관문을 부서져라 밀었다. B1, B2… 지하주차장으로 내려가는데 딸이 올지도 모른다는 생각이 났다. 서둘러 다시 올라와 메모지에 휘갈겨 썼다. '너 찾으러 나간다. 오면 아빠한테 전화해라.'

직업적 대처가 생각난 건 차를 탔을 때였다. 112에 전화를 걸어 관할지구대 여청과로 돌리는 시간이 터무니없이 길게 느껴졌다. 그는 전화를 받은 여경에게 고함을 쳤다.

"실종신고요. 이름은 윤희지, 주민등록번호는……."

"신고자분, 진정하시고요. 지역이랑 주소, 나이부터 말씀해주시겠어요?"

조급함을 꾹꾹 누르며 말하자 침묵이 이어졌다. 여경은 한참 만에 다시 말했다.

"접수되었습니다. 자제분이 귀가 중일지도 모르니, 일단은 댁에서 기다려주세요."

"접수고 뭐고 실종수사팀 풀라고. 학원에 형사들 보내고 기지국에 신호 요청해. 위치추적은 할 수 있잖아!"

"신고자분, 마음은 알겠지만 저희도 절차가…."

"나, 중앙지검 강력부장 윤택중이야. 지구대장한테 전해. 애한테 무슨 일 생겼으면 무사 못 할 줄 알라고."

협박을 퍼붓고 끊었으나 분이 풀리질 않았다. 강 팀장한테 연락해야 하나? 아니면 동기 변호사? 운전하며 뒤진 주소록에는 도움이 될 놈이 없었다. 큰맘 먹고 전화를 건 3수사팀장은 지난번 일로 단단히 삐진 것 같았다. 심드렁하게 자기 관할이 아니라더니, 요즘 애들 갈 데나 알아보라며 끊어버렸다.

"개새끼, 내가 해준 게 얼만데."

부장님이 받아먹은 것도 많잖습니까? 양심 밑바닥에서 부하랑 닮은 목소리가 빈정거렸다. 그는 난폭하게 클랙슨을 눌러 오토바이들을 몰아냈다.

학원가는 10분 거리였다. 차를 세우고 뛰어내렸지만 정작 어디로 가야 할지를 몰랐다. 그는 24시 동물병원과 스크린 야구장, PC방과 보드게임 카페 한복판에 서서 주변을 휘둘러보았다. 우산도 없이 비를 맞는 거구를, 가방 멘 학생들이 흘끔거리며 지나갔다.

요즘 애들… 요즘 애들이 어디서 뭘 하던가? 그가 아는 요즘 애들은 7~8년 차 미만 부하들, 마지막 사법고시를 패스한 애송이들, 로스쿨 출신으로 검사가 된 반편이 법조인뿐이었다. 울음 같은 속삭임이 새어나왔다.

"희지야."

까맣게 떨어지던 빗방울이 굵어졌다. 윤 부장은 양복 겉옷을 벗어젖히며 소리쳤다.

"희지야!"

대답은 없었다. 비탄에 차 돌아설 때, 건널목 떡볶이 가게에서 딸이 나왔다.

그는 눈을 깜빡였다. 잠시 후엔 더 놀랄 일이 벌어졌다. 딸을 뒤따라 몇 시간 전 지검에서 본 얼굴이 나왔던 것이다. 딸과 나란히 서서 웃던 차미도는 우산 비닐을 벗겼다.

"……."

안도감이 사라진 자리에 격노가 끓어올랐다. 둘이서 여태 뭘 하고 있었느냐고, 달려가 호통을 치려 했으나 몸은 통나무처럼 뻣뻣했다. 그는 멍청하게 서서 팔을 내려뜨렸다. 딸이 웃는 모습을 본 것은 아내가 떠난 뒤로 처음이었다.

두 사람도 이쪽을 본 것 같았다. 미도가 우산을 펴자 딸은 망설이는 듯하다가 횡단보도를 건너왔다. 빗물이 뺨을 적시며 흘러내리고 있었다.

검사의 죄

*

비는 아파트에 도착해서도 계속 내렸다. 딸을 올려보낸 뒤, 그는 납치범을 끌고 흡연장으로 갔다.

"무슨 짓이야."

따라온 미도가 빤히 되물었다.

"무슨 짓은요, 화장품 사고 떡볶이 먹었는데요."

윤 부장은 벨트 위로 걸친 엄지에 힘을 주었다. 그러지 않으면 뻔뻔한 낯짝에 딱밤이라도 한 대 놓을 것 같았다.

"그런데 연락을 안 해?"

"희지 휴대폰 배터리가 없었다니까요. 바로 귀가하려고 했는데, 희지가 이 앞 로드샵 좀 들르면 안 되겠냐고 했습니다. 자긴 학원에 학교 친구가 없어서 갈 사람이 없다고요. 그래서 같이 고르고는 밥 먹이고 나왔습니다."

"아니, 화장품이 필요하면 주문을 해야지……."

용돈은 매달 1일, 차고 넘칠 만큼 줬다. 친구가 없으면 물건을 못 사는 법이라도 있다는 말인가? 그는 답답함을 꾹 참고 담배를 한 대 뽑아 물었다.

"왜 왔나?"

"네?"

"왜 내 딸을 찾아왔냐고. 목적이 있을 거 아냐. 권순조 복직에 힘이라도 써달라고?"

"아뇨. 검사장을 구속시킬 겁니다."

그는 헛웃음을 참았다. 허황되기 짝이 없는 포부를 보니 권순조에게 세뇌당한 것이 분명했다.

"며칠 있으면 총장 자리로 가실 분이야."

오늘 아침, 사실상 예정되어 있었던 총장 발령이 청와대 쪽 소식통으로 확실해졌다. 중앙지검 내에서도 부장급 이상은 다 아는 얘기였다.

"무슨 상관입니까? 대법원장이라도 죗값은 치러야죠."

미도는 자기도 담배를 꺼내더니 '실례하겠습니다' 하고 불을 붙였다. 윤 부장은 희한한 기분으로 부하의 맞담배를 지켜보았다. 부서 막내들이 막 나가는 꼴이 불쾌하면서도 우스웠다.

"그래서 부장님 도움이 필요합니다. 체포영장 좀 내주세요, 대진그룹 주연희랑 진석용한테."

익숙한 이름들이 나왔다. 검사장의 뒤를 봐주다던 민정수석 장인 쪽 라인이었다.

"내 마음대로 낼 수 있는 게 아냐."

"부장님이 청구하실 수 있잖습니까. 사유는 저희가 가져오겠습니다."

"덩어리가 크잖아. 대기업을 전면에서 치는데, 그런 건 독단적으로 못 해. 최소한 차장님한테는 보고를 올려서 상부 쪽 승인을 받아야 돼."

어두워지는 후배의 얼굴을 보며 윤 부장은 자학적인 모멸감에 사로잡혔다. 조직 안에는 수많은 이해관계가 나무뿌리처럼 얽혀 있었다. 그 역시 처가 쪽 지원이 없었다면 수도권 검찰청을 전전하지도 못했을 것이다. 장인은 사위에게 돈을 댔고, 그는 참담함을 참으며 종종 판사실로 전화를 걸어 '잘 좀 봐 달라'는 청탁을 남겼다.

담배를 비벼 끈 미도가 결심한 듯 말했다.

"징계위원회에 연락하셨다고 들었습니다."

"뭐?"

"이번 징계위, 사유가 부당하고 절차도 준용되지 않았다면서, 송 교수 편으로 무혐의의결을 주장하셨다면서요."

송별학 법학교수는 이번 징계위에 위촉된 위원이자 한때 모셨던 스승이었다. 이틀 전, 학회가 열리는 모교로 찾아가 사정을 설명했으나 반응은 냉담했다.

거절당한 것보다 그 이야기가 평검사 귀에까지 들어간 사실이 어이가 없었다. 그는 무뚝뚝하게 대꾸했다.

"심의일만 확인한 거야. 위원회 내부 일은 어떻게 손쓸 방도가 없어. 손을 써서도 안 되고."

"부장님, 어차피 이대로는 차장 못 가십니다."

차미도는 대담하게도 상사의 코앞에서 검사 경력에 악담을 늘어놓았다.

"몇 년 더 버텨서 어찌어찌 달 수는 있겠죠. 대신 저기 어디, 시골 지청에 유배되실 겁니다. 서울 한번 올라올 때마다 네 시간씩 걸리는 촌구석으로요."

"그게 뭔 상관이야? 차장 찍고 옷 벗으면 변호사 개업식에 오는 손님들이 달라져."

"희지는 어쩌시려고요. 벌써 아빠랑 말이 안 통한다는데."

갑자기 말문이 막혔다. 윤 부장은 눈을 껌뻑거렸다.

"희지가, 뭐가 안 통해?"

"아까 들었어요. 아빠랑은 대화가 안 된다고, 어색한 건 싫은데 무슨 말을 해야 할지 모르겠다고. 땅콩이랬나? 키우던 강아지까지 보낸 다음 가벼운 우울증이 온 것 같아요. 한창 예민할 나이에 해소할 창구가 없으니까."

제 아빠만 마주치면 눈부터 피하던 딸이 떠올랐다. 마지막으로 얼굴을 보고 대화한 것이 언제였는지 기억도 나지 않았다. 그 나이 또래 여자아이들이 다 그렇겠거니, 여겼는데 우울증이라니 날벼락을 맞은 기분이었다.

"있을 곳도 문젭니다. 부장님 순환 근무하실 때는 외가에 맡기신다면서요."

"그거야 반포 쪽 처가 어르신들한테……."

"제가 남의 집에 얹혀살아 봤는데, 친척 눈칫밥만큼 괴로운 게 없습니다. 희지가 외할아버지 어려워하는 건 아시죠?"

그는 입을 다물었다. 둘째 희성이가 이제 일곱 살, 미국 교과과정으로 8학년까지 마치려면 한참을 엄마와 체류해야 한다. 그 전에 지방 구석으로 발령이 나면…….

가족들 얘기에 흐려졌던 판단력이 퍼뜩 돌아왔다. 회유랍시고 가져온 조건도 형편없건만, 거기 설득되는 자신은 더 어처구니가 없었다.

윤 부장은 부하의 맹점을 지적했다.

"그러다 나란히 옷 벗으면? 징계위로 찍혀나간 검사는 변호사 개업도 못 해."

"이참에 헬스장 하나 차리시죠. 아니면 외종숙한테 부탁해서 연수원 교수직이라도 만들어 드리겠습니다."

그는 기어이 폭소를 터뜨렸다. 뱃속 어딘가의 웃음보라도 눌린 것처럼, 발작적인 웃음을 멈출 수가 없었다. 몸도 못 가누도록 웃어젖히다 고개를 들자 미도가 불편한 표정을 하고 있었다.

"그, 생각해보니까 제 부탁을 안 들어주실 수도…….'

"됐어. 권순조는?"

"아까 만나고 오는 길입니다. 같이 하겠답니다."

지금부터가 중요했다. 애송이 외인구단이 칼이라도 뽑아보려면 기회는 한 번뿐이었다.

"담당 판사는 어떻게 구워삶는대도 금방 검사장님 귀로 들어갈 거야. 손발 잘리기 전에 끝내."

"예?"

"영장 내보겠다고. 너무 기대는 말고."

"방금 옷 벗으면 변호사도 못 하신다고……."

"헬스장 차리라며? 센터 낼 돈은 모아뒀어."

차미도가 웃다가 미치신 것 아니냐는 눈빛으로 그를 쳐다보긴 했지만, 어쨌거나 임시동맹은 결성됐다. 작전을 브리핑한 후배는 곧 빗속으로 사라졌다. 그는 외투를 뒤집어쓰고 아파트 계단을 올라갔다.

딸이 청소기를 돌린 듯, 난장판이던 거실은 원래 모습으로 돌아와 있었다. 아까 내던져 부순 의자를 치우는데 다리가 썩은 나무 토막처럼 툭 떨어졌다. 기괴하게 목을 늘어뜨린 장인의 얼굴이 나타났다. '평생 몸담은 조직일세. 배신할 텐가?' 노인이 말했다.

윤택중 부장은 비에 젖은 두 손을 내려다보았다.

'배신은 검사의 죽음과 같다고 가르치셨죠.'

그 말을 했던 이는 죄악을 짊어지고 사법부 총본산에 오르려 하고 있었다.

검사장은 강력한 카리스마로 검사들을 단결시키고 우호세력을 규합했다. 총장 후보자로서 인사청문회에 나섰을 때, 이례적으로 국민들과 위원들의 지지를 모두 얻기도 했다. 넥타이를 끄른 중앙지검의 수장은 카메라 앞에서 열변을 토했다.

'저 장호걸, 벌줘야 할 자에게 벌을 주겠습니다. 산 권력과 죽은 권력을 달리 대하지 않겠습니다. 거악을 겨냥할 수만 있다면, 이 한 몸 기쁘게 분신焚身해 검찰 본산의 두엄이 되겠습니다.'

그는 '장호걸 사단'이 감춘 진실을 알았다. 성역 없는 수사, 민중을 대변하는 법조인……. 그 뒤편엔 야만과 폭력, 은밀한 거래가 짐승의 사체처럼 쌓였다. 검사장이 행해온 사법적 이데올로기란 불의로 칠해진 정의였다.

어깨에 걸쳤던 외투가 떨어졌다. 윤 부장은 넥타이와 셔츠를 벗었다. 젖은 옷가지를 세탁기에 넣고 욕실로 들어가려다 딸의 방문 앞에 섰다. 한참 동안 고민해서 꺼낸 말은 영 멋쩍었다.

"오늘도 고생했다."

*

순조는 로비에 앉아 사람들을 구경했다. 커플 몇 쌍이 캐리어를 끌고 들어왔고, 반바지를 입은 젊은 여자 무리가 우르르 체크인을 했다. 대문자 D를 형상화한 시계가 벽면에서 4시 56분을 가리키고 있었다.

접촉이 온 것은 어제 아침이었다. 희철은 금방 자리를 떴지만, 동기는 밥도 안 먹고 왔다며 남은 치킨을 주워 먹었다. 대진 쪽에서 연락이 왔다고 말하자 미도는 의심부터 했다.

"함정이야. 거기 가면 죽어."

"그럴 거였으면 진작 덮쳤겠지."

"수렵이랑 도축이 같냐? 가는 순간 인질 신세라고요."

"내가 죽으면 너한테 나쁠 것 없잖아. 이 기회에 검사장 신뢰도 회복하면 되겠네."

미도는 닭다리를 뜯다 말고 눈을 흘겼다.

"야, 무슨 말을 그렇게 해?"

"아니면 말고."

납치, 감금, 폭행을 전부 당해본 경험자가 볼 때 아직은 안전했다. 이동아는 그 꼴이 됐으나 적들은 그의 조직을 의식하고 있었다. 미도는 입맛이 달아났는지 뼈를 던져버렸다.

"장소랑 시간이나 말해봐. 날짜도."

그는 그렇게 했다. 목적지는 대진그룹 산하 호텔 상층. 시간은 다음날 17시. 30분 이상 연락이 없으면 가능한 방법을 모조리 동원하기로.

로비의 샹들리에에서 무수히 많은 빛이 떨어져내렸다. 순조는 고대 신전처럼 기둥들이 교차된 궁륭형 천정을 올려다보았다. 차미도가 마음을 바꾼 것은 의외였다. 그 호스트바 직원에게 부채감이 생긴 건가?

순간의 변덕이라 해도 상관없었다. 행여나 다시 변심한다면 그녀의 가족들이 대가를 치를 것이다. 지금쯤 감찰과에 끌려가 갖은 고초를 당하고 있을 염상아 실무관처럼.

'배신엔 대가가 따르지.'

갈비뼈 언저리로 딱딱한 칼자루의 감촉이 느껴졌다. 오후부터 로비에 자리를 잡고 기다렸으나 수상한 이는 보이지 않았다. 적들은 당장 피습할 생각이 없거나, 끌고 들어가서 끝을 내려는 모양이었다.

5시 정각이 되었다. 그는 크기가 중앙지검 민원실만 한 데스크를 지나 엘리베이터를 탔다. 35층, 루프탑 아래층은 호실마다 긴 입구가 있었다. 이어링을 낀 경호원 둘이 서 있다가 그에게 돌아섰다.

"보기로 한 손님입니다."

신분증과 얼굴을 대조해본 경호원이 고개를 끄덕였다. 다른 쪽 경호원이 명령했다.

"옷을 전부 벗어주십시오."

순조는 무표정한 얼굴을 마주 보았다. 옷을 벗기는 행위는 기선을 제압하고 인간성을 무너뜨렸다. 희국보육원에서는 몸을 씻는 동안에도 동작이 굼뜨다며 채찍이 날아들었다. 성인에겐 몽둥이를 썼겠으나, 뼈가 약한 데다 장기를 손상시켜선 안 될 아이들이라 보육사들은 도구를 썼다. 몇 겹으로 꼰 가시덩굴은 살가죽만 쥐어뜯어 지독한 고통을 주었다.

그는 옷을 벗어 개고, 나이프와 테이저건이 매달린 혁대를 바지 위에 올려놓았다. 경호원들은 주렁주렁 달린 무기를 보며 황당한 시선을 주고받았다. 결국 금속탐지기로 엉덩이까지 훑고 나서야 입장이 허가되었다.

"들어가셔도 됩니다."

벌거벗은 몸에 닿는 공기가 선뜩했다. 순조는 맨발로 대리석 바닥을 걸어갔다. 널찍한 내부로 들어가자 원탁에 두 사람이 앉아 있었다.

흰 구레나룻이 턱까지 이어진 노인이 재계 서열 2위 그룹 회장, 용산의 기적을 이룬 진용대였다. 옆에는 정장을 입은 중년 사내가 앉아 있었는데, 어딘지 모르게 조급해 보였다. 순조는 탁자에 기대 둔 연수목 지팡이를 눈여겨보았다.

"오셨는가."

노인이 말하자 고저 없는 기계음이 윙윙거렸다. 후두암으로 성대를 적출하고 삽입한 인공후두의 목소리였다.

"제안할 거래가 뭡니까?"

진용대는 쇳소리를 내며 웃었다. 목에 뚫린 구멍은 피부색과 닮은 마개로 막혀 있었다.

"사시 수석이라더니, 그 꼴로도 당당하구먼."

"근본 없는 출생이 어디 가겠습니까. 흙탕물에서 자란 미꾸라지들이 다 그렇죠."

검사의 죄

적의가 뚝뚝 떨어지는 눈으로 응시하던 진석용이 끼어들었다. 순조는 궁금했던 질문을 꺼냈다.

"살인교사범만 있고 살인범들은 없네요. 나머지 두 분은 어디 계십니까?"

"건방진 소릴……."

진석용의 목이 붉어졌다.

"김한주 검사와 송경백 수사관 살해범은 빼돌리셨겠고……. 아내분께는 따로 인사드리겠습니다. 상해치사 충격이 크셨는지, 요즘은 한남동 자택에만 계신다면서요?"

"야, 이 새끼야!"

고함보다 더 큰, 쩍 하는 소리가 터졌다. 몸을 돌린 진용대가 제 아들의 뺨을 후려갈긴 것이다. 노인은 한심스럽다는 듯 솥뚜껑만 한 손을 내렸다.

"입단속, 여편네 단속, 제대로 하는 게 없다. 그러니 여태 형한테 한 번을 못 이기지."

진석용은 이를 악물었으나 감히 대들지는 못했다. 여든이 넘은 거인은 목소리만 잃었을 뿐, 옛 그리스 사내들처럼 야만적인 활력이 넘쳤다.

"권 검사야. 젊은이와 늙은이의 시간은 다르다."

"그래서 왔잖습니까. 회장님 말씀을 들으려고요."

노인은 노르스름한 눈동자를 빛냈다.

"이승에서 듣는 마지막 이야기라면?"

"이미 조치를 취해뒀습니다. 30분 내로 연락이 없으면 경찰이 올라올 겁니다."

고작 경찰에 위축될 상대가 아니었다. 진용대는 지팡이를 들어 바닥을 한 번 두들겼다.

"칼보다 무서운 건 많지. 원주는 어떻드나?"

드러난 피부에 소름이 돋았다. 순조는 되물었다.

"무슨 말씀이십니까?"

"모른 척 말그라. 전력이 화려하더라."

입을 다물고 있던 진석용이 이죽거렸다.

"사람도 죽이고 불도 지르고, 보면서 아주 놀랐어. 요즘 검사 새 끼들은 칼침 잘 놓는 순으로 뽑나?"

접촉이 왔을 때 했던 예상이 맞았다. 이미 저들은 이쪽의 과거 를 알고 있었다.

"살기 위해선 어쩔 수 없었습니다."

"누군 안 그렇겠나?"

빙그레 웃은 노인이 말을 이었다.

"그 검사랑 수사관이 그룹을 망치러 왔다. 죽이려고 칼을 빼 들 었으면 제가 죽을 각오도 해야지."

'지금이야, 죽여! 젊은 놈은 지팡이로 머릴 부수고 늙은 놈은 목 을 졸라.' 나타난 아이들이 한목소리로 합창했다. 순조는 그가 죽인 망자들의 유혹을 뿌리쳤다.

"회장님 뜻대로 하십시오. 저도 그럴 테니까요."

노인의 얼굴에서 처음으로 웃음기가 사라졌다.

"니 와 그라는데?"

"뭘 말입니까?"

"출세하고 싶어서? 아니면 김 검사 때문이라? 아는 사이도 아니라드만. 사람 죽인 놈이 무신 의리고."

당연히 아니었다. 아버지는 고사하고, 몇 년을 동고동락하며 장기가 여물길 기다리던 보육원 친구들에게도 동료의식은 없었다.

"부탁을 받아서요."

진용대는 흰 구레나룻을 쓰다듬었다. 한 세기에 가까운 삶을 산, 격동과 내란의 일대一代가 주름진 뺨에서 엿보였다.

"부탁. 예전부터 그 부탁 때문에 많이들 죽어나간기라. 왜놈들이 사람 족치는 기관 하난 잘 만들어냈거든. 혼내달라는 연통 하나면 반송장이 돼서 나왔다. 검사국이고 검찰청이고, 그 전통이참 좋았제."

노인은 해방 초기 국가보안법이 공포되던 시대의 이야기를 하고 있었다.

"헌법가치 수호, 적폐 청산, 법관의 정의… 뭐, 듣기는 그럴싸하고 좋은 말이다. 젊은 혈기에 목숨 거니 뭐라도 된 것 같고. 잘만하면 스타 검사가 될 것도 같고. 안 그렇드나?"

진석용도 아버지의 가르침을 경청하고 있었다. 진용대는 고개를 저었다.

"근데 다 허상인기라. 욕망의 허깨비에 불과하다."

"저는 그런 욕망을 가져본 적 없습니다."

"우리 쪽도 흠집이야 좀 나것재. 그럼 니는 뭐 우짤긴데? 지명수배자로 쫓겨 살기라? 평생 공부해서는 이제 겨우 사람답게 살믄서?"

순조는 노인이 착각하도록 내버려두었다. 그는 사법고시에 평생을 걸지 않았다. 희국보육원이 불탄 이후, 유일한 숙원은 세계의 폭력과 맞서 싸울 힘을 얻는 것이었다.

"야, 이거나 봐."

진석용이 아이패드를 꺼내 까딱거렸다. 받아든 화면에는 한 번씩 봤던 이름들이 빼곡하게 떠 있었다. 김정래, 남용구, 서만준, 이시갑… 전, 현직 고위공직자들의 명단이었다.

파일을 터치하자 한층 적나라한 자료들이 나왔다. 룸에서 찍은 난교 영상에 비자금 장부, 녹취된 통화 내역 등 문서화한 비위의 증거만 수십 기가가 넘었다.

진석용이 그것 보라는 듯 거들먹거렸다.

"목줄은 이렇게 채우는 거야. 수첩에 이름 몇 자 쓰고 숫자 베껴 놓는 게 아니라. 그 병신, 벽돌도 못 지는 놈이 산을 떠메려 드니까 대가리가 깨지지."

김한주의 수첩이 폭탄이라면 이쪽은 범국민적 생화학병기에 가까웠다. 지켜보던 진용대가 말했다.

"요즘은 내 손 더럽힐 필요도 없다. 세상이 좋아져서, 칼 쓰는 놈이랑 확성기 든 놈만 사면 되는기라. 그럼 알아서들 몰려가 물어뜯고 묻어준다아이가."

"김한주와 송경백은 직접 살인교사를 하셨잖습니까."

"야, 걔들은 망나니 주제에 감히 덤볐으니까. 목 치라고 길러 놨더니 주인한테 달려들잖아."

"그만, 그만, 권 검사랑 그런 잡놈들하고 같나?"

아들을 말린 진용대가 지팡이로 바닥을 몇 번 두드렸다.

"봐라, 권 검사야. 인간이 옷을 벗으면 다 똑같다. 검사도 죄인도 마찬가지다. 이제 알았으면 쓸데없는 짓 말고, 곱게 검찰청 들어가서 하던 일이나 열심히 하그라. 내 검사 명줄은 안 끊을 테니까네."

그 순간 잊고 있던 풍경이 밀려왔다. 호화로운 스위트룸이 사라지고 누렇게 물든 옥수수밭이 펼쳐졌다. 하늘에는 고추잠자리가 날고 먼 곳에서 경운기 소리가 들렸다. 그는 실오라기 하나 걸치지 않은 알몸으로 밭두렁에 서 있었다. 물만 먹어 볼록 나온 뱃가죽엔 붉은 매 자국이 갈빗대처럼 선명했다.

'아침까지 서 있어. 기어들어오면 처마에 거꾸로 매달아버릴 거니까. 아니면 왜, 그년처럼 도망을 치든지.'

사흘째 굶은 뱃속이 고프다 못해 아렸지만, 집으로 갈 수는 없었다. 아버지는 자기가 한 말은 지키는 사내였다. 허기를 견디는 동안 석양이 내려앉아 세계를 불태웠다.

벌거벗은 허수아비처럼 지는 해를 멍하니 바라보다 시력을 잃을 뻔한 적도 있었다. 손상된 망막은 천천히 회복됐지만 심장 부근의 상실감은 영영 메워지지 못했다. 그것이 마지막 남아 있던 애정과 양심, 죄책감 따위였다는 사실은 오랜 시간이 흐르고서야 깨닫게 되었다.

"내 마지막으로 묻는기라. 권 검사는 때리는 사람이 될래, 맞는 짐승이 될래?"

땀과 눈물을 삼킨 옥수수밭이 대리석 바닥 밑으로 자취를 감췄다. 순조는 내리깔았던 눈을 떴다.

"회장님도 제 아버지 같은 말씀을 하시는군요."

"아버지 같은 말?"

"죄송하지만 둘 다 싫습니다. 검사고 판사고, 공무원은 적성에 영 안 맞기도 하고."

"이 새끼가 보자보자 하니까……."

기어이 일어선 진석용이 뺨이라도 날릴 기세로 저벅저벅 걸어 왔다. 순조는 미동도 하지 않고 장대한 체구의 중년 남성을 올려다 보았다. 상대에게선 고급 시가 냄새와 프랑스제 향수, 인간을 해쳐 본 자 특유의 사나운 누린내가 풍겼다.

진용대 회장이 가래 끓는 기침으로 협상을 마무리했다.

"잘 보니까 호걸이 금마랑 눈깔이 똑같네. 그만 가라, 니랑은 쿵짝 안 맞아서 못 보것다."

한 대 맞고 주먹다짐을 벌여도 괜찮았지만, 그냥 보내준다니 이쪽도 나쁠 건 없었다. 이내 룸 안으로 그의 소지품들이 날라져 왔다. 옷을 입고 나가려는데 진석용이 뒤에서 불렀다.

"야, 원주지청 문구영 기억나지?"

"그게 누굽니까?"

"그때 니 명줄 보존해준 새끼. 어떻게 됐는지 확인해봐."

순조는 정중하게 호의를 거절했다.

"괜찮습니다. 별로 안 궁금해서요."

*

그는 호텔 로비를 가로지르면서 전화를 걸었다. 미도는 몇 초 지나지 않아 받았다.

"어떻게 됐어?"

"결렬됐어. 본격적으로 공격해올 거야."

"이미 잘랐는데 또 뭘?"

"난 어렸을 때 사람을 죽였어. 두 명은 찔러서, 열세 명은 태워서. 이다음엔 직무해제가 아니라 구속을 시키겠지."

미도는 수화기 건너편에서 말이 없었다. 놀랐을 만도 하지, 생각하는데 감탄한 목소리가 돌아왔다.

"나중에 팁 좀 주라. 죽이고 싶은 인간이 있거든."

"폐쇄회로 영상은?"

"부장님한테 넘겼어. 오늘 밤이래."

동기는 윤 부장 포섭에 성공했다. 칼을 뽑는 날짜도 예상보다 더 빨랐다. 낮에는 보는 눈이 많으니, 내부의 감시를 피하려 영장 발부 시간을 앞당긴 모양이었다.

"원본은 가지고 있고?"

"당연하지. 네 쪽에도 보내놨잖아."

"혹시 모르니 잘 간수해. 일 생기면 연락하고."

정문에 발렛이 대기 중이었다. 순조는 차에 타자마자 내리막길을 질주해 내려갔다.

진씨 부자도 그가 나가는 순간 구속령을 터뜨렸을 것이다. 지금부턴 시간 싸움이었다. 과거가 현재를 따라잡는 것, 그들이 대진을 치는 것, 어느 쪽이 더 빠를 것인가.

먹구름 너머에서 천둥소리가 들렸다. 전날부터 내리던 장맛비는 점점 굵어지더니 장대비와 가랑비가 아스팔트를 번갈아 두들겨댔다. 수배가 떨어질 경우, 미도는 경찰 쪽 소식통을 통해 알려주겠다고 했다.

그는 얕은 파도가 철썩이는 도로를 달렸다. 장충동에서 한남동까지 가는 길은 뻥 뚫려 있었다. 호텔에 들어가기 전, 문자 한 통을 보냈다. 답은 없었으나 상대는 약속장소로 나올 것이었다.

카페 창가에서는 선글라스를 쓴 귀부인이 기다리고 있었다. 혼자 오라는 지시가 무색하게 티 나는 일행들이 많았다. 손님으로 위장한 수행원이 세 명… 카운터에도 눈빛이 살벌한 남자가 바리스타인 척 서 있었다.

'이러면 속아주기도 민망한데.'

순조는 부인 앞으로 걸어가 앉았다. 남편보다 열여섯 살 어린 아나운서 출신은 자세부터 귀티가 흘렀다.

"늦어서 죄송합니다. 시아버님을 뵙느라요."

주연희는 선글라스를 살짝 내렸다.

"무슨 말인지 모르겠네요."

"저를 협박하시더군요. 손 안 떼면 죽을 줄 알라고."

내려갔던 선글라스가 다시 올라갔다.

"지금 유도신문 하는 거죠? 증거로 채택은 안 돼도 일단 터뜨려서 스캔들 띄울 거, 다 알아요. 녹음기 앞에선 한마디도 안 할 거예요."

그래도 재벌가 며느리라고 조직의 수법을 알긴 알았다. 순조는 진실을 조금 더 섞었다.

"박새롬이 나온 블랙박스 영상에 부인 얼굴이 찍혔습니다. 불법 녹취를 안 해도 증거는 많아요."

"그럴 리가……."

주연희는 화들짝 옷깃을 올렸다. 흰 여우털 조끼에 머플러까지 둘러 카메라를 방어한 차림새였다.

"뵙자고 한 건 개인적인 궁금증입니다. 왜 죽였습니까?"

선글라스 뒤쪽의 눈이 불안하게 굴러갔다. 순조는 다음 말을 기다렸다. 미리 켜둔 녹음기가 안주머니에서 돌아가고 있었다.

"경찰에 신고할 거랬어요."

"신고라고요?"

주연희는 큰 눈을 내리깔더니 입술을 깨물었다.

"남편이 매춘부랑 놀아났다고 찾아가서 죽이지는 않아요. 사정을 알긴 해요?"

"모르니까 묻는 겁니다."

"한동안 잘해주니까, 슬슬 뜸해진다 싶으니까 그 계집애가 연락을 했어요. 위자료 10억 원이랑 비밀서약 각서를 안 써주면 언론사랑 인터뷰를 잡겠다고. 협박편지가 온 걸 남편 서재에서 보고 알았어요."

검사보다 진술인 쪽이 오히려 몸이 달았다. 주연희는 얼굴을 가리는 것도 잊고 상체를 숙였다.

"왜 강남 쩜오에서 일하던 애가 갈현동까지 갔는지 알아요? 도망간 거예요. 제가 백 실장한테 겁을 좀 주라고 부탁해서 제풀에 이사를 간 거였다고요."

마지막 베일이 벗겨졌다. 백 실장이라는 자가 김한주와 송경백을 처리한 해결사일 것이다. 대진그룹 인물관계도를 뒤지던 중 독특한 이력을 지닌 수행원이 나왔다. 백상익, 30대 후반에 특수부대 출신. 복무 도중 이라크와 아프간으로 파병을 다녀왔고, 아버지는 그룹 전략기획실 전 팀장이었다.

"그깟 돈, 줘버리면 그만이니 사과를 받으러 찾아갔어요. 그런데 내가… 내가 그 사람 와이프라고 하자마자 협박부터 하는 거예요. 불법성매매에 납치, 감금 혐의로 고소 준비 중이라고. 자길 찾아와서 불안장애를 유발했으니 정신과에도 갈 거랬어요."

주연희는 머그잔 손잡이를 꽉 쥐었다. 컵 받침이 테이블에 부딪힐 때마다 달각거리는 소리를 냈다.

"그래서 때렸어요. 너무 화가 나서. 그렇게 될 줄 몰랐다고요."

"사모님 때문에 무고한 사람이 죽었습니다."

"대체 누가 무고한데요!"

순조는 테이블에 비치는 자신과 주연희의 얼굴을 보았다. 살인범들의 낯이 유리에 어른거렸다.

"먼저 협박을 한 쪽이 나쁜 거잖아요. 사람들이야 대기업이 또 서민을 죽였다, 갑들이 갑질했다, 신이 나서 떠들겠죠. 그 검사한테 이런 사연이 안중에나 있었겠어요? 걔가 어떤 애였는지, 진짜 피해자가 누군지는 신경도 안 쓰고, 자기들만 뜨려고 캤겠지."

"박새롬도 김한주도 사람을 죽이지는 않았습니다. 사모님과 사모님 아랫사람이 죽였죠."

"당신이 뭘 알아요. 누구 죽인 사람이라도 있어요?"

"있습니다."

주연희는 자길 놀리냐는 표정이 되었다. 순조는 오늘 두 번째로 과거를 밝혔다.

"절 납치했던 보육원에서 도망칠 때, 원장과 보육사들을 모두 살해했습니다. 함께 끌려왔던 아이들 열두 명도요."

주연희의 목울대가 오르내렸다. 검사가 그럴 리 없다는 의심과 진실임을 감지한 육감이 실랑이를 벌이는 것 같았다.

안주머니에서 나이프 자루를 반쯤 꺼내 보여주자 주연희는 눈을 크게 떴다.

"그거 진짜 칼⋯⋯."

순조는 뽑았던 흉기를 도로 집어넣었다.

"그날 이후, 전 안전강박증 환자가 됐습니다. 경찰이 아니라 제가 죽인 사람들의 유가족이 찾아올까 두려워서요. 은혜는 빨리 잊히지만 원한은 오래 남습니다."

주연희는 더 이상 입을 열지 않았다. 선글라스 안에서 치뜬 눈으로 노려보기만 했다.

"⋯그래서 뭘 어쩌라고요?"

"자수하세요. 누가 더 다치기 전에."

"웃겨. 살인마가 검사 노릇?"

"검사가 할 일이 인간이 해야 하는 일입니다."

대화는 거기서 끝났다. 벌떡 일어난 주연희는 뒤도 안 돌아보고 빗속으로 걸어나갔다. 그녀가 나가자 위장 중이던 수행원들도 우르르 따라나섰다. 순조는 커피를 한 잔 들고 나와 차로 와서 저녁을 먹었다. 전에 사놓은 인스턴트 컵밥이 아직 남아 있었다.

그깟 검사 혼자 뭘 하겠냐는 생각이었는지, 주연희는 유도한 대로 전말을 털어놓았다. 증거로의 효력은 없었으나 폭로용 폭탄으로 쓰긴 충분했다. 그는 저장된 음성파일을 조 기자의 메일로 보냈다.

결전은 가까웠다. 지금쯤 미도가 넘긴 영상 사본이 윤 부장한테 들어갔을 거였다. 부장은 대진그룹 3남의 회유가 끝나는 대로 영장청구에 나설 터였고…….

순조는 차가운 두부를 씹으면서 와이퍼 너머를 응시했다. 미도가 보낸 영상 사본에서 박새롬은 주연희에게 모욕적인 손짓을 취했다. 그 치정이 사실이더라도 변하는 것은 없었다. 마땅하든 안타깝든, 죽음은 죽음으로써 판결문에 적혔다. 정상참작이 항시 무죄는 아니니까.

낮 2시경 문자 한 통이 왔다. 징계 관련 통보는 아니었고, 검사장 부속실에서 직원들에게 보낸 문자였다.

장호걸 검사장님
명일 오전 10시, 총장 임명식 예정.

검사장은 기어이 총장 명패를 거머쥐었다. 인사청문회에서 사소한 의혹들이 불거졌으나 아무도 토를 달지 못했다. 여야를 포섭하고 청와대마저 업은 망나니와 누가 맞서겠는가. 경문고 2인방이 검사장과 민정수석에 오른 순간, 총장 임명은 공식화된 일이었다.

이제 검사장이 대검찰청에 입성할 때까지는 채 열두 시간도 남지 않았다. 권력이 내려준 권력의 이양. 새로운 검찰 수장의 탄생이 눈앞에 있었다.

그는 조 기자에게 전화를 걸었다. 예, 하는 목소리에 긴장한 기색이 역력했다.

"보낸 건 받았습니까?"

"예, 준비도 다 끝냈습니다."

"다시 말하지만 단독으로는 안 됩니다. 1보는 기자님이, 2보랑 3보는 다른 데서 올라가야 해요."

"알고 있습니다. 그럼 영장 집행은 누가……."

"제가 할 겁니다."

칼잡이는 직무 해제된 권 검사가 맡았다. 수색영장이든 구속영장이든 나오는 즉시 지검에서 받아 들이닥치기로 되어 있었다. 윤 부장은 영장이 주연희나 진석용 중 한 명에게는 떨어질 것이라 예상했다. 같은 타이밍에 조 기자가 1보를, 미끼를 뿌려둔 몇몇 언론사가 후속타를 치기로 했다. 언론이 한 차례 불을 지른 뒤엔 유튜브로 장작을 넣을 예정이었다.

　　　　　　　　　　　　　　　　검사의 죄

"몸조심하십시오. 비 오는 게 조금 꺼림찍합니다."

"기자님도요. 늦지 않게 부탁드립니다."

순조는 전화를 끊고 중앙지검으로 출발했다. 싸움을 앞둔 집중력은 극도로 예민해져서, 와이퍼 끝에서 깨져나가는 물방울 파편이 보일 정도였다.

'구속만 시키면 돼. 그럼 끝낼 수 있다.'

윤 부장은 서울고법에 '믿을 만한' 영장담당판사가 있다고 했다. 영장이 나오고, 현장에서 경찰병력을 직접 지휘하면 아무리 검사장이라 한들 손쓸 도리가 없을 것이다. 비상사태를 대비해 미도 역시 지검에 대기하고 있었다. 위기를 느낀 진씨 부자가 백 실장을 움직인다면 오늘 밤일 터였다.

순조는 지검 앞에 차를 세우고 기다렸다.

습격은 없었다.

한 시간… 다시 한 시간이 더 흘러갔다. 번갯불이 내리쳐 차 안의 어둠을 태웠다. 핸들을 움켜쥔 손등에 희고 푸른 핏줄들이 돋아 있었다. 달빛을 받아 하얗게 도드라지던, 작고 마른 아이의 손이 그 위로 겹쳤다.

'미안하다는 말을 했던가?'

희국보육원에 끌려온 아이들은 대부분이 고아거나 연고 없이 떠돌던 부랑아였다. 유가족이 찾아오긴 고사하고 장례조차 선뜻 하겠다고 나서 주는 이가 없었다.

몇 년이 지나고서야 새로 부임한 군수가 당시 희생자들의 분향소를 작게 만들었다고 했다. 서울의 법대에 합격해 원주를 떠나던 날, 그는 분향소 앞까지 갔었다. 그리고 기차 시간이 될 때까지 입구를 서성이다가 결국 들어가지 못했다.

'반평생을 함께 살았군. 용서를 비는 대신.'

당시에는 염치가 없는 짓이라고 생각했다. 30여 년이 흐르고 나니 차라리 잘 했다는 생각이 들었다. 죽은 사람은 살릴 수 없고, 짊어진 업보는 돌이킬 수 없다. 그였어도 용서하지 않았을 것이다. 빼앗은 목숨들의 몫만큼, 자책과 죄책감 속에서 하루하루를 살아가야……

그때 전화벨이 울렸다. 윤 부장의 전화는 두 번을 더 온 뒤 끊어졌다. 청구한 영장이 도착했다는 신호였다.

순조는 장우산을 들고 차에서 내렸다. 김한주가 죽던 날처럼 무자비한 빗줄기가 쏟아지는 중이었다.

언덕길 초입을 올라갈 때 어둠에 묻힌 공터에서 시선이 느껴졌다. 획 돌아봤지만 나무 사이에는 아무것도 없었다. 덮칠 생각인가, 검찰청 앞마당에서? 그는 주머니 속 나이프를 움켜쥐었다. 빗방울들이 우산 속으로 들이치며 눈과 귀의 감각을 무뎌지게 했다.

'백 실장이 정말로 왔나?'

순조는 목뒤까지 밀려온 열기를 느꼈다. 고개를 들자 지검 옥상에 불타는 배심원들이 서 있었다. 용이, 수철이, 태규와 남수가 맨

검사의 죄

앞줄에 보였다. 희국보육원을 도망친 마지막 생존자, 저희를 죽인 죄인의 최후를 지켜보러 온 것이다.

과거가 데려온 것은 옛 친구들만이 아니었다. 제초제 악취와 뒤섞인 역겨운 숨결이 속삭였다.

뉘우치긴 늦었단다. 아빠를 보고도 모르겠니?

순조는 오른손으로 칼을 뽑아 왼손에 찔러넣었다. 살을 찢는 통증과 함께 환상이 달아났다. '지금 오겠군.' 격투에 대비했지만 선배를 죽인 칼잡이는 나타나지 않았다. 비 오는 언덕길에 서 있는 사람은 그 혼자뿐이었다.

입구 쪽 경비초소에서 인기척이 어른거렸다. 그는 피가 흐르는 손을 움켜쥐고 일터로 향했다.

저녁 공판이 기다리고 있었다.

*

빗줄기가 거세졌다.

희철은 우산을 들어 끝이 안 보일 만큼 까마득한 빌딩을 올려다보았다. 대진F&B. 수천 명의 생계를 책임지는 콘크리트 덩어리를 비가 씻어내리고 있었다.

첫 임용지였던 서부지검도 층이 높았다. 늘 사람이 많은 엘리베이터 대신, 셔츠 단추를 풀고 8층 계단을 날듯이 달려 올라갔다.

변호사 개업 후에는 룸살롱과 접견실을 누비며 검사장의 심부름을 했다. 체제가 붕괴되고 개인이 해체되는 와중에도 조직에 몸담은 가족들은 막대한 부를 쓸어 담았다.

'벌집이 깨져야 벌과 꿀이 나온다.'

검찰은 절대 전복되지 않을 사법 요새였다. 그는 우산을 접고 빌딩 로비로 들어갔다.

보안요원에게 신분을 말하자 한 번에 46층까지 올려보내 주었다. 사장실 앞 비서는 낭랑한 목소리로 방문객의 입장을 알렸다.

"문희철 변호사님 들어가십니다."

진경욱은 명패 뒤에 앉아 있었다. 들어온 손님을 흘끗 보더니, 노트북을 치우고 블루라이트용 안경을 검은 반무테로 바꿔 꼈다.

"처음 뵙습니다. 연락드렸던 문희철입니다."

"장 검사장 사람이 왜 나한테 왔을까?"

대뜸 면도날이 턱밑을 겨누고 들어왔다.

"전 검사장네 개가 아닙니다. 사장님도 회장님의 사람이 아니시잖습니까."

잘 정리된 눈썹이 안경테 위로 꿈틀거렸다.

"뭐요?"

"끈 떨어진 연이신 거, 아는 사람은 다 압니다."

"입조심하지. 그 연도 댁 목쯤은 떨어뜨려요."

희철은 흔쾌히 고개를 끄덕였다.

"가져가십시오. 어차피 검사장한테 죽을 목숨이니까."

진경욱의 눈에 비웃음이 스쳤다.

"또 그. 당신들 잘하는 전략인가? 내분인 척 쇼를 벌여 떡고물만 빼먹는?"

"아닙니다."

진경욱은 관심 없다는 듯 서류철을 넘겼다. 후원 단체들이 빼곡히 적힌 투자계획서였다.

"요즘은 검사들도 연기력이 정치인 못잖던데. 예비 총장님 필두로 얼마나 잘 해먹는지. 우리 같은 기업가가 선량해보일 지경이야."

"검사장이 내 삼촌을 죽였습니다."

서류를 넘기던 손이 멈췄다. 희철은 조력을 얻어내야만 하는 아군을 보며, 적의 적을 보며 말을 이어갔다.

"진 사장님 아버지와 작은형은 검사를 죽였죠. 형수님께서는 무고한 일반인을 과실치사로 보내고 그 죽음을 은폐했고요."

진경욱은 계획서를 들추더니, 금색 만년필로 〈대진나눔재단〉이라고 적힌 난에 사인했다.

"의사도 죽어요. 경찰도 죽고. 공사장에서는 1년에 3백 명이 떨어져 죽습니다. 아이, 여자, 약자 목숨으로 호소할 거면 방송에 나가셔야지."

"진 사장님."

"아버지 죄는 아버지한테 가서 물어요. 내가 효자는 아니지만,

칼 꽂으란 소린 듣기 거북하네."

"칼은 저희가 꽂겠습니다. 사장님은 대진그룹을 승계해주십시오."

"승계라는 게 무슨 뜻이지?"

"진 회장님은 장남과 차남에게 그룹의 핵, 건설과 자동차를 맡겼습니다. 덕분에 15년째 승계 경쟁이 진행 중이죠. 국토교통부 차관들이 큰형님 쪽 사람으로 뽑혔으니 추가 기울겠지만."

희철은 아이패드를 꺼냈다. 프로젝터가 없으니 투자자의 눈앞에 대고 프레젠테이션을 진행해야 했다.

"반면 하버드 비즈니스스쿨 출신, 실리콘밸리에서 창업가로도 투자자로도 성공하고 돌아온 3남은? 귀국하자마자 식품으로 쫓겨났습니다. 고생하다 떠맡은 게 기업 홍보용 비영리투자사……. 애당초 형들과 경쟁시킬 마음도 없었다는 소리죠."

진경욱은 등받이에 기대 손목시계를 봤다.

"슬슬 끝내요. 미팅이 있어서."

"사장님은 이 시스템에 만족하십니까?"

희철은 아이패드가 잘 보이도록 받쳐 들었다. 실리콘밸리에서 IT 기업을 경영하던 시절, 이사회 및 조직 구조가 화면에 떴다.

"미국에서 경영하시던 회사들은 타의 귀감이 되었던 걸로 압니다. 실제로 모교에서도 케이스스터디 성공 사례로 사용된 적이 있었죠."

다음 화면은 포브스 지의 기사 원문이었다. 연단에 선 진경욱의 사진 몇 장이 함께 나왔다.

"반면 대진은 어떻습니까. 옛 정권들의 비호 아래, 껍데기를 못 벗고 고여 썩었습니다. 대한민국 10대 그룹 중 이렇게 기형적인 지배구조는 없어요. 누군가가 이 고리를 부숴야 합니다."

"우성도 광양도 아들들끼리 싸우다 쪼개졌지. 형제의 난은 제 살 깎아먹기요."

"대진은 피를 흘리게 될 겁니다. 사장님이 나서지 않더라도요."

진경욱의 표정이 바뀌었다. 그는 전화기를 들어 오후 일정을 연기하라고 한 뒤 내려놓았다.

"댁이 뭔데? 검사도 아닌 변호사가?"

"형수님의 살해 영상 원본을 확보했습니다."

"이봐요, 기업은 무너져도 재벌은 안 무너져."

"그래서 새 들보가 되시라는 겁니다. 사장님이 나서지 않으면 그룹이 무너지니까."

안경테 너머 눈이 빠르게 깜빡였다. 무의식 속 욕망을 건드렸다는 신호였다.

"나더러 일가의 배신자가 되라는 거요?"

"새로운 경영자죠."

"그런 말장난을 하면 이사회에서 옳다구나, 하고 배신자를 옹립시켜 주겠고?"

"레이먼 박과 손을 잡으십시오."

진경욱은 그를 빤히 보다 웃음을 터뜨렸다.

"변호사님이 조사를 많이 하셨네."

레이먼 박은 진경욱이 하버드 MBA에서 함께 수학했던 동문이었다. 현재는 행동주의 펀드를 운영하며 공격적인 인수합병을 하고 있었다. 두 사람이 여전히 친밀한 사이라는 것을, 로스앤젤레스로 날아갔다 온 출국 기록들이 증명했다.

"보도가 터지면 주가가 요동칠 겁니다. 그 사이, 지분을 공격하라고 하세요. 사장님만 손을 보태면 방어할 여력이 사라집니다."

"날 내세우겠다는 거군. 댁들론 힘이 달리니까."

"선택은 사장님 몫입니다. 평생 변두리 계열사나 맡아 꾸릴지, 정당한 계승자가 될지."

진경욱은 반무테 안경을 벗었다. 높은 콧등에 코걸이 자국이 두껍게 나 있었다.

"형들이 막아설 거야."

"복수는 직접 하셔야죠."

진 회장을 닮은 눈이 가늘어졌다. 권순조를 포섭하기 전, 장호걸과 대진 간 유대를 알았을 때부터 그룹의 3남은 조사 대상이었다. 제 가족들에게 충분히 천대받은 로열패밀리인가, 판에 올릴 수 있는 말인가, 아직 뽑히지 않은 발톱이 남았는가.

"모든 계열사의 현금흐름은 감시되고 있을 테니, 약점을 알아도 반란은 불가능합니다. 그러니 몇몇 조건들이 필요하겠죠. 외부로부터 자금 동원이 가능한 사람, 명분도 실력도 있는 사람, 위기에 처한 그룹을 팔아넘기지 않고 지킬 적통의 후계자."

만년필이 책상 끝으로 굴러갔지만 진경욱은 잡지 않았다. 희철은 떨어진 만년필을 집어 내밀었다. 금으로 된 펜촉은 잉크가 번져 얼룩덜룩했다.

"사장님뿐입니다. 기회를 잡으십시오."

*

15분 뒤, 희철은 사장실에서 나왔다. 데스크의 비서들이 그에게 고개를 숙였다.

'아슬아슬했어. 이걸로 됐다.'

진경욱은 협조의 의사를 밝혔다. 대신 조건 몇 가지가 붙었다. 그룹의 주가를 흔들 것, 명확한 증거를 공유할 것. 그 판단은 본인이 한다고 했다.

"변호사님을 믿는 게 아닙니다."

진경욱이 말했다. 나가려던 희철이 돌아서자 의미심장한 격려사가 이어졌다.

"우리 아버지의 구멍을 믿는 거지. 그 나이까지 온갖 곳을 쑤시면서 살아왔으니… 언젠간 발이 빠질 거거든. 잘 찾으면 몇 군데

나올지 몰라요."

"예? 무슨 말씀이십니까?"

진경욱은 안경테를 다시 추켜올렸다.

"모르면 됐어요. 댁들 실력이나 좀 봅시다."

그 실력과 칼잡이가 지금쯤 가고 있을 것이었다. 희철의 명함을 받으며, 진경욱은 언제 할 것이냐고 물었다. 그는 오늘 밤 안이라고 답했다. 시간이 갈수록 이쪽 칼날은 무뎌지고 검사장의 방패는 견고해질 터였다.

─변호사님, 어디십니까?

─보시면 전화 부탁드립니다. 장동개발 일입니다.

─내일 공판요, 준비를 어떻게 할까요?

휴대폰을 켜자 문자들이 쏟아졌다. 변호사 사무실의 비서한테도 연락이 들어와 있었다. 희철은 집안에 변고가 났다는 답신을 돌리며 차로 갔다. 위장용으로 쓰던 사무소는 오늘부로 수임을 중지하고, 시작된 재판은 선배들에게 넘길 생각이었다.

'남강유업 정필호', '한신유통 남갑용' 등에게 전화가 걸려왔으나 받지 않자 끊어졌다. 그는 시동을 걸어둔 채 휴대폰 화면만 노려보며 대기했다.

7시, 연락은 없었다.

8시, 여전히 휴대폰은 잠잠했다.

9시, 권순조는 전화를 받지 않았다.

일이 틀어졌다는 직감이 들었다. 비는 그칠 기미가 없었고, 번갯불만 떨어져 도로를 밝혔다. 윤 부장에게 전화를 걸자 바로 받았다.

"권순조 어디 있습니까?"

"나도 연락이 안 돼. 어디로 샌 거야?"

"영장은요?"

"아까 나왔지. 벌써 20분째야."

설마… 불길한 예상들이 휘몰아쳤다. 권순조가 도망을 쳤든 잡혔든, 계획은 무너지기 직전이었다. 지금쯤은 소식이 검사장의 귀에 들어갔을 것이다. 그는 중앙지검으로 가겠다고 하고 블루투스를 끊었다. 끊자마자 차미도한테서 전화가 걸려왔다.

"선배, 권순조 어딨어요?"

이쪽도 권씨부터 찾았다. 희철은 마주 고함쳤다.

"몰라. 너한텐 연락 안 왔어?"

"지금 그게 문제가 아니에요. 수배가 떨어졌다고요!"

최악이 닥쳐왔다. 그는 차량 라디오를 켜고 볼륨을 높였다. 뉴스 앵커가 말하고 있었다.

"…입니다. 검사 피살 사건, 김한주 게이트를 비공식 수사하던 권 모 검사의 과거 행적이 충격을 주고 있습니다. 권 검사는 희국 보육원 화재의 진범이었으며, 원장을 포함한 열다섯 명을 방화 살인하여……."

그는 검의산 대나무숲에 누워 있었다. 울창한 잎사귀들이 가시 달린 철창처럼 하늘을 가렸다. 아마도 산중턱, 보육원 철조망 너머 어디쯤인 것 같았지만 불길도 연기도 없었다. 늘 쫓겼던 악몽 속과 다르게 정신은 평온하고 몽롱했다. 봉오리를 막 틔운 마귀풀의 냄새가 맴돌았다.

'드디어 끝났군.' 생존을 위해 그토록 몸부림친 삶이건만 이렇게 되고 나니 오히려 마음이 편했다. 그는 이부자리처럼 포근한 흙에 누운 채 옛 친구들의 이름을 소리쳐 불렀다. '재우야, 용아, 태규야, 나 왔다!'

대답은 돌아오지 않았고 흙을 밟는 소리가 들려왔다. 곧이어 양복 입은 세 명이 나타났다. 김한주, 문구영, 송경백. 진작 세상을 떠난 법조인 선배들은 순조를 둘러쌌다. 시신에서 떨어진 핏방울들이 풀밭을 적시고 땅 밑으로 스며들었다.

청테이프로 가운데를 붙인, 동그란 안경을 낀 김한주가 쭈그려 앉았다. 벌어진 입 안에는 잘려나갔던 혀 대신 무덤가의 검은 흙이 그득했다.

죽은 선배가 속삭였다.

권 검사, 일어나.

고향으로 갈 시간이야.

순조는 눈을 떴다.

고개를 들고 싶었으나 마음처럼 되지 않았다. 뒤통수에 구멍을 뚫고 주춧돌을 매달아둔 기분이었다. 더듬어보니 두툼하게 감긴 붕대가 느껴졌다.

코가 잘렸나, 아니면 귀가? 디퓨저 냄새가 풍겨왔으므로 불길한 상상은 끝났다. 그는 귀와 코를 확인한 손으로 품을 뒤졌다. 나이프는 없어졌지만 휴대폰은 그대로 있었다. 다행히 어디 폐쇄병동 같은 곳에 갇힌 건 아닌 모양이었다.

'시간이 얼마나 지났지?'

배터리가 방전됐는지 전원은 켜지지 않았다. 어렵사리 상체를 세워 앉았을 때였다. 문이 열리더니 약통과 물컵을 든 문희철이 들어왔다.

"일어났냐?"

면도를 안 해서 시커먼 뺨에 피로가 덮여 있었다. 순조는 물어보나 마나 한 질문을 했다.

"어떻게 됐습니까?"

"거기, 침대 옆에."

희철은 턱짓으로 협탁을 가리켰다. 쭈글쭈글하게 말라비틀어진 종이쪼가리가 보였다.

"그게 우리 영장이야. 넌 후두부 파열로 꼬박 반나절을 기절해 있었고. 집은 위험할 것 같아서 예전에 쓰던 오피스텔로 데려왔다."

"그럼 영장 집행은……."

"수배 붙은 방화범이 집행은 무슨. 내가 지검으로 안 갔으면 꼼짝없이 유치장 들어갔어."

순조는 흩어지려는 집중력을 끌어모았다. 머릿속 안개가 걷히며, 그날 밤 일이 떠올랐다.

윤 부장은 허리를 꼿꼿하게 펴고 앉아 있었다. 며칠 사이 확 늙은 얼굴이었지만 눈빛은 맑았다. 발부받은 영장을 건네는 손에 떨림도 없었다.

"가서 해. 관할 서에 연락해뒀어."

"감사합니다."

그는 주연희의 구속영장을 안주머니에 넣고 부장실을 나섰다. 습격을 받은 것은 지검 언덕길을 내려갈 때였다. 인기척을 느끼고 돌아서려 했으나 상대가 더 빨랐다. 채 우산을 접기도 전에 둔탁한 충격이 뒤통수를 내리쳤다.

듣고 있던 희철이 이를 갈았다.

"그렇게 나올 거라고 예상했어야 했어. 비겁한 새끼들. 마지막까지 미행한 거야."

"범인 얼굴을 봤습니다."

희철은 물컵을 거의 박살낼 기세로 내려놓았다.

"누구야, 그 백 실장인가 뭔가 하는 새끼?"

"아뇨, 저희 방 민원인요."

"뭐?"

후두부를 피격당한 뒤 잠시 의식이 있었다. 순조는 무릎을 꿇고 상대의 비웃을 붙잡았다. 후드가 내려가며 드러난 얼굴은 검사실에서 본 인부였다.

"너… 네놈 잘못이여."

장성구는 하얗게 질린 안색으로 중얼거렸다. 손에 든 벽돌 조각에서 핏물이 흘러내렸다.

"소, 소장을 죽이려고 했는데 네가 잡아갔잖어. 그러니까 말을 들었어야지, 우리 형 원수는 내, 내가 갚는다고 했는데……."

몽롱한 와중에도 웃음이 났다. 운명은 마지막 순간까지 공평했다. 시대의 죄는 세대의 인간이, 조직의 죄는 그 아들이 물려받는다. 검사가 지은 죄를 검사가 받는 것은 얼마나 공명정대한 가족의 율법인가.

장성구가 쥔 벽돌이 다시 올라갔다. 그다음은 오랜 암흑이었다.

"그래서… 그것 때문에 널 습격한 거라고? 자길 잡아넣은 것도 아니고, 형을 다치게 한 공장장을 기소했다는 이유로?"

"예. 전임 방 검사가 처리를 미뤘던 모양입니다."

희철은 두 손을 들었다가 붙잡을 줄이 사라진 사람처럼 힘없이 늘어뜨렸다.

"민원인한테……."

비겁한 복수심은 나비효과를 불러왔다. 덕분에 사냥감이 될 뻔한 맹수도 벼랑 끝에서 탈출했다.

"주연희 쪽 영장도 막혔겠군요. 장호걸이 무사히 총장으로 올라갔으면."

"그깟 영장이 문제가 아냐. 지금 난리가 났다. 개자식들이 널 방패로 써먹었어."

보지 않아도 뻔했다. 재계 서열 2위짜리 그룹이 반기를 든 피라미들을 가만히 놔둘 리 없었다. 칼을 뽑은 본인은 물론, 연루된 다른 이들도 무사하지는 못할 것이다.

"동남아 쪽 배편은 구하기 쉬우니까, 몸만 회복되면 바로 떠. 5년만 해외에 있다가 들어오면 한풀 식었을 거야."

이어, 전력에서 이탈하라는 명령이 떨어졌다. 수배가 걸린 이상 한시바삐 몸을 피하는 게 상책이었다.

"선배님은 어떻게 하실 겁니까?"

"하는 데까지 해봐야지. 아직 찌를 곳 남았다."

안 될 텐데, 순조는 무심히 생각했다. 장호걸 검사장… 이제 검찰총장이 된 사내는 그와 비슷한 구석이 많았다. 누구도 믿지 않고, 누구라도 죽일 수 있는 안전주의자를 파멸시키기란 쉽지 않았다. 당사자의 신분이 일개 공무원이 아니라 한 조직의 수장이라면 더더욱 그랬다.

"총장도 더 이상은 두고 보지 않을 텐데요. 정말로 죽이려 들지도 모릅니다."

"그럼 라이브 켜고 대검찰청 옥상에서 분신해야지. 기사 한 줄이라도 더 나게."

그런 짓을 해봐야 광인의 기행쯤으로 끝날 터였으나, 그는 굳이 말하지 않고 진통제를 삼켰다. 벽돌을 맞고서 뒤통수만 터진 것은 천운이었다. 후두부 골절이나 지주막하 출혈이 생겼으면 사망까지 이르고도 남았다.

'사지 멀쩡히 검거되는 것보단 낫지만.'

그랬다간 수형복을 입고 이 법원 저 법원 끌려다니며 계란을 맞아야 했을 것이다. 누군가에게 바삐 메시지를 보내던 희철이 물었다.

"지금 가진 돈 없지?"

"예, 계좌도 압류됐을 겁니다."

"내가 마련은 해보겠는데, 며칠 걸릴지도 몰라. 너무 늦는다 싶으면 기다리지 말고 가라. 그놈들이 나한테 미행 붙이면 여기도 위험해."

장호걸의 실각도 물 건너간 마당에 친절이 다소 과했다. 순조는 궁금했던 점을 물었다.

"차 검사는 거래라고 쳐도, 저한테는 왜 이렇게까지 해주시는 겁니까? 일도 다 망쳤는데요."

희철은 당연하다는 듯 대꾸했다.

"우리 삼촌이 너 살렸다며."

"예, 뭐."

"시작한 재판은 마무리 지어야지."

은인의 조카는 줄 물건도 있고, 하더니 방을 나갔다. 누가 뭘 맡겨 뒀었나? 떠오르는 것은 없었으나 더 생각하기엔 몸 상태가 좋지 못했다.

진통제 약효가 도는지 잠이 쏟아졌다. 순조는 다친 곳이 베개에 닿지 않도록 조심스레 누웠다.

죽은 선배들은 꿈에 다시 나오지 않았다.

*

순조는 문희철의 오피스텔에서 사흘을 더 머물렀다. 집주인은 3일 내내 들어오지 않았다. 혹시나 미행이 붙을까 걱정하는 눈치였는데, 바깥 상황을 보면 그럴 만도 했다.

'장호걸 타도' 결사대는 분쇄됐다.

검사의 죄

주범들은 죄다 목이 달아났다. 반란을 묵인한 중간관리자 윤 부장은 정직되었다고 했다. 죄목은 부서관리 미비와 부적절한 영장청구였다. 차미도도 그와 같은 직무해제 수순을 밟았다. 이쪽은 검사업무수행 부적격자로 매도되어 있었다.

더 싸우지도 못할 텐데… 얌전히 기다리라고 말해주고 싶었으나 연락할 수단이 없었다. 휴대폰은 켜는 순간 경찰 GPS에 위치가 찍힐 것이다. 추적을 당할 테니 이프로스나 이메일에도 접속이 불가능했다. 순조는 방에 있는 노트북으로 사태를 관망했다.

뉴스, 신문, 여야를 막론하고 '방화범 검사'의 민심은 바닥이었다. 총장과 대진은 며칠 새 그를 천인공노할 살인마로 만들어놓고 있었다. 모 문화평론가는 관련 논평을 써 포털 베스트에 올라갔다.

살인 검사, 21세기 함무라비의 재림?

…떨게 했던 사건의 진실이 밝혀졌다. 권 검사는 구시대적 타건 압박수사로 악명과 오명이 함께 높았다. 익명을 요구한 모 수사관은 그의 수사가 '기형적이고도 잔혹한' 부분이 있었다고 언급했다. 본지가 입수한 정보에 의하면 권 검사는 일종의 소시오패스로, 감정을 담당하는 변연계 해마들이…….

…일각에서는 '검사 피습'도 권 검사의 소행이라는 추측이 있다.

故 김한주를 불러내 살해했으며, 목격자인 척 가상의 살인마를 만들어 수사망에 혼선을 주었다는 가설이다. 아이 열둘을 태워 죽이고 직장 동료를 둘이나 살해한 검사, 이 악마가 검거되면 대법원은 또 어떤 관용을 베풀 것인가. '법조계 카르텔'의 공고함이 벌써부터 두렵고 답답하다.

글은 교묘하게 교활했다. 달변가의 명필에 기꺼이 넘어간 이들이 대검찰청 앞에서 '살인검사 엄벌' 피켓을 들고 있었다. 평소 검찰청과 연이 없었을 대중은 검사의 부정에 제 일처럼 분노했다. 신상도 진즉 털려, 이름과 기수는 물론이고 연수원 사진까지 SNS에 돌아다니는 중이었다.

총장은 취임과 함께 뜻을 전했다. 조직을 거스르지 말라. 배신자는 저잣거리에 매달릴 뿐이다.

'현명해. 반감을 두었던 자들도 결속되겠지.'

그는 다른 검사들을 떠올렸다. 윤 부장의 경력은 부장에서 끝났다. 차미도는 집안을 무너뜨린 검사에게 평생 복수할 수 없을 것이다. 문희철은 계속해 적들과 맞서다 변사체로 발견될 것이다. 죽은 수사관의 아이는 진실을 모르고 살아갈 것이다. 총장은 더 많은 악과 싸울 것이고, 조직은 사법시스템에서 벗어난 낙오자들을 묻고 설 것이었다.

'들개 무리가 삶의 기로에 섰습니다.'

검사의 죄

다른 창에 띄워놨던 다큐멘터리가 재생되며, 건조한 내레이션이 흘러나왔다. 아프리카 들개의 삶, 12부작 시리즈도 어느덧 종장이었다.

'무리를 습격한 하이에나 부부는 죽였지만, 우두머리와 전투원들이 치명상을 입고 말았습니다. 물을 마시고 기력을 회복하려면 더 크고 강한 맹수를 쫓아내야 합니다.'

누런 갈대밭에서 피투성이가 된 들개들이 쉬고 있었다. 지는 해가 쩍쩍 말라붙은 땅거죽을 비췄다. 물웅덩이 위쪽, 죽은 코끼리 사체에 앞발을 올린 수사자가 들개 무리를 굽어보았다.

'이제 선택할 시간입니다. 이 습지의 제왕에게 도전할지, 또 다른 오아시스를 찾아 먼 길을 떠날지. 석양이 저물고 있습니다.'

순조는 노트북을 닫고 일어섰다. 방검복과 나이프, 테이저건 등 소지품이 방 한쪽에 모여 있었다. 며칠간 푹 쉰 몸은 별다른 후유증 없이 회복되었다.

왼쪽 허리에 테이저건, 오른쪽 안주머니에 나이프를 꽂자 재킷이 축 처졌다. 그는 잠시 고민하다 방검복을 벗었다. 상황이 최악으로 치달았을 때, 이 나라를 떠나기 위한 탈출 루트는 검사 생활 3년 차에 완성해두었다.

군산항과 목포항 쪽에서 밀수업을 크게 하던 패거리가 잡혀들어온 적이 있었다. 실어 나르는 물건도 싸구려 필로폰, 냉동된 안구며 신장, 각국의 불법체류자 등 다양했다. 그는 형량을 조금씩 깎아주며 운반책들과 관계를 텄다. 수년간 물밑으로 교류가 이어진 터라, 전화 한 통이면 배를 띄우긴 절도범 기소보다도 쉬웠다.

'시간이 됐군. 생각보다 오래 버텼어.'

근무 기간 2,143일, 총 배당사건 17,402건, 기소 15,141건, 송치인원 23,021명. 검사였지만 검사가 아닌 검사가 할 일은 끝났다. 나머지는 남겨진 자들의 몫이었다.

짐을 챙겨 거실로 나갔을 때 현관문이 열리며 희철이 들어왔다. 묵직해 보이는 보스턴백과 웬 서류봉투를 양손에 든 채였다.

"타이밍 잘 맞췄네. 봤으니 가져가."

순조는 가방부터 받아들었다. 지퍼를 열자 둘둘 말린 5만 원 권 뭉치들이 꽉 차 있었다.

"저건 뭡니까?"

"권 검사 자료. 삼촌 유품들 중에 있더라."

"제 자료가 왜……."

"언젠가 필요할 거라고 생각하셨나 보지. 네가 또 사고 칠까 염려했거나."

대꾸한 희철은 서류봉투를 그의 짐 위에 올렸다.

"나중에 읽어봐. 한국은 최대한 빨리 뜨고."

선배는 조심하라는 말을 남기고 나갔다. 문이 닫힌 뒤, 순조는 봉투를 열고 스테이플러로 집힌 종이를 꺼냈다.

평범한 A4규격 프린터 용지였다. 누렇게 변색된 앞장에는 그의 이름이 휘갈겨 적혀 있었다.

〈원주지청, 권순조〉

*

'냉장고, 세탁기, 오디오, 모니터, 중고 가전제품 삽니다.'

방송을 튼 트럭이 아파트 골목으로 들어왔다.

순조는 놀이터 그네에 걸터앉았다. 상처라도 났다간 파상풍에
걸릴 것 같은 사슬이 앓는 소리를 냈다. 그는 어렸을 때처럼 그네
를 뒤로 밀었다가 천천히 흔들었다.

문희철이 준 봉투, 20년 된 서류의 내용물은 그를 조사한 정보
였다. 안에는 그의 가족관계증명서, 주민등록등본, 등기부등본을
포함하여 친족들의 행정서류까지 함께 들어 있었다. 뒤로 넘겨보
니 수기로 적은 마을 사람들의 증언도 나왔다.

'원주시 무산리 출생. 6세에 아버지 권중만 타계. 부친 사망 직
후 희국보육원 마장춘 원장의 행동대장 '성구'에게 납치. 종암보육
원에서 고교 졸업 후 한국대 로스쿨 입학.'

로스쿨 입학부터 연혁은 끊겼다. 한 장을 넘기자 옛날 구청 양
식대로 찍힌 가족관계증명서가 나왔다.

권중만(權嶽慢) 540612

서춘희(徐春犧) 591105

권순조(權筍肇) 871224

아버지 아래 적힌 이름을 봤을 때였다. 예리한 현기증이 정수리를 뚫고 발밑까지 관통했다. 지난 수십 년간, 그는 어머니의 존재를 완전히 잊고 있었다. 태어났을 때부터 한 집에서 살던 가족이었음에도.

'왜 누락된 거지?'

뛰어난 암기력은 그 시절 무산리에 소가 몇 마리 있었는지도 기억했다. 망각을 모르는 대뇌피질이 제 어미를 소거했던 이유라면……

네가 더 잘 알 것 아니냐.

옆 그네에 앉은 아버지가 중얼거렸다. 기억의 가장 오래된 층위, 잿더미 속에 묻혀 있던 검댕투성이 꼬마가 불탄 대숲을 헤치고 기어나왔다.

"지금 가야 돼."

어머니가 땀에 젖어 말했다. 며칠 전 생긴 멍이 번져 한쪽 뺨 전체가 배춧잎처럼 노르스름했다.

"할머니 보러 가야지. 얼른, 순조야!"

애원하듯 목소리가 높아졌으나, 순조는 입을 꾹 다문 채 고개를 저었다. 때리고 발로 차긴 했지만 늘 경운기 짐칸에 태워주는 아버지였다. 둘이서만 떠나버리면 또 논두렁에서 발을 헛디뎌 빠져 죽을지도 몰랐다.

"그럼 조금만 기다려. 엄마가 돈 많이 벌어서 꼭 데리러 올게, 알았지?"

그날 밤, 아버지는 불같이 화를 내며 읍내로 내려갔다. 평상시처럼 머리채를 잡혀 돌아올 거라 생각했던 어머니는 소식이 없었다. 엉망으로 취한 아버지 혼자 마을 사람들한테 업혀 온 것은 밤이 깊어서였다.

"개 같은 년, 저 혼자 오토바이로 뛰어들어? 서방님 모시고 살아도 모자랄 판에! 어디서 배워먹은 버르장머리야!"

"권씨, 일단 누워. 한숨 푹 자고 얘기해."

"사고였다니까, 경찰들도 그렇게 얘기했잖나."

어른들은 입을 모아 한참을 다독이더니, 슬금슬금 서로의 눈치를 보면서 마당을 나갔다. 겨우 곯아떨어진 아버지는 술보다 더 독한 것에 취한 듯 보였다. 밤새도록 끙끙 앓으며 자기 엄마를 불러댔다.

"엄마, 엄마… 배고파. 나 밥 좀 줘."

쌀은 떨어졌지만 연탄보일러 틈에 숨겨 놓은 삼양라면 한 봉지가 있었다. 라면이 다 끓어 갈 즈음, 순조는 인기척에 뒤를 돌아보았다. 광증과 분노로 눈을 치뜬 짐승이 서 있었다.

"애비도 모르는 호로새끼, 혼자서만 처먹으려고?"

"그게 아니라……."

변명할 겨를도 없었다. 아버지는 라면 냄비를 잡고 그대로 휘둘렀다. 간신히 얼굴을 가리자 손등에 펄펄 끓는 라면이 쏟아졌다.

어머니의 부고는 다음날 낮에 알았다. 터미널에서 아버지를 보고 놀라 도망치던 중, 갑자기 튀어나온 오토바이에 치였다고 했다. 얼굴을 모르는 누군가가 '너희 엄마 주머니에서 나온 거'라며 피 묻은 서울행 기차표를 쥐여주었다.

순조는 손에 수건을 감은 채 장례행렬을 따라 걸었다. 상여꾼들의 구슬픈 상엿소리가 천변을 떠돌았다.

옆을 보니 아버지는 사라지고 없었다. 대신 헐렁한 법복을 걸치고 쇠꼬챙이를 든 꼬마가 서 있었다. 몸만 컸을 뿐 어릴 적 그대로인 얼굴이 금방이라도 울 듯한 표정으로 입술을 달싹거렸다.

긴 수형受刑의 끝에서, 순조는 스스로의 목소리를 들었다.

인간의 죄는 어디로 가는가?

그네에서 몸을 일으켰을 때, 아파트 출입문이 열리며 책가방을 멘 남자아이가 나왔다. 이제 막 초등학생이 됐을까 싶은 꼬마였다.

그는 아이에게 다가가 말을 걸었다.

"네가 민형이니?"

"맞는데… 아저씨는 누구예요?"

검사의 죄

"할아버지 심부름. 왕할아버지 알지? 오늘 오랜만에 보고 싶다고, 아저씨한테 민형이 데려오랬어."

아이의 눈에 떠올랐던 의심이 차차 옅어졌다. 만날 때마다 맛있는 밥을 사주고 장난감을 안기는 '할아버지'가 반가울 만도 했다.

"지금 태권도학원 가야 되는데……."

"엄마한텐 이따 전화하면 돼. 거기 가면 관장님보다 태권도 잘하는 형들 많거든? 이건 비밀로 하랬는데, 민형이 좋아하는 유튜버들도 불러주신대."

"우와, 생글맨이랑 갓지훈도?"

"그럼. 지금쯤 오고 있을 거야."

요즘 아이들에게는 연예인보다도 인기 유튜버가 더 잘 먹혔다. 렌터카에 재벌 총수의 손자를 태우며, 순조는 놀이터를 돌아보았다. 법복 입은 그림자가 그네에 올라서서 천천히 흔들리고 있었다.

*

대진그룹 비서실은 일처리가 빨랐다. 회장님과 둘째사장에게 볼일이 있다고, 말하면 알 거라고 하자 곧장 전화를 돌려주었다.

"회장님, 권순조입니다."

저편에서 진용대가 받은기침을 몇 차례 했다. 고저 없는 기계 목소리에 웃음기가 묻어났다.

"일찍도 온다. 이제 꼬리가 좀 뜨겁나?"

"거래를 제안하러 연락드렸습니다."

"사내가 결정이 빨라야지. 밑천 다 털린 놈을 뭐에 쓰게? 니는 지금 끗도 아니고 망통이다."

"윤택중 부장과 차미도 검사에게 그룹을 공격할 자료가 있습니다. 전부 확보해서 처리하겠습니다."

수화기를 든 채, 순조는 공중전화 부스에 등을 기댔다. 오락실 앞에 불법 주차된 소나타가 딱지 끊기 좋은 꼴로 서 있었다. 잠시 사이를 둔 진용대가 말했다.

"어차피 있던 데로는 못 간다."

"그때도 말씀드렸지만, 검사 노릇엔 미련 없습니다. 대신 자리 하나만 주십시오. 제가 해드릴 일이 많을 겁니다."

대답엔 시간이 걸렸다. 이놈 꿍꿍이가 무엇일까, 고민 중인 노인 의 목구멍이 꿈틀대는 것이 눈에 선했다. 순조는 다시 물었다.

"어떻게 하시겠습니까?"

"지금 어디고?"

"감악산, 장군봉 아래 펜션이 있습니다. 18시까지 가 있겠습니 다."

"멀리도 부른다. 거기서 보자."

전화가 끊어졌다. 그의 세 배 가까이 산 늙은이는 과연 장군봉 을 알았다. 다만 거기서 무슨 일이 있었는지, 또 무슨 일이 벌어질

지는 모를 것이다.

차로 돌아가자 아이는 문희철의 게임기에 푹 빠져 있었다. 혹시 몰라 작전물품 삼아 챙겼는데, 가지고 나오길 잘한 것 같았다.

"투, 쓰리, 콤보!"

할아버지와는 닮지 않은 앳된 얼굴이 집중하느라 발그레했다.

'좋을 때야. 밝은 시절이고.'

저 나이대의 그였다면 끌려가면서 구조문자부터 남겼을 것이다. 순진한 척 굴다가 혼자가 되는 틈을 봐서 가까운 경찰서로 달려갔겠지. 그러나 이곳은 무산리가 아니었고 아이는 평범한 꼬마였다. 부모가 멀쩡히 살아 있는데다 손자라면 껌뻑 죽는 노인을 할아버지로 둔.

"어때? 재밌지?"

"어어, 네."

아이는 게임기에서 눈도 떼지 않고 대답했다. 피고와 참고인이 준비됐으니, 법정에 세울 청원경찰을 섭외할 차례였다.

인력사무소는 차로 20분 거리에 있었다. 단속 때문인지 알던 주소와 달라졌지만, 브로커는 최근 옮긴 아지트 위치를 알려주었다. 전선들이 늘어진 폐건물 몇 채를 지나치자 당구장 표시가 박힌 자동차 정비업소가 나왔다. 흥신소보다 비싼 돈을 주고 서비스를 사려면 그만한 곳에 들러야 했다.

돌계단은 층이 높고 가팔랐다. 김한주도 생전에 이런 곳을 이용했을 것이다. 푼푼이 모은 월급을 가지고, 나쁜 놈을 써서 더 나쁜 놈을 잡으러. '관계자 외 출입 금지'라고 안내문이 적힌 쇠문에서는 대검찰청에서 맡았던 냄새가 났다. 그는 뻑뻑한 문을 밀어젖히고 들어갔다.

"뭔 일로 왔소?"

한 남자가 주머니칼로 수염을 다듬으며 물었다. 안쪽 탁자에선 패거리가 둘러앉아 마작이 한창이었다.

순조는 들고 온 보스턴백을 카운터 위에 내려놓았다.

"사람 좀 씁시다. 칼도 있으면 좋고."

결심공판

"배가 고파 못 살겠다."

주병철 민정수석의 젓가락이 멈췄다. 명이나물 한 자밤을 집어 돌아가던 길이었다.

"청와대에서 먹었던 게 아니었나?"

"음식을 보니 생각났어. 우리 어릴 적 말이야."

거짓말이었다. 어린 시절을 떠오르게 한 것은 지명수배자가 된 평검사였다.

권순조는 끝났다. 검사로서도, 인간으로도.

방화범 검사에겐 전국적인 수배가 내려졌다. 죄명은 현주건조물방화죄 및 사체유기였다. 고작 여덟 살배기 아이가 보육원에 불을 질러 원장과 보육사, 원생들 전원을 살해했다는 뉴스는 충격을 몰고왔다. 조사해보니 당시 음독자살을 기도했던 아버지를 방치한 정황도 드러났다. 공소가 없었으니 공소시효도 지나지 않아, 원주에서는 특별 수사가 시작될 예정이었다.

'전 국회의원의 친척이라……'

원장 박종천은 대마초 재배에, 아이들을 납치해 장기밀매까지 하던 지역 범죄의 거물이었다고 정보원은 전했다. 어째서인지 당시 담당 검사가 사건을 덮은 것 같다고도 했다. 담당이 누구였는지는 듣지 않아도 짐작이 갔다. 이번에도 문구영이겠지, 하며 호걸은 혼자 웃었다. 악연의 고리는 드라마보다 드라마틱했다.

"다 지난 얘기야. 잊을 때도 한참 지났네."

주 수석이 말하는 사이 음식이 들어왔다. 성게알 골동반과 맑은 대구탕을 앞에 두고, 그는 임명식 직후 있었던 오찬을 생각했다. 대통령은 기름진 흙에서 길렀는지 향이 좋다며 두릅무침에 연신 젓가락을 가져갔다.

50년 전 광주대단지에서는 물이 없어 사람이 죽었다. 전염병이 도니 우물에 독을 풀었다는 소문도 퍼졌다. 허허벌판에 버려진 사람들은 낮에는 도시로 간 장정들을 기다렸고, 밤에는 쓰레기를 뒤졌다. 병마와 굶주림에 죽어나가던 이주민들이 폭동을 일으킬 때까지 유년은 처참함으로 기억되었다.

"나이를 먹었나. 요즘은 옛날 일이 생생해."

"나도. 호걸이 자네도 먹었지. 환갑이 내년이야."

주 수석이 웃으며 술을 따랐다. 귀밑머리가 눈 내린 듯 세어 있었다.

"그래도 보게 이 사람아. 예순 먹은 노친네 되기 전에 다 끝냈어. 남산 앞에서 했던 약속 기억나나?"

그도 입가만 움직여 웃었다. 약속이란 청와대 민정수석과 검찰총장이 되자는 것이었다. 다음은 총리와 대법관이었고, 또 다음은……

"끝나긴. 총장 임기가 2년뿐인데. 할 게 많아."

대한민국에 올바른 길을 닦으리라. 대학에서 맹세했던 동기들은 사라졌다. 비분을 잊고, 신념을 버리고, 법전의 개가 된 법조인은 살아도 산 목숨이 아니었다. 주 수석은 안타까운 표정이 되었다.

"일도 좋지만 슬슬 짝도 찾아야지. 더 늦었다간 진짜로 혼자 죽어. 내가 좋은 자리 만들어줄 테니까……"

"생각 없다니까. 자네 와이프한테나 잘 해."

"사람 참… 아직도 못 잊었어?"

호걸은 대꾸 없이 잔을 들었다. 화주 안에 띄워 놓은 꽃잎이 젖어 흔들렸다.

군부독재 초기, 서울의 봄이 요원하던 시절이었다. 법과대학학생회 동아리에는 '홍비'라는 언더서클이 있었다. 근처 대학들과 동맹을 맺고 연대 투쟁을 벌이며, 피 끓는 대자보로 젊은 심장에 불을 지르는 결사대였다. 주로 한밤에 기습 집회를 열었다가 경찰 출동 소식을 들으면 흩어져 도망쳤다.

뒤처진 친구를 구하다가 잡힌 적도 있었다. 피떡이 되도록 얻어맞은 그에게 검사는 학교를 물었다. S대 법과대학 부학생장이라고 하자 수갑을 풀어주더니 담배가 한 대 넘어왔다. 검사는 자기도 피워 문 뒤, 철없는 막냇동생 대하듯 충고했다. '쉬엄쉬엄해. 가족끼리 벌써부터 봐서 뭐 하나?'

적의 회유책에 감화되어선 안 됐다. 호걸은 더욱 맹렬히 집회를 주도했다. 그날 작전도 시청 앞까지 나아가 '반파쇼', '반독재' 구호를 외치며 유인물을 뿌리는 거였다. 청계천 쪽은 서정호, 종로 쪽은 주병철, 을지로 쪽은 그와 명희가 학생들을 이끌었다. 새벽 2시부터 일제 행진을 시작했다가 서대문경찰서 쪽 병력이 움직이면 해산하기로 되어 있었다.

작전은 초장부터 엉클어졌다. 10여 분도 지나지 않아 경찰 중대가 나타난 것이다.

"씨발, 어디서 샌 거야?"

"일단 흩어져! 흩어져서 튀어!"

몇 달간 학생들에게 시달려 독이 바짝 오른 경찰들은 과격했다. 마구잡이로 휘두르는 경찰봉에 시위 행렬의 허리가 끊겨나갔다. 비명이 솟고 최루탄 가스가 눈과 코를 쥐어뜯었다. 그도 달아나는 학생들 틈에 섞여 달렸다. 머뭇거리다 뒤쪽으로 돌아올 포위망에 걸리면 전원 구속이었다.

"호걸아, 호걸아!"

명희와 함께 선두로 보냈던 이광재가 외치며 달려왔다. 나머지 친구들도 그럭저럭 멀쩡해 보였다. 그는 찢은 옷에 생수를 적셔 복면처럼 동여매면서 물었다.

"명희는?"

이광재는 대답하지 않고 우물거렸다. 다른 놈들은 고개를 푹 수그렸다.

"잡혔어?"

"그게… 경찰들이 갑자기 쏟아져나왔는데, 다들 놀라서 도망치다가……."

"그러니까 뭐, 어디로 갔는데."

이광재가 무어라 답했으나 폭음에 가려 들리지 않았다. 무너진 폐허 같은 불길함이 더럭 달려들었다. 답이 없는 친구의 멱살을 잡고 그는 짐승처럼 으르렁거렸다.

"어디 있냐고!"

"아까 온 곳, 1길 쪽에……."

호걸은 화염병을 빼앗아 들고 달렸다. 뒤에서 누가 그를 불렀으나 돌아보지 않고 뛰었다. 영일책방 근처에 도착했을 때, 최루탄 몇 개가 터졌다. 가스에 적응된 눈은 연기 속에서도 익숙한 형체를 발견해냈다.

명희는 돌무더기 사이에 쓰러져 있었다. 그는 들고 있던 화염병이 손에서 빠져나가는 것을 느꼈다. 비척비척 걸어가 끌어안은 몸은 무겁고 싸늘했다. 흰 카디건에 선명한 구둣발 자국이 찍힌 채였다.

기숙사에서 투신한 학회장 선배, 학교를 점거한 군부대 앞에서 손목을 긋던 동기의 모습이 스쳐갔다. 호걸은 떨리는 손으로 복면을 내렸다. 뜨거운 덩어리가 턱 걸려 숨이 쉬어지질 않았다.

"손 뒤로 해, 이 새끼야!"

저만치서 요란한 발소리가 들려왔다. 그는 몸을 굽혀 명희를 감싸 안았다. 경찰봉이 등허리로 떨어질 때 바닥을 구르던 화염병이 밟혀 깨졌다.

"장 총장."

그는 퍼뜩 고개를 들었다. 민정수석이 부르고 있었다.

"무슨 생각을 그렇게 해, 국 식게."

보글보글 끓던 탕은 잔잔했다. 올라오던 김도 다 식어 흩어진 뒤였다.

"별거 아냐."

"어르신이 걱정하시던데. 밉보일 일을 했나?"

진용대와는 어제 연락이 닿았다. 점심 약속을 잡으며, 그 늙은 이는 이쪽의 미온적 태도를 은근히 책망해왔다. 내심 검찰 내 방해꾼들을 숙청해주길 기대했던 모양이었다.

"목 몇 개를 쳐주니 날 망나니로 알더군. 손톱은 잘라도 손가락

검사의 죄

을 자를 순 없지."

"손가락?"

"됐어. 부탁한 일이나 해줘."

주 수석은 고개를 끄덕였다. '부탁'이란 새로운 척결 리스트의 검토를 말했다. 오랜 친우는 쳐야 할 적과 아직 건드려선 안 될 적들을 대통령 곁에서 골라내주었다. 여기까지는 부장의 몫, 또 이만큼은 차장의 몫, 나머지는 검사장의 몫.

위로 올라갈수록 칼을 겨눌 수 있는 자들이 늘어났다. 마침내 총장실에 앉은 지금, 그는 검찰 전체를 휘두를 수 있었다.

'힘없는 살생부는 불쏘시개일 뿐이다.'

후배들의 수사는 틀렸다. 무릇 대의를 위해서는 부당을 묵인할 줄도 알아야 했다. 숱한 업을 쌓으며 한평생을 바쳤으나 아직도 갈 길은 멀었다. 악의 주축들은 권력과 금력 뒤에 숨어 여전히 이 땅을 좀먹고 있었다.

젓가락을 들려다가 호걸은 오른손을 보았다. 잠깐 사이 배어난 식은땀이 손목을 타고 흐를 정도로 흥건했다. 지켜보던 주 수석이 걱정스레 말했다.

"시간 날 때 병원이라도 다녀오지. 면역반응 쪽을 전문으로 하는 교수가 있어."

다한증은 사십 줄에 접어들 즈음 생겨났다. 몇 년간 양약도 한약도 복용해봤지만, 증상은 잡히지 않았다. 더하여 최근 확인한 바로는 다한증보다 더한 놈이 찾아온 참이었다.

"됐네, 죄를 많이 지어서 그래."

"갑자기 무슨 소린가?"

"죄 지은 자는 지옥불에 탄다고 하지 않나. 악을 치려 거악이 됐으니 그럴 만도 해."

"이 사람 취했군. 자넨 해야 할 일을 한 거야."

"해야 할 일이라… 옳은 말 하는 후배들 귀양 보내는 것 말인가? 대업에 방해가 되던 작자들을 일일이 골라내 일가친척 인생까지 망가뜨린 것 말인가?"

"이보게, 호걸이!"

그는 물수건을 펴 끈적한 손을 닦았다. 마시고 취할 술이 눈앞에 있어 다행이었다.

"약으로 병이 낫겠나. 한잔 더 줘."

*

한정식집을 나오면서 호걸은 비틀거렸다. 주 수석의 경호원이 얼른 팔을 부축했다.

"됐어. 혼자 걸을 수 있어."

그는 차 뒷자리에 쓰러지듯 탔다. 평창동으로 가는 내내 최루탄 연기가 꿈속을 떠다녔다.

다음날 오전, 총장실로 검사들이 몰려왔다.

형사 3부 윤택중, 형사 3부 차미도, 변호사 문희철로 구성된 '권순조 복직파' 결사대였다.

"여러분, 사전 방문 약속을 잡으셔야……"

밖에서 시끄러운 소리가 들리더니 총장실 문이 활짝 열리며 거대한 덩치가 들이닥쳤다. 한정식집에서 손을 떨며 회를 받아먹던 남 노인의 사위는 저벅저벅 걸어와 섰다. 칼자국 난 턱이 오늘따라 암석처럼 육중해 보였다.

'미련을 덜었군. 두려움이 사라졌어.'

그 뒤를 따라 옛 부하와 현 부하도 들어왔다. 까마득한 후배들을 보며, 호걸은 묘한 기시감을 느꼈다. 심복인 척하던 변호사야 그렇다 쳐도 현역 검사 둘이 합류한 것은 의외였다. 문구영과 김한주 외에도 그에게 칼을 들이밀 검사가 있었던가?

'한 명 있었지.' 그는 안타까운 기분으로 생각했다. 권순조, 그놈도 제법 처세에 능했던 모양이었다. 꼭두각시 부장과 끈 떨어진 평검사를 장기 말로 끌어들인 걸 보면.

'차라리 그놈이 날 쳤더라면……'

부부장을 달 무렵엔 처음으로 사람을 시켜 사람을 죽였었다. 과로로 시달리다 잠이 들면 어김없이 누군가 나타나 목을 조르는 악몽을 꿨다. 14년이 지난 지금, 그의 발 아래에는 수많은 시체들이 쌓여 있었다.

한참 동안 이야기를 들었지만 위협이 되기에는 부족했다. 호걸은 옅은 아쉬움을 느끼며 불청객들을 물리쳤다.

비서관들이 들어오고 총장 업무가 시작됐다.

오후 1시, 남상규 대검차장과 김주필 사무국장이 정책담당관과 함께 보고를 올렸다.

오후 4시, 진용대 회장의 비서에게서 연락이 와 저녁 약속을 취소했다.

오후 8시, 검사들에게 영상 하나가 전송되었다.

*

고양이가 마른세수를 했다. 미도는 쪼그려 앉은 채 물었다.

"야옹아, 배 안 고파?"

대답 대신 하품이 돌아왔다. 눈가에만 흰 털이 난 흑묘였다. 길고양이 같았는데, 그녀가 앞에 앉아도 야옹야옹 울기만 할 뿐 도망치지 않았다. 입엔 웬 죽순처럼 생긴 풀줄기를 물고 있었다.

"너도 언니처럼 배고프구나?"

점심시간이 끝나가는 한낮이었다. 밥을 먹고 돌아오던 검찰 직원들이 그녀를 흘끔거리며 지나갔다.

"그 검사 아냐? 권순조랑 동기라던 여검사."

"어, 맞아. 직무 해제된 개."

수군대는 소리가 들렸지만 무시했다. 얼굴 좀 팔린다고 새삼 수치스러울 것도 없었다.

'모욕은 아까 당했지. 우리 총장님께.'

한 시간 전. 미도는 문희철과 윤 부장을 대동해 대검찰청 총장실로 쳐들어갔다. 작금의 직무정지 사태와 관련된 마지막 협상을 위해서였다.

"여러분, 사전 방문 약속을 잡으셔야……."

비서관과 비서들이 막아섰지만 윤 부장이 나서자 속절없이 밀려났다. 그들은 방호직 직원들이 몰려오기 전에 문을 열어젖혔다. 총장은 태극기 아래에 앉아 있었다.

"아침부터 웬 소란이야?"

"총장님께 드릴 말씀이 있어서 왔습니다. 이번 인사는 공정치 못합니다."

윤 부장이 일행을 대표해 탄원에 나섰다. 장호걸 검찰총장은 뒤따라 들어온 비서관과 비서들에게 손을 내저었다.

"나가들 있어."

"총장님, 안전이……."

"만나기로 했던 사람들이야. 가."

비서관은 주저하다가 명령을 따랐다. 세 명을 앞에 두고도 총장은 태연자약한 태도였다. 면면들을 하나씩 훑어보며 후배들을 평했다.

"끈 떨어진 부장에 브로커 변호사랑 평검사라. 외인구단을 모아 왔나?"

"윤택중 부장과 차미애 검사를 복직시키십시오."

윤 부장 뒤에 서 있던 희철이 치고 들어왔다. 총장실 점거를 제안한 것은 검사장 시절의 전 참모였다.

"그렇지 않으면 세운전자 사원들의 동반자살 조장, 강병모 삼용철강 사장과 윤두식 부장판사 피습, 그 외 공직자 및 민간인 음해 공작을 전부 폭로하겠습니다. 총장 재가 철회는 어려워도 적격심사 회의쯤은 열릴 겁니다."

"아, 세운전자."

총장은 그 이름을 천천히 발음했다. 10여 년 전 자신이 박살낸 회사가 아니라 어제 만난 동창 얘기를 하는 것 같았다.

"거긴 대처가 나쁘지 않았어. 줄도산이 났는데도 기사가 잘리니까, 이슈화를 시키겠답시고 부장이랑 직원들이 단체로 번개탄을 피웠거든. 삼용철강은 기억이 잘 안 나고… 오 판사 일은 안타깝게 생각하네. 원래 판사가 검사보다 원한을 많이 사는 직업이긴 해."

미도는 마른침을 삼켰다. 수십 명이 사망했던 사건을 언급하면서 오늘은 소 몇 마리, 내일은 돼지 몇 마리 하는 도축업자처럼 사무적인 말투였다.

총장은 브리핑을 재촉하듯 물었다.

"그런데, 그게 다인가?"

약점을 잡힌 사람치곤 태도가 여유로웠다. 돌아가는 형국을 주시하던 윤 부장이 말했다.

"그만 마음 돌리시지요. 현직 검찰총장 스캔들은 조직에도 타격이 큽니다."

"요즘 후배들은 자기 칼이 드는지도 모르는군. 띄워주기로 한 곳이… 한경일보랑 KBN이었나?"

제보자들의 눈이 커졌다. 총장은 자기 뒤통수를 치려는 언론사들 이름까지 알고 있었다.

"연락해봐. 지금쯤 내부 회의가 끝났을 테니."

희철이 휴대폰을 꺼내 전화를 걸었지만 연결이 되지 않았다. 그는 증오에 찬 목소리로 중얼거렸다.

"또 잘 하는 걸 하셨군요. 탄압과 협박, 회유와 복속. 20년이 지나도 그대롭니다."

"얼마나 더 배워야 알겠나, 문 변호사? 그깟 고기 부스러기 좀 던진다고 언론사 늙다리들은 안 움직여. 피가 뚝뚝 흐르는 팔뚝쯤은 들이밀어야지."

총장은 어린아이를 가르치듯 설명했다.

"내가 가르쳐줬잖아. 도청, 미행, 계좌털이, 그런 뻔한 수론 안 된다고. 거기, 지금 녹음하는 파일도 마찬가지야. 매스컴에 흘려봐야 검찰 얼굴에 흙만 좀 튀고 말겠지만 자네들은 줄소송으로 잡혀들어갈 텐데."

실제로 세 명 모두 휴대폰 녹음이 돌아가고 있었다. 희철이 씹어뱉듯 뇌까렸다.

"당신은 검사 탈을 쓴 살인맙니다."

"맞는 말일세. 그럼 검사 탈도 안 쓴 살인마들은?"

뭔가 말하려던 윤 부장이 입을 다물었다. 총장은 일어나 등 뒤 창문의 커튼을 내렸다. 돌로 된 헌법재판관 같은 얼굴이 무표정하게 말했다.

"현역 때를 생각해봐. 불기소된 범죄자들, 눈앞에 있는데도 못 잡은 죄인들이 한둘이던가?"

"비대해진 특권의식일 뿐입니다. 검사가 무소불위의 권력을 가지는 순간 인권은 유린됩니다."

"대한민국은 죄의 도가니야. 그 종심을 칠 힘이 없으니 구차하게 양심이니, 인권이니 하는 것들에 호소하는 거야."

희철은 입가에 드러난 경멸을 숨기지 않았다.

"그래서 거기 서려 했습니까? 국가 수사기관을 움켜쥐고 철권을 휘두르려고?"

총장은 선선히 인정했다.

"그럼. 헌법 아래 만인이 평등해지니까. 강력한 구심점만이 죄를 벌할 수 있어."

"독재자의 정의는 법치일 수 없습니다."

"아니, 선택적 정의야말로 비참한 불의지. 죄지은 놈보다 그걸 못 잡는 놈들이 더 원망스럽거든."

총장실에 침묵이 흘렀다. 긴 정적을 깬 것은 사무실 주인의 기침소리였다.

"윤 부장, 자네한텐 실망했네. 장인도, 직장도 잃을 거라면 더 높은 패에 걸었어야지."

윤 부장의 얼굴이 모욕감에 구겨졌다. 총장은 미도 쪽을 흘끗 봤다가, 말할 가치도 없다는 듯 시선을 돌렸다.

"문 변호사, 옷을 벗고 나갔는데도 삼촌만 못하군. 구영이는 적어도 날 움직이게 만들었어."

"더러운 입으로 그 이름 부르지 마십시오."

"지금껏 곁을 준 건 네 삼촌에 대한 예우였다. 같은 핏줄이라 기대했는데, 너무 많은 걸 바란 모양이야."

악다문 턱에서 나뭇가지 부러지는 소리가 났다. 십수 년간 복수를 위해 불의를 자처했던 법조인의 신념에 금이 가는 소리였다. 희철은 나직하게 물었다.

"왜 날 내버려뒀습니까?"

답은 없었다. 건조한 공기 위로 총장의 기침만 퍼져나갔다.

"곁에 두고 지켜보려 했습니까, 보이는 칼이 보이지 않는 칼보다 무서우니까?"

"아니, 내 뒤를 이을 만큼 성장하길 바랐어."

"말도 안 되는 소릴……."

"복수심은 생명을 강하게 만드니까. 딱새보다는 뻐꾸기 새끼가 키우기 좋겠다고 생각했지. 털 나기 전에 도망칠 줄 알았으면 품지도 않았을걸."

이번의 침묵은 아까보다 길었다. 총장은 커튼이 쳐진 창가로 고개를 돌렸다. 빛이 새어들 틈은 없었지만, 주름진 눈가가 부신 듯 가늘어졌다.

"괜한 짓들 말고, 날 죽이려거든 칼이라도 들고 와. 검사 이름에 먹칠 안 하게 사람 시켜서."

그것이 마지막이었다. 총장이 책상 밑 벨을 누르자 문 밖에서 대기하던 방호직 공무원들이 우르르 밀려들어왔다.

"놔, 내 발로 나갈 거니까."

팔을 뿌리친 희철은 바닥에 침을 뱉고 걸어나갔다. 미도도 윤 부장을 따라 나가려 했을 때였다.

"검사는 심부름꾼이 아냐."

그 말은 맨 뒤에 있던 미도만 들었다. 장호걸 검찰총장은 닫힌 창문 저편을 보면서 중얼거렸다.

"권력의 시녀도, 국민의 하인도 아냐."

*

"교활한 인간, 다 알고서 미리 손을 써뒀어."

대검찰청 로비에서 희철은 소형 녹음기를 밟아 부쉈다. 내심 기대를 걸었으나 상대는 역시 노회했다.

"이젠 어쩔 건가?"

윤 부장이 물었다.

"다른 신문사를 찾아봐야죠. 급을 좀 낮춰서. 인터넷 일간지로 찾으면 올려줄 곳들이 있어요."

"그 정도론 부족해. 방송국이 아니면 기사 몇 개를 띄워도 바로 묻힐 거야."

"증인이라도 모으겠습니다."

총장과 건너건너 연결된 각 계층의 피해자들만 수십 명이 넘는다고 했다. 부장은 한쪽 눈을 근엄하게 찌푸렸다. 꼰대 상사가 부하를 걱정할 때 짓는 표정이었다.

"쉽지 않을 텐데. 단도리를 쳐뒀을걸."

"그렇다고 손을 놓고 있을 순 없어요. 파고들다 보면 다른 허점이 보일 겁니다."

"거, 그러다가 정말로 무슨 일이라도……."

윤 부장은 뒷말을 잇다가 말았다. 만류한다고 들을 위인도 아니었다. 이번에는 희철이 물었다.

"차 검사는?"

미도는 눈을 끔뻑였다.

"뭐가요?"

"어떡할 거냐고. 그쪽 책상도 빠졌잖아."

백수가 된 법조인은 할 일이 없었다. 부장은 뭐라도 하겠고, 선배는 싸우러 가겠고……. 어디 법률사무소에 취직해서 별산제로 뛰어야 하나? 청사 앞마당의 눈깔 모양 조형물이 낙오자들을 비웃듯 번들거렸다. 미도는 얄미운 황동 덩어리를 노려보면서 말했다.

"대검 공기도 평생 못 맡게 됐는데, 저는 온 김에 구경 좀 하겠습니다."

그래서 두 시간째 검찰청 견학을 하게 되었다. 기분 탓인가, 총장실이 있을 12층이 유독 빛나 보였다.

'노예근성이 따로 없어. 그렇게 당해놓고.'

어젯밤 그녀는 돈을 챙겨 동아를 찾아갔다. 병실 바닥에 무릎을 꿇자 동아는 자다 말고 기겁했다.

"5천만 원이야. 우리 가족한테 필요한 돈만 빼고 전부 넣었어."

"아니, 누나. 이걸 왜 나한테……."

"널 이용했으니까."

미도는 그간 일을 전부 이야기했다. 내사 중인 동료의 증거품을 가로챈 것, 위험한 물건임을 알면서 맡긴 것, 네가 다치고도 내 살궁리만 했다는 것. 그녀의 말을 잠자코 듣던 동아는 불쑥 말했다.

검사의 죄

"알겠으니까 일어나. 누나랑 지낼 수 있어서 좋았어."

그 말을 듣는 순간 심장이 쓰렸다. 미도는 시큰한 코끝을 감추느라 누나가 이제 곧 변호사 개업한다고, 너한테는 평생 무료 자문이라고 큰소리치다가 달려온 간호사에게 야단을 맞았다.

"야옹아, 넌 언니처럼 살지 마. 알았지?"

고양이는 펄쩍 뛰어 담벼락으로 올라갔다. 시간을 보니 벌써 3시가 지나 있었다. 일어나서 굳은 허리를 펴는데 누가 말을 걸었다.

"저, 혹시 차미도 검사님……?"

스타 검사가 된 기분이 썩 괜찮았다. 그녀는 직원이면 총장 욕을 퍼부을 생각으로 맞다고 해주었다. 땀투성이 남자는 주위를 둘러보면서 속삭였다.

"국제일보 사회부 조우종이라고 합니다. 권 검사님 연락입니다."

*

오랜만에 옛꿈을 꾸었다.

문구영 검사와 만나기 전, 희국보육원을 전소시키기 전… 봉고에 납치당한 것보다 더 이전의 일이었다.

아버지가 죽고 나서는 한동안 동냥으로 밥을 빌어먹었다. 대문 앞에서 그릇을 들고 있으면 대부분은 닫아버렸으나 몇 군데는 식은 밥이라도 부어주었다. 그날은 집주인의 심사가 유독 사나웠다. 양철 대문이 벌컥 열리며 퀴퀴한 양잿물이 쏟아졌다.

"애비 죽인 자식새끼가 어디라고 찾아와? 우리 동네에서 꺼져!"

내던진 바가지가 머리에 맞고 떨어져 바닥을 굴렀다. 검게 젖어드는 흙을 내려다보며, 순조는 문득 깨달았다. 그는 아버지가 자신에게 하려 했던 짓을 저들에게도 할 수 있었다.

그날 밤 논길에서 봉고차가 따라왔다. 근래, 아이들이 사라지니 밤에 나다니면 안 된다는 괴소문이 원주 전역에 돌고 있었다. 엔진 소리가 가까워졌지만, 그는 도망치지 않았다. 차 옆문이 열렸을 때 아버지가 속삭였다.

가서 끝내라, 할 수 있지?

"검사 양반."

순조는 고개를 들었다. 창가에 서 있던 남자가 턱짓했다. 은색 벤츠가 펜션 마당으로 들어오고 있었다.

그는 우거진 흑송 아래 벤츠가 멈춰 서는 것을 지켜보았다. 조수석에서 한 명, 뒷좌석에서 또 한 명이 내려 회장을 모셨다. 수행원의 숫자는 예상 범위 내였다.

'운전자 한 명만 남아 있겠지.'

펜션을 통째로 빌려 오늘 올 손님은 없었다. 창 앞에서 물러난 남자는 다른 방으로 사라졌다.

잠시 후 나무문이 열렸다.

앞장서 들어온 사람은 어깨가 떡 벌어진 포마드와 스포츠머리였다. 둘 다 넥타이 없는 정장 차림에, 귓가에는 보안용 이어링을 차고 있었다. 뒤따라 나타난 진용대는 지팡이를 짚으며 방갈로로 올라왔다.

"오셨습니까."

저녁놀이 참나무로 된 펜션 내부를 물들였다. 진용대는 닫혀 있는 문들을 둘러보더니 중절모를 벗었다.

"아쉬운 소리 한다는 놈이, 늙은이를 예까지 불러?"

순조는 앉은 채 대답했다.

"서울은 움직이기가 번거로워서요."

"번거롭고 자시고 신발부터 신어라. 일단 우리랑 가야겠다."

포마드가 성큼성큼 걸어와 어깨를 잡았다. 느껴지는 완력이 바이스* 뺨쳤지만, 상대는 이쪽이 아니었다.

"거의 다 됐습니다."

"뭐?"

돌밭에 주차된 벤츠로 벙거지를 눌러쓴 남자가 걸어가고 있었다. 순조는 차에 있던 운전기사가 문을 여는 것을 보며 말했다.

"지금."

방문이 열리며 일일 수사관들이 뛰쳐나왔다. 복면을 뒤집어쓰

---

* 대상물을 두 돌기 사이에 끼워 고정하는 공구. 기계를 가공하거나 목공 등의 일을 할 때, 작은 재료를 작업대에 고정시키는 공구이다.

고 칼을 든 4인조였다.

"······."

기습적으로 덮친 회칼이 배를 쑤시자 흰 셔츠에서 피가 뿜어져 나왔다. 진용대가 안주머니로 손을 넣었으나 전기침이 팔목에 꽂혔다. 노인은 지팡이를 놓치고 쓰러져 사지를 뒤틀었다.

순조는 휴대폰부터 빼앗은 뒤 테이저건 카트리지를 교체했다. 수행원들은 분전했지만, 머릿수가 달렸다. 신음이 터지더니 등을 찔린 포마드가 쓰러졌다. 두 명을 때려눕히고 가스총을 뽑아 들던 스포츠머리는 순조가 쏜 테이저건에 무릎을 꿇었다. 곧장 복면인 한 명이 쇠파이프로 뒤통수를 내려쳐버렸다.

"이에, 우은······."

진용대는 경직된 입술을 벙긋거렸다. 전류가 심장에 무리를 줄지도 몰랐으므로 순조는 맥을 짚어보았다. 노인의 맥박은 코끼리 허파만큼 세차게 뛰었다.

"그 사람들 묶어서 옆방으로 좀 치웁시다. 이쪽, 여기다 카메라 들어올 자리 확보하고."

피를 뱉은 복면 남자가 끄덕였다. 좀 두들겨 맞긴 했어도 이쪽 용병들은 멀쩡했다. 차 쪽도 정리가 됐는지 벤츠가 돌밭을 빠져나가는 것이 보였다.

곧 카메라와 삼각대가 설치되었다. 수행원들은 구석으로 치워지고, 의자에 팔다리가 결박된 진용대만 앵글 한가운데 놓였다.

검사의 죄

그들이 하는 꼴을 노려보던 진용대가 거친 숨을 내쉬었다.

"쌍놈의 종자들, 기어이 묏자리를 파는구나."

"죄에는 처벌이 따릅니다."

"한국 헌법은 상고가 무제한이다. 때려봐야 나는 5년, 작은 사장이랑 며늘아기는 3년. 그마저도 어물어물 끌다가 공직자랑 연예인 놈들 몇몇 터뜨리면서 집행유예 받으면 그만이야. 그룹에 던지기 선수가 얼마나 있는지 아나?"

그룹 총수답게 양형과 형량의 계산이 법조인만큼이나 빨랐다. 목구멍으로 새는 기계음에 흉흉한 악의가 담겼다.

"잘 생각해라. 우리가 검찰청 포토라인, 그 뭣도 안 되는 거 오갈 사이 니들은 뼛골이 갈린다. 사돈의 팔촌까지 대한민국에서 못 살게 될기란 말이다."

순조는 개의치 않고 법복을 걸쳤다. 마침 선배의 아지트에 현역 시절 입었다던 한 벌이 남아 있었다.

"자, 영감님, 이쪽 보시고… 준비됐으면 갑니다?"

카메라 옆에 선 복면인이 버튼을 누르자 붉은 녹화 버튼에 불이 들어왔다. 곧이어 검사와 피고, 배심원 몇 명만 있는 법정이 개회했다.

"피고인 진용대는 차남 진석용의 부인, 주연희의 살인을 은닉했습니다. 더하여 사망한 박새롬의 유가족에게 접근해 사건 은폐를 조장하였습니다."

진용대는 대답 대신 코웃음을 쳤다.

"또한, 전 기획실 직원 백상익 중위에게 명령해 김한주 검사를 살해하고, 송경백 수사관까지 살해 후 사체를 유기했습니다. 혐의를 인정하십니까?"

"헛소리. 그런 적 없다."

뇌물 수뢰, 국정 농단 혐의로 기소됐던 재벌 총수의 재판이 석 달 전 열렸다. 정권 교체로 직격탄을 맞았음에도 2심에서 7년, 3심에서 3년으로 형이 줄었다. 나라를 '먹여 살리는' 재벌에게 법은 관대했다.

"백 중위는 필리핀으로 빼돌렸더군요. 낭도항 쪽 배편을 쓴 것 같던데, 인터폴과 공조하면 결국 잡힐 겁니다."

"누군지 모린다. 어제 일도 침침한데, 옛날 기획실 사람을 내가 무신 수로 기억하노?"

카메라가 도는 것을 고지해서인지 진용대는 모르쇠로 일관했다. 순조가 카메라 밖을 향해 손짓하자 복면인 하나가 미리 준비해뒀던 환도를 내밀었다.

시퍼런 칼날을 본 노인의 눈가가 잘게 떨렸다.

"네놈이 검사 흉내를 내다가 미친 게야."

"회장님이 대한민국 헌법으로 구속되실 분입니까? 할 수 있는 일을 하는 겁니다."

"해봐라. 다 늙은 목숨 챙긴다고 벌벌 떨 줄 알았드나?"

주름진 얼굴에 경멸이 떠올랐다. 곧이어 벌어질 일을 알면서도 늙은 제왕은 위엄을 잃지 않았다.

"내가 니보다 60년은 더 살았다. 칼 든 노조원이 덤볐던 적도, 모르는 놈이 애비 원수를 갚는답시고 염산통 던지러 온 적도 있다. 대통령들 앞에서도 허릴 굽혀본 적 없는데, 감히 누구를 을러대려고……"

"피고 진용대는 본 건에서 두 건의 살인교사와 한 건의 살인 은닉을 시도했다. 한 기업을 맡는 최고 경영인으로서 불법행위를 유형화했으므로 죄질이 악랄하고 위법성이 조각된다."

"그래 봐야 니는 망나니다!"

진용대가 피를 토하듯 소리쳤다. 순조는 고개를 끄덕였다.

"알고 있습니다."

칼날이 떨어졌다. 예리하게 연마된 환도는 근육을 가르고 손목뼈를 절단했다. 사람 소리도 아니고 기계음도 아닌 절규가 솟구치며, 법복 앞섶까지 검붉은 핏물이 튀었다. 복면인이 달려와 지혈용 천을 묶는 사이 순조는 잘린 오른손을 주웠다.

진 회장의 휴대폰은 지문인식 형식으로 잠금이 걸려 있었다. 자기 엄지손가락을 스마트폰에 대는 것을 지켜보던 진용대가 신음 섞인 조소를 흘렸다.

"염병할 놈의 새끼… 백날 뒤져봐라, 영감들 골프 약속 말고 뭐가 나오나."

"역시 있군요. 그럴 줄 알았습니다."

"있긴 뭐가 있다고……."

"민형이 어머니 연락처요. 비서실 직원들한테 안 맡겨 두셨을 거라고 생각했거든요."

진 회장의 눈이 부릅떠졌다. 손목이 잘린 쇼크보다도 검사의 입에서 나온 이름에 충격을 받은 기색이었다. 순조는 대기하던 복면인에게 손짓했다.

"저기. 이번 심리의 참고인입니다."

건넌방 문이 열리자 마지막 참고인이 나타났다. 한 시간 전 수면제를 먹인 아이는 헤드폰을 쓴 채 잠들어 있었다. 오늘도 할아버지랑 자동차 구경을 가냐면서, 의심 없이 아이스티를 받아 마시던 얼굴 그대로였다.

"세 아들 중 특별히 아끼시는 자식이 없잖습니까. 정실의 아들도, 첩의 아들도 아니라면 아픈 손가락이 어디일지 한참 찾았습니다. 그룹 내 비사를 뒤지니 다른 혼외자가 나오더군요."

진용대 회장의 혼외자가 낳은 서자는 대외적으론 진경욱 한 명으로 알려져 있었다. 은퇴한 비서실장은 다른 이야기를 내놓았다. 진 회장이 실제로 아꼈던 여자는 따로 있으며, 그 사이에서 태어난 아들이 그룹 내 정쟁에 휩쓸리지 않도록 먼발치에서 지원만 해 주고 있다는 것이었다.

"민형이를 많이 아끼셨나 봅니다. 안으로 들일 법도 한데 일부러 멀리 두신 걸 보면요. 하긴, 3남은 그렇다 쳐도 두 사장이 가만 있지 않았겠죠."

턱을 파들파들 떨던 진용대가 물었다.

"그래서, 저 어린것을 죽이겠다고?"

"아뇨, 아이 앞에서 회장님을 교살할 겁니다."

"…뭐가 어쩌고 어째?"

"인간의 죄는 대물림됩니다. 민형이도 할아버지의 모습을 평생 잊지 못해야 공평하지 않겠습니까."

진용대는 멍하니 입을 벌렸다. 검사실로 온 피고인들도 본인의 형량을 들으면 비슷한 반응을 보이곤 했다. 상고할 수도 없고 피할 수도 없는, 소송이란 그런 것이었다.

"내는… 이런 겁박에 안 넘어간다."

"그러셔도 상관없습니다. 오늘이 마지막 변론기일이니까."

"이 후레아들 놈의 새끼가……!"

"이제 5분 남았습니다."

순조는 기울어져가는 해를 보며 기다렸다. 복면인들이 시간을 확인하고 아이가 뒤척일 무렵, 마침내 항복 선언이 떨어졌다.

"원하는 게 뭐꼬. 내 발로 대검 출두해서 죽을 때까지 옥살이라도 하믄 만족하겠나?"

"사죄하십시오."

"그러니까 누구한테. 말을 해라, 그 젊은 놈들 아비랑 어미? 아니면 손녀 목숨 값으로 팔자 고치려던 늙은이?"

진용대는 잠깐 사이 수십 년은 더 늙은 것 같았다. 지배자 특유의 괴팍한 포악성이 사라진 얼굴은 재벌 총수가 아니라 평범하고 지친 노인처럼 보였다.

순조는 주위를 둘러보았다.

과거가 현실에 도착해 있었다. 불타던 희국보육원처럼, 피를 흠뻑 빨아들인 떡갈나무 바닥은 검붉은 멍으로 얼룩졌다. 거실 옆방에선 손발이 묶인 수행원들이 신음하는 중이었다. 부상이 심한 수행원 한 명은 당장 응급처치를 받지 않으면 생명이 위험해보였다.

머나먼 검의산 꼭대기에서, 그에게 죄를 졌던 사람과 그가 죄를 진 사람들이 지켜보는 기분이 들었다.

무력하게 고개를 내리깐 노인은 입속으로 웅얼거렸다.

"사과를… 누구한테 하라고……."

순조는 걸쳤던 법복을 벗어 떨어뜨렸다. 그리고 피고이자 원고였던 스스로를 향해 선고했다.

"용서를 빌지 않았던 모두에게."

*

진용대는 김한주와 송경백의 살인교사를 시인했다. 오른손에 헝겊을 칭칭 동여맨 재벌 총수는 잘못했소, 잘못했소이다를 되풀이하다 정신을 잃었다. 노구에 피까지 많이 흘려 탈진이 온 모양이었다.

이번 공판이 공개되면 파장이 클 것이다. 순조는 들고 있던 칼을 던져버렸다. 피 묻은 칼날이 몇 바퀴 구르다가 허물처럼 벗겨진 법복 옆에서 멈췄다.

"그만 꺼도 됩니다. 다 끝났어요."

흥미롭게 심문을 지켜보던 복면인이 녹화를 종료했다. 맨 처음 사무실 입구에 앉아 있던 자였다.

"뭐, 더 도와줄 건 없고?"

"예. 이제 슬슬 출발하시죠."

"출발? 어디로?"

"VVIP 비서실은 실시간으로 보고가 올라갑니다. 연락이 끊어지자마자 위치추적을 시작해서, 지금쯤 지역 경찰이랑 함께 오고 있을 겁니다."

복면인들은 서로를 마주보더니 급히 짐을 챙겨 펜션을 빠져나갔다. 경찰을 대동한 대진그룹 경호부대가 지척에 이르렀을 것이었다.

순조는 펜션 입구로 걸어 나왔다. 산등성이 아래로 해가 떨어지고 있었다. 한옥 처마를 다 덮은 그림자는 서 있는 돌밭 발치까지 내려앉았다.

후련해 보이는구나, 아들아.

고개를 돌리자 아버지가 툇마루에 앉아 있었다. 한 벌뿐인 까만 정장에 광을 낸 구두를 신고, 두 손에는 농약통과 소주병을 든 채였다. 핏기 없는 얼굴이 희미하게 웃었다.

이젠 만족하느냐, 아비한테 듣지 못한 말을 그 영감에게라도 시켜서?

그날의 기억이 산마루를 거슬러 돌아왔다. 양복을 빼입은 아버지는 오일장에 나갔다. 어머니의 기일을 맞아, 겸사겸사 시내에 있는 납골당에도 다녀온다고 했다. 한밤중 돌아왔을 때는 또다시 만취해 있었다. 다만 이번에는 부인을 잃었던 밤과 달리 제 아들을 해칠 만큼만 취했다는 점이 달랐다.

"먹어! 먹고 죽어, 이 못된 새끼!"

아버지는 꺼내온 제초제를 소주에 섞어 그의 입으로 들이부었다. 마시지 않으려 저항했으나 털이 숭숭 난 손이 턱을 잡아 강제로 벌렸다. 악취가 진동하는 액체를 콜록대며 뱉어내자 따귀가 날아왔다.

쓰러져 마당을 뒹굴던 중, 수돗가에 둔 낫이 손에 잡혔다. 순조는 앉은 채로 주춤주춤 물러나며 흙투성이 날을 아버지에게 겨눴다.

"그래, 해봐라. 어미는 도망치다 치여 죽고, 애비는 새끼한테 찔려 죽고. 조상님들한테 부끄러워서 나도 더 못 살겠다!"

아버지는 씩씩대면서 소주를 들이켰다. 저기에 자기가 뭘 부었는지도 기억하지 못하는 것 같았다. 10여 초 후, 눈이 게게 풀리더니 허연 농약 거품이 입가를 타고 흘러넘쳤다.

"춘희… 죽어서도… 천벌이 아까운 년……"

고꾸라져 알 수 없는 소리를 중얼거리던 아버지가 고개를 처박았다. 손에서 피가 흐르고 병 주둥이에 짓뭉개진 입술이 부어올랐지만, 고통은 느껴지지 않았다. 순조는 낫을 쥔 채 밤새도록 아버지가 깨어나길 기다렸다.

일주일이 지나 경운기를 수리하러 들른 이장이 대문을 열었다. 막 시체 썩은 내가 풍길 무렵이었다.

마을은 발칵 뒤집혔다. 동네주민들은 하필 농번기에 장정이 죽었다는 것에, 죽은 사람이 마을의 유일한 기술자란 사실에 애도했다. 자연히 제 아비를 죽게 내버려둔 아들은 매도의 대상이 되었다.

"권 씨 시체가 다 썩어 있었다네."

"나도 들었어. 염쟁이가 구더기를 파내느라 고생했다는구먼."

"독종이여, 독종. 제 애비가 코앞에서 죽어가는데도 내버려뒀다는 거잖어?"

폭행을 묵인했던 자들은 앞장서서 목소릴 높여댔다. 누구는 부모 잡아먹은 놈이라 했고, 누구는 괴물의 새끼라고 했다. 대문에써 갈긴 욕은 대수롭지 않았으나 굶주림 앞에는 장사가 없었다. 아무도 자기네 집으로 오라는 사람이 없었기에 순조는 양푼을 들고 밥을 빌러 다녔다.

희국보육원의 봉고는 그 무렵 찾아왔다.

"강용아, 석용아, 아비 죽는다……."

펜션 안에서 진 회장의 쇠약한 탄식이 들렸다. 다시 툇마루를 봤을 때 아버지는 사라지고 없었다. 그는 GPS가 잡히지 않도록 꺼뒀던 휴대폰을 켜, 긴급구조 버튼을 길게 눌렀다.

"119입니다. 말씀하세요."

"사람이 다쳤습니다."

*

몇 분 뒤, 대진그룹의 경호차량들이 경찰차와 구급차 일개 소대를 대동하고 산마루를 올라왔다. 펜션으로 진입한 구조대는 인질극이 끝난 납치 현장과 맞닥뜨렸다. 수행원들은 크고 작은 부상을 당해 작은 방에 갇혀 있었고, 진용대 회장은 흔들의자에 묶인 채 혼절한 상태였다.

"바이탈 체크해서 옮겨, 어서!"

"여기! 이쪽에도 부상자가 있습니다!"

진 회장은 오른쪽 손목이 절단되고 쇼크 증상을 보이긴 했지만 생명엔 지장이 없었다. 그러나 복부를 수차례 찔린 수행원 한 명은 병원으로 이송되던 도중 숨을 거뒀다. 대학교를 막 졸업하고 VVIP 경호팀에 배속된 대진나눔재단 출신 청년이었다.

진 회장이 타고 온 벤츠는 펜션 남동쪽, 장군봉 자락 2백 미터 지점에서 발견되었다. 조수석에는 교살당한 것으로 추정되는 운전자의 시체가 있었다.

권순조 일당은 검거되지 않았다.

*

총장실은 고요했다. 불이 나던 내선전화는 선을 뽑자 언제 그랬냐는 듯 침묵했다. 손으로 하늘을 가리는 일은 동이 트기 전까지만 유의했다.

총장 장호걸
總長 張號乞

명패 양 끝, 이름을 감싸도록 새겨진 자개용 두 마리가 꿈틀거렸다. 새 명패를 총장실에 들여놓은 지 하루하고도 반나절이 지났다.

총장은 명패를 눕혀놓고 일어섰다.

"권순조, 좋은 솜씨였어."

몇 시간 사이 권순조는 대진을 무너뜨렸다.

첫 신호탄은 유튜브였다. 모 유튜버의 채널에 '대진그룹, 살인검사, 정치 카르텔의 진실'이라는 영상이 올라왔다. 화면에서는 피투성이가 된 진용대 회장이 은닉한 살인을 고백하고 있었다. 뒤이어 국제일보를 시작으로 각지의 신문사에서 주연희와 박새롬, 김한주와 진석용 간 관계도를 보도하기 시작했다. 원본 영상은 금방 비공개 처리가 되었으나 다른 사이버 렉카들이 모자이크된 자료를 퍼다 날랐다.

스너프필름의 충격이 가시기 전, 2차 폭탄이 터졌다.

김한주의 유서와 박새롬의 블랙박스 영상이 인터넷에 뿌려진 것이다. 대진그룹의 변호인단이 허위사실 유포에 강력 대응을 예고했지만 고소할 사람이 너무 많았다. 처음 영상이 올라온, '살인검사'한테 제보를 받았다는 유튜버의 라이브 방송에는 30만 명이 몰렸다. 광대 가면은 목이 쉬어가며 카랑카랑한 열변을 토했다.

"권순조 검사가 말한 모든 것이 사실입니다. 진실과 정의를 원하는 대한민국 국민으로서, 시민 박새롬, 수사관 송경백, 검사 김한주를 살해한 대진그룹 일가와 검찰총장 장호걸의 유착을 폭로합니다."

진용대 또한 여론전에 나섰다. 링거를 달고 방송사 인터뷰에 나와, 창백한 얼굴로 잘린 손목을 내보이며 권순조 패거리의 악행을 주장했다. 그러나 날아오는 칼은 하나가 아니었다. 그룹 주가가 요동치는 사이, 웬 해외 사모펀드가 닥치는 대로 주식을 사들이기 시작한 것이다.

진강용 부회장과 진석용 대진중공업 사장이 사수에 나섰지만, 복병은 내부에 있었다. 진경욱 대진F&B 사장은 긴급 주주총회를 열어 위기에 처한 그룹을 다시 세우겠다고 밝혔다. 조우종 국제일보 기자의 뉴스룸 출연에 이은 재벌 2세의 폭로는 대중을 열광시켰다.

"저는 대진의 서자이자 대진F&B의 사장입니다. 막중한 죄는 엄벌로써 다스려야 하겠지만, 이대로는 애꿎은 직원들과 주주들까지 피해를 볼까 우려됩니다. 가족들의 과오가 거듭되지 않도록 전 계열사를 수평적 구조로 변화시키겠습니다. 썩은 환부를 도려내고 새로운 대진을 세우겠습니다."

같은 시기에 유출된 기밀문서, 진 회장과 두 아들의 비자금 조성 문건이 결정타였다. 승계권 없던 서자는 사모펀드와 합작해 그룹 지분을 빨아들였다. 그룹에서는 급한 대로 주주를 끌어 모아 버텼으나 역부족이었다. '처음부터 이쪽이 목적이었군. 그룹 전체가 아니라 일가의 목만 쳐내려고.' 검사다운 선택이라고, 총장은 생각했다.

그 평검사와 한 번을 독대한 적 없다는 것이 새삼 떠올랐다. 준비 중인 취임 선물을 알았다면 죽였을까. 그렇지는 않았을 것이다. 언제부턴가 그는 정적들이 더 강해지기를 바랐다. 체제를 유지하는 힘은, 아이러니하게도 균열 그 자체에서 나왔다.

총장은 휴대폰을 꺼냈다. 안면을 튼 고위직 인사들의 부재중 전화가 백여 통이 넘어가는 중이었다. 막 오던 연락을 끊어버리고 번호를 누르자 민정수석은 바로 받았다.

"호걸이, 자네 지금 어디야?"

"어디긴, 총장실이지."

"너무 염려할 것 없어. 진 회장네 아들들이 범죄자 이미지는 지고 갈 테니까, 우린 그쪽 비서실이랑 입 맞춰서 여론만 식히면 돼."

여태 그들이 자주 써온 수법이었다. 물고 뜯을 뼈다귀를 던져주고 기다리면 만족한 개들은 떨어져나갔다.

"진강용 부회장 쪽과 조율이 끝났네. 게이트가 더 커지지만 않는다면 뭐든 하겠다더군. 대통령께서도 당분간은 맡기시겠다고 했어. 시간은 우리 편일세."

몇 달 전이라면 그렇게 생각했을 것이다. 총장 재가를 일주일 앞둔 날, 명치 위쪽에 통증을 느끼고 병원에 들렀다. CT에 찍혀 나온 것은 3기까지 진행된 폐 속 암덩어리였다.

의사는 비소세포암이니, 편평상피세포암이니 한참 설명한 끝에 림프절에만 전이됐으니 수술을 하면 완치 가능성은 반반이라 했다. 그는 다른 병원에서 하겠다고 대꾸하고 병실을 나왔다. 40년간 골초로 산 보람이 비로소 생긴 참이었다.

"병철이, 우리가 했던 약속 기억나나?"

"그래, 기억나지."

"나는 대법관은 못 가겠어."

"장 총장!"

"아직 할 일이 남았네. 애꿎은 피 안 튀게 도와줘."

수석에게 부탁했던 리스트는 이미 완성되어 있었다. 칼을 뽑았으니 피바람이 불 것이다. 주병철은 침묵 끝에 답했다.

"걱정 말게. 어디로 갈 건가?"

"고향에나 내려갈까 하고."

"알겠어. 엉뚱한 생각하는 건 아니지?"

"엉뚱은 무슨, 이참에 좀 푹 쉬어야겠어."

주병철은 그의 목소리에서 평소와 다른 어떤 것을 느낀 것 같았다. 몸조심하라는 당부를 몇 번이나 거듭하곤 전화를 끊었다. 오랜 친우에게는 미안하지만, 고향은 이미 사라지고 없었다.

맹종을 탈하여, 정의에 의하여.

쓰다 만 문구가 모니터에서 깜빡거렸다. 총장은 적은 글귀를 마지막으로 검토한 뒤 전송을 눌렀다. 검사들, 기자들, 빚을 지운 공직자들… 아직 검찰총장 명패가 움직일 수 있는 세력은 건재했다.

"고맙다는 말을 못 전했군."

차라리 잘된 일이라는 생각이 들었다. 젊은 시절에는 최후의 순간이 최대한 늦게 찾아오기를 바랐다. 10년 전부터는 언제 오든 상관없다고 생각했다. 선고가 떨어진 지금, 기나긴 형벌에서 해방된 육신은 짐을 벗은 듯 가벼웠다.

두 번째 휴대폰으로 문자가 들어왔다.

―구현동, 남용구, 서운태, 이시갑, 전원 구속.

싸움은 시작되었다. 벌써 곳곳에서 보고가 들어오고 있었다. 이 한 수는 수장의 낙마로 입지가 약해질 조직에 힘을 실어줄 것이다. 장호걸은 검찰 깃발 밑에다 둔 박스를 끌어냈다.

서초동 사택과 중앙지검 검사장실에 이어 총장실에도 비치해둔 푸른 박스에선 놋쇠 들통이 나왔다. 발령이 날 때마다 가지고 다니던 검찰 수사박스에 무엇이 있는지는 함께 일한 직원들 누구도 몰랐다.

뚜껑을 열어 머리부터 들이붓자 차갑고 끈끈한 액체가 양복을 적시며 흘러내렸다.

차장검사와 사무국장을 모두 퇴근시킨 8층은 고요했다. 비상계단을 통해 옥상에 올라가자 불빛으로 훤한 대검찰청 앞마당이 내려다보였다. 정의와 질서와 평화를 상징하는 세 삼각뿔은 주먹만한 크기로 작아졌다. 검찰의 본산이 발밑에 있었다.

기름에 젖은 등이 떨렸다. 총장은 먼 곳을 보았다. 대검찰청 정문에 작은 그림자가 서 있었다.

광주 대단지의 가난한 외동아들, 까맣고 비쩍 마른 사내아이가 보였다. 도시에서 외곽으로. 세 들어 살던 집에서 허허벌판 판자촌으로, 사람들이 가축처럼 쫓겨나 버려지는 것을 보던 아이였다. 밤늦게 어머니가 캐온 잡초 뿌리를 씹어 삼키던 아이, 담판 짓겠다며 나갔던 삼촌들이 서울로 끌려가 징역을 산다고 할 때 남몰래 주먹을 쥐던 아이였다.

보육원에 불을 질렀다고… 총장은 기침을 하다 웃었다.

제 감옥을 불태웠던 후배는 검찰에 불을 놓았고, 이제 그에게 바통을 넘겼다.

라이터를 켜자 불꽃이 확 피어올랐다.

머리 위로 손을 편 순간, 그는 옥상 꼭대기를 올려다보는 아이가 되었다. 불길이 솟고 있었다. 어둠을 걷고 빛을 뿌리며 타오르고 있었다. 가족들과 월곡동 옥탑방에 살 적, 삼촌 목말을 타고 구경하던 하늘의 별을 보는 것 같았다.

호걸은 눈꺼풀과 망막이 동시에 녹아내리는 것을 느꼈다. 눈앞이 밝아지는 중이었다.

바람을 타고 명희의 목소리가 불어왔다.

넌 좋은 검사가 될 거야.

에필로그

정의의 대가

알로에 향 연기가 허공을 맴돌다 흩어졌다.

미도는 전자담배를 팬츠 뒷주머니에 찔러 넣고 흡연실을 나왔다. 자리로 돌아오니 검토하던 서류들이 노트북 위에 어지럽게 흩어져 있었다.

'3시에 만나기로 했으니까……'

아직 시간은 충분했다. 자료를 정리하는데 옆자리에서 말소리가 들렸다. 검찰, 장호걸, 다크나이트. 키워드만 들어도 무슨 얘기인지 짐작이 갔다.

"완전 장크나이트라니까. 영화가 따로 없더라."

"지랄, 켕기는 게 있으니 죽은 거지. 검찰총장까지 달아놓고 괜히 자살했겠냐?"

"아무튼 멋있잖아. 기사나 보고 와서 얘기해."

검은 셔츠가 냉소적으로 말하자 친구로 보이는 흰 반팔이 반박했다. 그녀는 블루투스 이어폰을 귀에 꽂았다.

장호걸 검찰총장은 재가 되었다.

연수원 25기, 중앙지검장을 지낸 검찰의 수장은 대검찰청 옥상에서 몸에 기름을 붓고 추락했다. 불길을 본 직원들의 신고로 구조대가 도착했을 때는 청사 아래 새까맣게 탄 시신만 남아 있었다.

분신 직전, 총장은 돌연 전쟁에 돌입했다. 칼끝이 겨눈 상대는 반 대진 언론이 아니라, 뜻밖에도 각계의 적폐 세력이었다. 검찰총장의 칼로 불리는 중앙지검 반부패부가 앞에 서고, 대구지검, 광주지검이 뒤따라 쳤다.

수장의 스캔들이 터졌음에도 검찰 조직은 일사불란하게 움직였다. 혐의가 파악되는 대로 영장이 청구됐고, 영장이 나오는 대로 수사관들이 출동해 정범들을 잡아들였다. 홍성, 제천, 밀양, 남원……. 검찰청이 있는 곳이면 어디든 영장이 날아갔다. 발부되지 않는 경우도 더러 있었지만, 청구된 숫자가 워낙 많았다. 장호걸 검찰총장이 주도하고, 휘하 심복들이 뒤를 따른 '8월의 검란'은 하룻밤 사이 2백여 명의 죄를 물었다.

검사들을 뭉치게 한 것은 충격적인 분신자살도, 검사동일체를 표방하던 낡은 조직주의도 아니었다. 오후 8시경, 검사 전원에게 한 통의 메일이 도착했다. 보낸 이 난에는 총장의 이름이 적혀 있었다. 한 검사가 이프로스에 올린 유서 전문은 급속하게 전국으로 퍼져나갔다.

노트북 속 뉴스 앵커가 말했다.

"장호걸 전 검찰총장의 사망과 함께, 일명 '김한주 게이트'에 대한 전면적 재수사가 시작되었습니다. 유철수 총장대행은 전 총장의 유지를 받들 것임을 공표하며, 특검을 발족해 부패리스트 척결에 총력을……."

*

미도는 이어폰을 툭 쳐서 통화로 넘겼다. 새로 산 무선이어폰은 음질이 또렷했다.

"차 검사님?"

한동안 그녀를 피하던 마담뚜였다. 전화 저편의 목소리에서 천박한 흥분이 묻어나왔다.

"왜 이렇게 전화를 안 받으신대, 몇 번을 연락했는데!"

"좀 바빠서요. 왜요?"

"왜긴요, 지금 나 전화통에 불이 났다니까. 검사님 만나고 싶다는 남자만 한 트럭이야. 오송건설 장남에 남도해운 셋째에… 가만, 이럴 게 아니라 만나서 얘기해야지. 어디서 볼까?"

"저기요, 실장님."

"예?"

"그 변태 새끼한테 전하세요. 곧 소장 갈 거라고."

그녀는 전화를 끊고 카페에서 나왔다. 직무 복귀가 무사히 처리되어, 아침까지 지검으로 출근했다가 반차를 내고 나온 참이었다. 출근한 김에 공무집행 사용신청서를 쓰고 차량도 한 대 빌렸다. 오늘 하려는 것은 실제로 검사의 공무公務였다.

차는 지검보다 큰 빌딩 앞에서 멈췄다. 그녀는 발렛을 나온 직원한테 키를 맡겼다.

"오래 안 있을 거예요."

만나기로 한 사람은 로비에 있었다. 서류가방을 든 문희철 변호사가 그녀에게 고개를 까딱였다. 오늘은 광을 싹 뺀 은회색 수트를 입어, 돌로 된 갑옷을 두른 것 같았다.

"준비는 됐어?"

"되고 말고가 있나요. 죄진 놈한테 가는데."

희철은 들고 온 가방을 흔들었다.

"수류탄 드느라 팔 빠지겠다. 빨리 가자."

〈충광 거버넌스〉 법무팀은 14층에 있었다. 엘리베이터를 타고 올라가는 동안 내부 화면에서 익숙한 얼굴이 나왔다. 아버지의 원수가 '충광의 세계화와 합법적이고 올바른 법무를 돕겠다'까지 말했을 때, 미도가 입을 열었다.

"선배님."

"왜?"

"그 녀석요. 처음부터 그럴 생각이었을까요?"

이름을 말하지 않아도 누구 이야기인지는 뻔했다. 이제 온 국민이 그들의 전 동료를 알았다.

"차 검사, 개네 집에 칼 못 봤어?"

"보긴 했죠. 진짜 미친놈인 줄 알았어요."

"그런 놈 속을 어떻게 알아. 법조인 마감 기념으로 마지막 법률 서비스라도 해줬나 보지."

"조직을 위한?"

그녀의 물음에 희철은 입가를 실쭉 올렸다.

"설마. 권순조는 개인주의자야."

14층입니다, 안내음이 말했다. 엘리베이터에서 내린 두 법조인은 특수요원처럼 파티션 사이를 가로질렀다.

"일들 하세요. 공무 수행 중입니다."

사무실의 직원들이 일어났지만 그녀가 수임한 변호사에 막혀 다가오지 못했다. 바쁜 일정에도 불구하고, 오늘은 변호사 겸 일일 수사관으로 도움을 주러 왔다. 예전 기획수사에 뇌물 수뢰, 불법 청탁, 증인 겁박 자료까지 모아 온 것도 그였다.

〈법률고문 공형필〉

맨 안쪽 사무실에 명패가 붙어 있었다. 두 사람은 유리문을 밀치고 들어가 섰다. 쌓인 서류를 읽던 남자가 비대한 턱을 들었다.

"뭐요, 당신들은?"

미도는 전 부장검사에게 직원증을 내밀었다.

검사의 죄

"중앙지검 형사 3부 차미도 검사입니다."

희철도 명함을 책상에 탁탁 쳤다.

"법무법인 소속 변호사고요. 차 검사가 공 고문님을 사후수뢰 혐의로 기소하면서, 23년 전 판결에도 항소하겠답니다."

기름 낀 얼굴에 당혹스러운 기색이 스쳤다.

"수뢰라니……. 누가 누굴 기소해, 거기다 항소? 야, 너희 몇 기야!"

"우리 선배님, 얼마 받고 사람들 인생 조지셨을까?"

"무슨 헛소리야?"

"증언한 사람만 열 명이 넘어요. 현직 계시면서 어마어마하게 해 드셨던데, 여기 회사 손배소송부터 다 뱉어내려면 진땀 좀 나실걸."

"건방진 년이, 말이면 단 줄 알고……."

공형필 변호사가 벌떡 일어섰지만 희철에게 어깨가 눌렸다.

"이거 놔, 안 놔? 경비원! 경찰 불러!"

"경찰은 무슨……. 차 검사, 영장 꺼내! 공무집행방해로 싹 처넣어버려!"

고함을 들은 직원들이 달려와 사무실은 아수라장이 되었다. 절세, 자산 증여, 재산분할 따위가 적힌 서류들이 어지럽게 흩날렸다. 꺼낸 영장을 옛 선배 얼굴에 던지며, 미도는 뱃속의 돌덩이가 녹아내리는 것을 느꼈다.

옆방 동료가 남기고 간 선물이었다.

*

윤 부장은 김이 오르는 믹스커피를 한 모금 마셨다. 부하가 사람을 죽인 것, 총장이 자살한 것, 상부로부터 파직이 아닌 복직이 떨어졌다는 것 전부가 거짓말 같았다.

'그 장호걸한테 덤볐으니, 꼼짝없이 끝난 줄 알았는데.'

그러나 그는 쫓겨나지 않았다. 오히려 '불의에 맞서 신실히 대항한' 검사라며 부장 자리를 돌려받았다.

총장의 칼날은 철저히 바깥을 겨누었다. 이번 척결 리스트에는 전직 청장, 처장, 차관에 전 대통령 영부인까지 있었으나 현직 검사는 한 명도 없었다. 조직이 붕괴하면 생길 수사력 손실을 우려했는지, 마지막 가는 길에도 식구들을 감싸기 위해서였는지, 속은 알기 어려웠다.

'윤 부장, 대검으로 오지.'

유철수 총장대행은 그에게 대검찰청 수사과장 자리를 권유해 왔다. 총장이 분신한 직후 몇몇 요직의 검사들이 옷을 벗어 자리가 있었다. 그는 정중히 거절 의사를 밝혔다. 얼굴마담이 되기도 싫었고, 낡은 중견에게 어울리는 곳도 아니었다. 선배들이 나갔으니 더 의기에 찬 검사가 빈자리를 채울 것이다.

어젯밤엔 아내에게 긴 메일을 보냈다. 두 아이를 생각해서라도 조기유학은 포기하고 귀국하라는 내용이었다. 그는 수신함을 새로고침하며 기다렸다. '읽음' 표시가 뜨자, 충동적으로 국제전화를 걸어 말들을 쏟아냈다.

"우리가 사랑하지 않는 건 다음 문제야. 희지한테는 엄마가 필요하고 희재는 아빠가 필요해. 애들이 다 클 때까지만 가정을 만들어줘."

지구 반대편에서 아내는 오랫동안 침묵했다.

"아빠한테 전화가 왔어."

"뭐라고 하서?"

"당신이랑 끝내라고. 윤 서방은 적당히 챙겨줄 테니 양육권 받아서 나오라더라."

그랬겠지. 총장은 사라졌으나 이쪽 집안의 매매혼적 관계가 바뀐 것은 아니었다. 아내의 목소리에 가벼운 웃음기가 돌았다.

"아까까진 그래야겠다고 생각했어. 당신, 우리랑은 말이 안 통하는 사람이잖아. 앞으로도 이렇게 살 거면 일찍 헤어지는 게 나으니까."

"별거는 해도 이혼은 안 해. 장인어른이랑 당신한테는 미안하지만, 애들 등본에 편부모 적히는 건 못 봐. 정 하고 싶으면 애들 클 때까지 기다렸다가……."

"그런데 이 얘길 들으니까 내가 틀린 것 같네."

"뭐?"

"토요일 비행기 예약했어. 한국 가서 얘기해."

그는 아내의 목소리가 신혼 때 같다고 생각했다.

"저, 부장님."

부장실 소파에 앉아 있던 기자가 불렀다. 시간을 잠깐 빼 인터뷰를 하던 참이었다.

"마무리는 뭐가 좋을까요? '조직을 개혁했다'는 너무 워딩이 세고, '조직을 혁신했다'는 또 느낌이 안 살아서요. 요즘 또 수사권박탈이다 뭐다 말들이 많았잖습니까. 검찰 쪽에서 보기엔……."

"알아서 해요. 어떻게 써도 언짢아할 거니까."

조 기자는 고개를 끄덕였다. 이름이 공개되며 그들은 일약 스타덤에 올랐다. 언론 섭외도 무수히 들어와, 오늘 저녁엔 뉴스룸 동반 출연까지 잡혀 있었다. 사전 보고를 받은 이영식 차장은 위궤양이 도진 표정으로 그를 지나쳤다.

"아, 이건 저희 주간님께서 보내셨습니다. 이 정도는 법에도 안걸린다면서요."

기자의 가방에서 유명 브랜드 닭가슴살 분말이 나왔다.

"이젠 안 먹어요. 일반식으로 바꾸려고."

조 기자는 머쓱한 표정으로 집어넣더니 목소리를 낮췄다.

"혹시… 연락이 왔습니까?"

"없었어요. 그쪽은?"

"저도 뭐 없습니다. 잘 계시냐고, 고맙다는 말 한마디 해야 하는데……."

권순조는 자취를 감췄다. 대기업 총수를 담가버린 검사를 잡기 위해 경찰력이 총출동했다. 서울과 수도권역 고속도로마다 경찰이 깔리고 대대적인 검문이 이어졌다. 그러나 성과는 없었다. 정의로운 칼잡이, 코리안 덱스터, 온갖 별명이 붙은 전직 검사는 대한민국을 뒤흔들어놓고 사라져버렸다.

오전에 왔다 간 문희철이 떠올랐다. 출근해서 막 오전 회의를 준비할 때였다. 큼지막한 서류가방을 두 개나 들고 온 희철은 고개를 숙였다. 그는 급히 물었다.

"권 검사는……."

"안전할 겁니다. 더 이상 검사는 아니지만요."

윤 부장은 고개를 끄덕였다. 검사 일은커녕 평생 교도소에서 썩지만 않아도 다행이었다.

"죄송합니다. 검사장 사람으로 움직인다고 선배님께 결례가 많았습니다."

총장으로 사망했음에도 희철은 여전히 장호걸을 '검사장'이라고 불렀다.

"됐어. 계속 변호사 하려고?"

"낭분산은 그렇시 않을까 합니다. 아직 제가 할 수 있는 일이 있어서요."

전임 총장은 배신자를 숙청하지 않았다. 오히려 비호라고 생각될 만큼 자신의 과오에서 철저히 배제했다. 서초동 자택에서 보좌관과 브로커들의 청탁 장부가 나왔지만 희철은 목록에 없었다. 삼촌을 죽인 상사와 복수를 위해 잠입한 부하의 관계를, 그는 희미하게 더듬어 짐작했다. 총장의 정의란 그런 것이었다.

"심심하면 들러. 우리 부에 사건 있을 때 말고."

희철은 얼떨떨한 표정을 짓더니 넙죽 인사했다.

"종종 신세 지겠습니다."

"신세 질 일 말라니까. 아직 옷 벗을 생각 없어."

그들은 함께 웃었다. 차미도 쪽 복직도 잘 해결돼 어제부터 일을 시작했다. 여론을 업은 성별은 날개로 바뀌어, 다음 발령 때는 대검찰청 연구관이나 개혁추진단 쪽에 뽑힐 거란 얘기도 나오고 있었다.

"무슨 좋은 일 있으십니까?"

조 기자가 물었다. 윤 부장은 입가를 만지다가 대답했다.

"괜찮을 거요."

"예?"

"괜찮을 거라고, 그 친구."

근래 광화문에서는 색다른 집회가 열렸다. '권순조 수배 철회',

'정의로운 검사를 지켜라' 등의 현수막이 나부끼고 열댓 명의 시민이 피켓을 흔들었다.

"점심은 했습니까?"

"저는 아직……"

"밥이나 먹읍시다. 잘 하는 복국집이 있으니까."

조 기자가 부장실 문을 열었다. 윤 부장은 나가려다 다시 와 지갑이 든 외투를 챙겼다. 컴퓨터 화면에는 총장이 검사들에게 보낸 메일이 떠 있었다.

누구에게나 정대한 칼을 바랐다.

여러분이 검사로서 명예롭기를 감히 청한다.

맹종을 탈하여, 정의에 의하여.

*

"눈빛이 맑으세요, 인물도 훤하시고. 애들이 잘 따르실 인상이에요."

"감사합니다. 이곳 시설도 좋던데요."

원장은 입을 가리며 눈웃음을 흘렸다.

"이걸 알아봐주시는구나. 저기부터 여기, 정문까진 다 인공잔디로 깔았어요. 애들이 흙바닥에서 뛰어놀다가 혹시나 다칠까봐서."

"이 동네 학부모님들은 염려가 없으시겠습니다. 집 가까이 이런 어린이집이 있으면요."

"아유, 무슨 말씀이세요. 자꾸 그러시면 진짜 줄 알아요?"

40대 중반으로 보이는 원장은 구직자가 마음에 쏙 든 눈치였다. 집은 머냐, 아이들은 좋아하냐, 형식적인 질문들에 평이하게 대답해도 웃음꽃이 피었다. 그녀는 이력서를 정리해 넣더니 흐뭇하게 웃었다.

"원래는 며칠 고민해보는데, 기다릴 수가 없네요. 내일부터 출근해도 괜찮겠어요?"

순조는 곤란한 표정으로 대답했다.

"아, 내일은 안 될 것 같습니다. 큰형 기일이라 통영에 내려갔다와야 해서……."

원장은 손사래를 쳤다.

"편하게 다녀오세요. 대소사가 먼저죠."

슬슬 아이들이 하원할 시간이라고 해서 그들은 일어섰다. 원장은 나무 마루에 서서 원장실 문에 자물쇠를 채웠다.

"그럼 희중 씨, 아니 장 선생님, 잘 부탁드릴게요."

"저도 잘 부탁드립니다."

인사를 나누고 헤어지려다, 순조는 복도 끝으로 걸어가는 원장을 불렀다.

"저, 원장님."

수년간 입금표를 조작하고 영수증을 허위 청구해, 정부보조금 3억여 원을 착복한 간호사 출신 사기꾼이 뒤를 돌아보았다.

"혹시 화장실이 어디죠?"

원장은 앞까지 데려다주었다. 물을 틀고 거울을 보자 아직 낯선 얼굴이 비쳤다. 눈은 크고 순박하게, 코는 뭉툭하고 펑퍼짐하게. 현대의학은 36년 묵은 이목구비를 다른 사람으로 바꿔놓았다.

'예후가 좋군. 못 알아보겠어.'

수술대에 오른 것이 석 달 전이었다. 부기가 빠지는 데에도 꼬박 그만큼이 걸렸다. 진경욱은 실력 좋은 셰도우닥터에, 회복할 장소와 사람까지 붙여주었다. 경찰이 고속도로를 통제할 때 그는 간병인이 가져다준 호박죽을 먹고 있었다.

순조는 물을 잠갔다. '고장, 사용금지'라고 적힌 티슈함엔 다 쓴 휴지곽만 잡혔다.

바깥의 소식은 병상에서 들었다. 진씨 부자는 각 10년과 7년 형을 받았으나 재항고했다. 백 실장은 필리핀 앙헬레스에서 총기를 난사하고 도주하던 중 인터폴에 의해 사살되었다. 경찰들은 여전히 권순조를 쫓고 있었고, 검찰은 도망친 가족의 일원에게 침묵했다.

"다들 네 소식을 묻더라."

한 달째 되는 날, 문희철의 전화를 받았다. 그간 인편으로만 물품을 받다가 처음 온 연락이었다.

"죽었다고 하십시오."

"그런다고 믿겠어?"

"정은 미리 떼야죠. 나중에 절 못 팔아넘긴 게 아쉬울지도 모르잖습니까."

전화기 건너편에서 웃음소리가 들렸다.

"너한테는 신세만 졌네. 진 회장네 식구들, 우리끼리는 절대 못 잡았을 거야."

"제가 아니었다면 언젠가 총장이 했을 겁니다."

"장호걸이……."

그가 선배와 통화하는 동안 간병인은 참을성 있게 기다렸다. 가는귀가 먹은 여자는 자기가 간호하는 사람의 정체를 묻지 않았고 알려 들지도 않았다.

"그 양반, 왜 그랬던 걸까? 마지막 가는 길에 죄책감이라도 덜어 보려고? 아니면 그게 정말로 정의라고… 검사의 신념을 지키는 거라고 생각해서?"

"……."

"영원히 모르겠지. 알고 싶지도 않아."

희철은 잘 지내라, 하더니 전화를 끊었다. 며칠 뒤 새 신분증과 개통된 휴대폰이 배송됐다.

그는 페이스북 알람을 눌러 맨 위의 글로 들어갔다. 흰 배경에는 뒤늦은 추모사가 떠 있었다.

〈이은수: 35분 전에 업로드〉

나는 김한주를 기억한다. 그를 방관한 세상에 공분한다. 이는 나에게 갖는 수치스러움이자, 당연한 수순처럼 김한주를 잊을 이들에게 예비된 분노다. 잊지 않겠다는 말은 얼마나 무용한가.

순조는 몰래 팔로우했던 선배의 계정을 지웠다.

사흘 전엔 태국행 배편도 취소했다. 브로커가 안전한 선박을 주선했지만 그는 출발시간이 다 지나도록 선착장으로 가지 않았다. 그날 장군봉에서, 진용대 회장과 동행한 수행원 두 명이 중상을 입었고 두 명은 사망했다. 죄 진 자들은 살아남았으나 무고한 희생자들은 여전히 이 땅에 있었다.

이미 아문 뒤통수의 상처가 불현듯 욱신거렸다. 업을 더하고도 죽지 않은 것은 참작된 형량인가, 집행의 유예인가?

어떻습니까, 아버지?

질문에 대답은 없었다. 피로 젖은 장군봉을 떠난 뒤, 약을 안 먹은 지도 몇 달이 지났지만 환각은 보이지 않았다. 그의 주변을 맴돌아야 할 열두 보육원생과 아버지는 처음부터 없었던 것처럼 자취를 감췄다.

대신 새로운 원한이 생겨났다. 어린 참고인은 미처 구급차가 도착하기도 전에 수면제에서 깨어났다. 다시 펜션 안으로 들어갔을 때, 그 꼬마는 아연실색한 채 진용대를 보고 있었다.

'할아버지!'

단말마의 비명소리가 귓가를 맴돌았다. 인간의 죄는 돌고 돌며… 언젠가 돌아오는 순간까지 유보되는 것이다.

눈이 부신 한낮이었다. 어린이집 뒤쪽 초등학교에서 희미한 환호성이 들렸다. 작은 새가 정글짐 위로 날고 태양이 잔디밭을 덥혔다. 바람에 따라 야트막한 축구 골대의 그림자가 흔들거렸다.

순조는 나오다 말고 걸음을 멈췄다. 건물 벽 쪽 그늘에 아이들이 몰려 있었다. 세 명이 한 명을 둘러쌌는데, 흡사 붙잡힌 절도범을 심문하는 분위기였다. 가장 키가 큰 사내아이가 험상궂게 얼굴을 일그러뜨리며 물었다.

"네가 용이 스티커 훔쳤지? 거지 새끼야."

포위당한 아이는 다른 애들보다 서너 살쯤 더 어려보였다. 체구도 작고 왜소한데다, 티셔츠는 남의 옷을 물려 입은 양 아랫단이 무릎을 다 덮었다. 그때 아이가 푹 숙였던 고개를 들어 이쪽을 쳐다보았다.

눈이 마주쳤다. 큰 수치심과 작은 희망, 오랫동안 매를 맞은 이 특유의 체념 섞인 눈빛이었다. 이곳 원장은 원생들 간의 폭력을 적극 장려해온 듯했다.

순조는 건물 뒤쪽의 화단으로 걸어갔다. 푸석한 박토에 어린 버드나무 몇 그루가 자라 있었다. 그는 축 늘어진 나뭇가지 하나를

검사의 죄

적당한 길이로 비틀어 꺾었다. 나뭇잎을 훑어낸 뒤 허공에 휘두르니 획, 휘익, 검의산 대숲에서 듣던 바람소리가 가을공기를 찢었다.

회초리를 들고 다가가자 어른을 본 아이들이 엉거주춤 물러났다. 그 와중에도 덩치 큰 녀석 두엇은 도망치기는커녕 경계하는 시선으로 그를 훑었다.

"너, 이름이 뭐니?"

괴롭힘을 당하던 아이가 떠듬떠듬 입을 열었다. 가까이서 보니 티셔츠가 온통 운동화 자국으로 더러웠다.

"박… 박찬희인데……."

"그래, 찬희야. 친구들하고는 같이 놀아야지."

아이는 어른의 말뜻을 정확히 이해한 듯했다. 내밀어진 나뭇가지와 친구들을 번갈아보던 눈동자에 어떤 것이 떠올랐다. 그는 가져온 선물을 주고 돌아섰다. 이내 뒤쪽에서 성난 고함소리가 들려오기 시작했다.

"야, 저 새끼 잡아!"

폭력의 씨앗은 짓밟힘으로써 싹을 틔웠다. 잔디로 덮인 운동장을 가로지르며, 순조는 선글라스를 썼다.

숲을 무너뜨릴 바람이 불어왔다.

〈끝〉

모호하고 폭력적인, 정의와 불의의 경계에서

죄 지은 이가 타인의 죄를 심판할 자격이 있는지, 언젠가 생각한 적이 있다.

폭력으로 구현한 정의는 몇 퍼센트의 불의일까에 대해서도.

그 의문에서부터 시작된 책이 마침표를 찍었다.

벌써 장편소설 세 권을 냈다. 외로움에 대해, 또 불에 대하여, 정의와 법치에 관하여, 다루고 싶었던 이야기를 하나씩 채워가는 것 같아 감회가 새롭다.

작가의 말이 늘 짧지만, 많은 분들이 도와주셔서 이번 작품도 출간할 수 있었다.

물심양면으로 든든한 우군 김가을, 여태 신세를 졌지만 앞으로도 질 것 같아 미리 심심한 사과를 표한다.

그 외에도 지면상에 적지 못한 분들께 항상 감사하는 마음이다.

보다 사실적인 검사의 이야기를 쓰고 싶었다.

무디고 이가 빠졌던 칼이 긴 퇴고로 조금은 날카로워졌길 바란다.

모든 이들의 평안을 빌며.

윤재성

검사의 죄